Agatha Christie
(1890-1976)

AGATHA CHRISTIE é a autora mais publicada de todos os tempos, superada apenas por Shakespeare e pela Bíblia. Em uma carreira que durou mais de cinquenta anos, escreveu 66 romances de mistério, 163 contos, dezenove peças, uma série de poemas, dois livros autobiográficos, além de seis romances sob o pseudônimo de Mary Westmacott. Dois dos personagens que criou, o engenhoso detetive belga Hercule Poirot e a irrepreensível e implacável Miss Jane Marple, tornaram-se mundialmente famosos. Os livros da autora venderam mais de dois bilhões de exemplares em inglês, e sua obra foi traduzida para mais de cinquenta línguas. Grande parte da sua produção literária foi adaptada com sucesso para o teatro, o cinema e a tevê. *A ratoeira*, de sua autoria, é a peça que mais tempo ficou em cartaz, desde sua estreia, em Londres, em 1952. A autora colecionou diversos prêmios ainda em vida, e sua obra conquistou uma imensa legião de fãs. Ela é a única escritora de mistério a alcançar também fama internacional como dramaturga e foi a primeira pessoa a ser homenageada com o Grandmaster Award, em 1954, concedido pela prestigiosa associação Mystery Writers of America. Em 1971, recebeu o título de Dama da Ordem do Império Britânico.

Agatha Mary Clarissa Miller nasceu em 15 de setembro de 1890 em Torquay, Inglaterra. Seu pai, Frederick, era um americano extrovertido que trabalhava como corretor da Bolsa, e sua mãe, Clara, era uma inglesa tímida. Agatha, a caçula de três irmãos, estudou basicamente em casa, com tutores. Também teve aulas de canto e piano, mas devido ao temperamento introvertido não seguiu carreira artística. O pai de Agatha m~~
o que a aproximou da
A paixão por conhecer
até o final da vida.

Em 1912, Agatha conheceu Archibald Christie, seu primeiro esposo, um aviador. Eles se casaram na véspera do Natal de 1914 e tiveram uma única filha, Rosalind, em 1919. A carreira literária de Agatha – uma fã dos livros de suspense do escritor inglês Graham Greene – começou depois que sua irmã a desafiou a escrever um romance. Passaram-se alguns anos até que o primeiro livro da escritora fosse publicado. *O misterioso caso de Styles* (1920), escrito próximo ao fim da Primeira Guerra Mundial, teve uma boa acolhida da crítica. Nesse romance aconteceu a primeira aparição de Hercule Poirot, o detetive que estava destinado a se tornar o personagem mais popular da ficção policial desde Sherlock Holmes. Protagonista de 33 romances e mais de cinquenta contos da autora, o detetive belga foi o único personagem a ter o obituário publicado pelo *The New York Times*.

Em 1926, dois acontecimentos marcaram a vida de Agatha Christie: a sua mãe morreu, e Archie a deixou por outra mulher. É dessa época também um dos fatos mais nebulosos da biografia da autora: logo depois da separação, ela ficou desaparecida durante onze dias. Entre as hipóteses figuram um surto de amnésia, um choque nervoso e até uma grande jogada publicitária. Também em 1926, a autora escreveu sua obra-prima, *O assassinato de Roger Ackroyd*. Este foi seu primeiro livro a ser adaptado para o teatro – sob o nome *Álibi* – e a fazer um estrondoso sucesso nos teatros ingleses. Em 1927, Miss Marple estreou como personagem no conto "O Clube das Terças-Feiras".

Em uma de suas viagens ao Oriente Médio, Agatha conheceu o arqueólogo Max Mallowan, com quem se casou em 1930. A escritora passou a acompanhar o marido em expedições arqueológicas e nessas viagens colheu material para seus livros, muitas vezes ambientados em cenários exóticos. Após uma carreira de sucesso, Agatha Christie morreu em 12 de janeiro de 1976.

Agatha Christie

Os primeiros casos de Poirot

Tradução de Alessandro Zir

www.lpm.com.br

L&PM POCKET

Coleção **L&PM** POCKET, vol. 1025

Texto de acordo com a nova ortografia.
Título original: *Poirot's Early Cases*

Primeira edição na Coleção **L&PM** POCKET: maio de 2012
Esta reimpressão: abril de 2023

Tradução: Alessandro Zir
Capa: designedbydavid.co.uk © HarperCollins/Agatha Christie Ltd 2008
Preparação: Viviane Borba Barbosa
Revisão: Patrícia Rocha

CIP-Brasil. Catalogação na Fonte
Sindicato Nacional dos Editores de Livros, RJ.

C479p

Christie, Agatha, 1890-1976
 Os primeiros casos de Poirot / Agatha Christie; tradução de Alessandro Zir. – Porto Alegre, RS: L&PM, 2023.
 320p.   (Coleção L&PM POCKET, v. 1025)

 Tradução de: *Poirot's Early Cases*
 ISBN 978-85-254-2539-3

 1. Poirot (Personagem fictício). 2. Romance inglês. I. Zir, Alessandro. II. Título. III. Série.

12-0153.   CDD: 823
                    CDU: 821.111-3

Poirot's Early Cases Copyright © 1974 Agatha Christie Limited. All rights reserved.
AGATHA CHRISTIE, POIROT and the Agatha Christie Signature are registered trade marks of Agatha Christie Limited in the UK and elsewhere. All rights reserved
www.agathachristie.com

Todos os direitos desta edição reservados a L&PM Editores
Rua Comendador Coruja, 314, loja 9 – Floresta – 90220-180
Porto Alegre – RS – Brasil / Fone: 51.3225.5777

Pedidos & Depto. Comercial: vendas@lpm.com.br
Fale conosco: info@lpm.com.br
www.lpm.com.br

Impresso no Brasil
Outono de 2023

Sumário

O caso do Baile da Vitória..................................7
A aventura da cozinheira de Clapham...................27
O mistério da Cornualha....................................45
A aventura de Johnnie Waverly............................63
A pista dupla...80
O rei de paus..93
A maldição dos Lemesurier...............................113
A mina perdida..129
O Expresso de Plymouth..................................139
A caixa de chocolates......................................158
Os planos do submarino..................................174
O apartamento do terceiro andar.......................192
O duplo delito...214
O mistério de Market Basing.............................233
A casa de marimbondos...................................245
A dama em apuros..257
Problema a bordo...270
Que lindo é o seu jardim!.................................292

O CASO DO BAILE DA VITÓRIA

I

Foi por um mero acaso que meu amigo Hercule Poirot, antigo chefe da polícia belga, acabou envolvendo-se com o caso Styles. Mas o êxito trouxe-lhe um grande reconhecimento, e ele decidiu dedicar-se à investigação de crimes de difícil solução. Voltei a morar com ele em Londres, depois de eu ter sido ferido, durante a Primeira Guerra Mundial, na batalha do Some. Tendo acompanhado de perto muitas de suas investigações, pedem-me agora que selecione as mais interessantes e escreva a respeito. Ao fazer isso, penso que o melhor é começar por uma estranha confusão que atraiu grande atenção do público na época. Refiro-me ao caso do Baile da Vitória.

Seus aspectos sensacionais, a fama das pessoas envolvidas e a maneira como o escândalo foi explorado pelos jornais fazem desse caso uma *cause célèbre*. Nada mais justo que também fosse divulgado ao público o papel de Poirot na sua solução, embora ela não tenha envolvido o uso de métodos investigativos fora do comum, típicos de outros casos mais complicados.

Tudo começou numa agradável manhã de primavera. Estávamos nos aposentos de Poirot. Meu amigo, elegante e bem-vestido como sempre, com a cabeça inclinada para o lado, experimentava com cuidado uma nova pomada nos bigodes. Seu amor pela ordem e pelo método incluía também certa vaidade, que não lhe era de todo prejudicial. O *Daily Newsmonger* que eu estava lendo caiu no chão, e a voz de Poirot despertou-me do estado absorto em que eu me encontrava.

– O que o preocupa tanto, *mon ami*?

– Para falar a verdade – respondi –, eu estava pensando sobre o caso inexplicável do Baile da Vitória. Os jornais só falam nisso.

– É mesmo?

– Quanto mais se lê sobre ele, mais misterioso parece! – disse eu, empolgado. – Quem matou lorde Cronshaw? E a morte de Coco Courtenay, na mesma noite, seria mera coincidência? Um acidente? Talvez ela tenha tido uma overdose de cocaína de propósito...

Fiz uma pausa, depois acrescentei, melodramático:

– São perguntas que não me saem da cabeça!

Para minha frustração, Poirot não vibrou com a história. Ele voltou a se olhar no espelho, e apenas murmurou:

– Essa nova pomada é mesmo uma maravilha para os bigodes!

Subitamente, entretanto, ele lançou-me um olhar de cumplicidade, acrescentando em seguida:

– E que respostas você tem dado às suas questões?

Antes que eu pudesse responder, a porta foi aberta e nossa senhoria anunciou o inspetor Japp.

O inspetor da Scotland Yard era um velho amigo nosso, e o recebemos animados.

– Meu velho Japp! – exclamou Poirot. – O que o traz aqui?

– Bem, monsieur Poirot – iniciou Japp, sentando-se e me cumprimentando com a cabeça –, estou envolvido num caso que poderia lhe interessar. Vim aqui saber se você não quer pôr as mãos na massa.

Poirot confiava nas habilidades de Japp, embora lamentasse a sua falta de método. De minha parte, eu considerava que o que o inspetor tinha de mais admirável era o seu jeito astucioso de obter favores como se dispensasse honrarias!

– Trata-se do caso do Baile da Vitória – disse Japp, dando uma piscadinha. – Tenho certeza de que você gostaria de participar das investigações.

Poirot sorriu para mim.

– Meu amigo Hastings ficaria encantado, sem dúvida. O assunto não sai da cabeça dele, *n'est-ce pas, mon ami?*

– Bem, e você também não deve continuar imune por muito tempo. Estar por dentro de um caso como esse não é para qualquer um. Dos fatos principais suponho que você já esteja a par, correto?

– Conheço apenas a versão dos jornais, que me parece exagerada e confusa. Conte-me você mesmo a história toda.

Japp ajeitou-se confortavelmente na poltrona e começou:

– Como todos sabemos, quinta passada foi a noite do grande Baile da Vitória. Hoje, qualquer arrasta-pé de terceira categoria pode ser chamado de baile, mas esse era o legítimo, e aconteceu no Colossus Hall, onde estava presente toda a sociedade londrina, incluindo lorde Cronshaw e seus amigos.

– E quem é, afinal, esse cavalheiro? – interrompeu Poirot. – O que se sabe sobre ele?

– Visconde de Cronshaw, o quinto da sua linhagem. Homem de 25 anos, rico, solteiro, apaixonado por teatro. Havia rumores de que ele estava envolvido com a srta. Courtenay do Albany Theatre, uma jovem fascinante, conhecida pelos amigos como Coco.

– Ótimo! *Continuez...*

– Lorde Cronshaw estava acompanhado de mais cinco pessoas: seu tio, o honorável Eustace Beltane, uma jovem viúva americana, a sra. Mallaby, um jovem ator, Chris Davidson, sua esposa e, como não podia deixar de ser, a srta. Coco Courtenay. Era um baile à fantasia e o grupo de Cronshaw representava a antiga Comédia Italiana ou algo do gênero.

– *Commedia dell'Arte* – murmurou Poirot.

– Isso mesmo. As fantasias eram cópias de um conjunto de estatuetas de porcelana da coleção de Eustace Beltane. Lorde Cronshaw era Arlequim. Beltane era o bufão Punch, e a sra. Mallaby, que fazia par com ele, Pulcinella. Os Davidson eram Pierrot e Pierette. A srta. Courtenay, obviamente, Colombina. Logo no início da noite, já era visível que algo não ia bem. Lorde Cronshaw estava mal-humorado e agia de maneira estranha. Quando o grupo se reuniu para jantar na sala reservada por ele, o silêncio da srta. Courtenay chamou a atenção de todos. Dava para ver que ela tinha chorado e parecia estar à beira de um ataque de nervos. O clima da refeição foi constrangedor, e assim que todos deixaram a sala, a jovem virou-se para Chris Davidson e pediu-lhe que a levasse para casa, pois estava "cansada daquele baile". O jovem ator hesitou, olhou para lorde Cronshaw e acabou levando os dois de volta para o reservado.

"Mas ele não conseguiu reconciliá-los e acabou chamando um táxi no qual levou a srta. Courtenay, agora chorando, para o apartamento dela. No caminho, ela não chegou a contar-lhe o motivo pelo qual estava naquele estado, limitando-se a repetir que "o velho Cronch" não perdia por esperar e que ele iria "se arrepender!" Essa é a única pista que temos de que a morte dela pode não ter sido acidental. E é uma pista que não nos indica muita coisa. Quando Davidson finalmente conseguiu acalmar a srta. Courtenay, era muito tarde para retornar ao

Colossus Hall e por isso ele foi direto para o seu apartamento em Chelsea. Logo em seguida, chegou ali também a sua esposa, trazendo a notícia da terrível tragédia que tinha ocorrido após a partida dele.

"Parece que o mau humor de lorde Cronshaw só piorara ao longo do baile. Ele se manteve afastado dos amigos, que mal o viram durante o resto da noite. Por volta da uma e meia da madrugada, um pouco antes da dança, quando todos tirariam as máscaras, o capitão Digby, um amigo do exército que conhecia a fantasia de Cronshaw, viu-o num camarote, olhando para o salão. 'Olá, Cronch!', ele chamou. 'Seja mais sociável, desça e venha se divertir com a gente! O que você está fazendo aí, amuado como uma velha? Vão tocar aquele swing animado.' 'Está certo!', respondeu Cronshaw. 'Espere por mim aí, vai ser difícil achá-lo no meio da multidão.' Enquanto falava, virou-se para sair do camarote.

"O capitão Digby, que estava acompanhado da sra. Davidson, esperou. Minutos se passaram sem que lorde Cronshaw aparecesse. Digby começou a ficar impaciente, e exclamou: 'Será que ele pensa que vamos ficar a noite toda esperando?'. Naquele momento, a sra. Mallaby se juntou a eles. Explicaram a ela o que estava acontecendo. A jovem viúva disse sem pestanejar: 'Ele está parecendo um bicho acuado. É melhor irmos atrás dele'. A busca começou, mas sem resultado, até que ocorreu à sra. Mallaby que ele poderia estar na sala em que tinham jantado uma hora antes. Foram até lá. Não puderam acreditar no que viram! Arlequim estava mesmo lá, mas estirado no chão e com uma faca de mesa enfiada no peito!"

Japp fez uma pausa. Balançando afirmativamente a cabeça, Poirot disse, entusiasmado:

– *Une belle affaire*! E o assassino não deixou pistas? Seria estranho se deixasse!

— Bem — continuou o inspetor —, o resto você já sabe. A tragédia foi dupla. No dia seguinte, as manchetes de todos os jornais anunciavam também o assassinato da srta. Courtenay, a atriz que todos conheciam. Ela foi encontrada morta na própria cama, e teria sido a causa da morte uma overdose de cocaína. Acidente ou suicídio? A criada, ao ser interrogada, admitiu que a srta. Courtenay era usuária da droga, e o veredito foi o de morte acidental. Mas não podemos descartar a hipótese de suicídio. A morte dela complica as coisas para nós, já que ficamos sem pistas quanto ao motivo da briga daquela noite. Uma caixinha esmaltada foi encontrada com o morto. Na tampa, tinha o nome Coco escrito com brilhantes, e dentro, cocaína. A criada da srta. Courtenay reconheceu o objeto de sua patroa e disse que ela o carregava sempre consigo, já que não conseguia mais ficar sem a droga.

— Lorde Cronshaw também era viciado?

— Não, não. Pelo contrário. Ele era contra qualquer tipo de droga.

Poirot balançou a cabeça, pensativo.

— Mas, se a caixinha estava com ele, então ele sabia que a srta. Courtenay era usuária. Isso é estranho, você não acha, Japp?

— Hum... talvez — respondeu Japp, sem prestar muita atenção.

Eu sorri.

— Bem — disse Japp —, esse é o caso. O que você pensa a respeito?

— Você não descobriu mais nada além do que me contou?

— Sim, isso aqui — respondeu Japp, tirando do bolso um pequeno objeto, que entregou a Poirot. Era um pomponzinho verde-esmeralda de seda, com uns fiapos dependurados, como se tivesse sido arrancado com violência.

— Estava na mão do morto, que o apertava — explicou o inspetor.

Poirot devolveu o objeto sem comentar, depois perguntou:

— Lorde Cronshaw tinha algum inimigo?

— Não que se soubesse. Ele se dava bem com todo mundo.

— E quem se beneficiaria com a morte dele?

— O título e os bens vão para o tio, o honorável Eustace Beltane. Há um ou dois fatos suspeitos que estão contra ele. Várias pessoas declararam ter ouvido Eustace Beltane discutir violentamente com alguém na sala reservada, na qual o morto foi encontrado. E o fato de a faca ter sido apanhada de cima da mesa parece mesmo indicar que o crime foi cometido no calor de uma briga.

— E o que a respeito o sr. Beltane diz?

— Ele diz que estava repreendendo um dos garçons, que havia bebido demais. O fato teria ocorrido por volta da uma hora. Considere que o depoimento do capitão Digby nos permite situar o assassinato num intervalo bem preciso. Somente dez minutos se passaram entre a conversa que ele teve com Cronshaw e o momento em que encontraram o corpo.

— Além do mais, fantasiado do bufão Punch, o sr. Beltane devia estar usando uma corcunda e uma gola de folhos?

— Não sei quais eram os detalhes das fantasias — disse Japp, olhando desconfiado para Poirot. — De qualquer forma, não vejo que relação isso tem com o crime.

— Não? — havia algo de irônico no sorriso de Poirot.

Nos seus olhos havia um brilho que me era familiar, quando ele perguntou, calmamente:

— Na sala reservada para o jantar, havia uma cortina, certo?

— Sim, mas...

— E há espaço suficiente para que um homem se esconda atrás dela?

— Sim... na verdade, há um pequeno vão. Mas como você sabe disso? Por acaso já esteve lá, monsieur Poirot?

— Não, meu caro Japp, foi pensando que descobri a existência da cortina. Sem a cortina, a história se torna muito estranha, deixa de ser razoável. Mas me diga, ninguém mandou chamar um médico?

— Na mesma hora, é claro. Mas não havia o que pudesse ser feito. A morte deve ter sido instantânea.

Poirot sacudia a cabeça, impaciente.

— Sim, sim, eu entendo. Esse médico prestou depoimento para o inquérito?

— Sim.

— Ele fez referência a algum sintoma fora do comum? Ele notou algo de anormal no corpo?

Japp arregalou os olhos para Poirot.

— Sim, monsieur Poirot. Eu não sei que pista você está seguindo, mas ele de fato mencionou que os membros do morto estavam muito mais tensos e contraídos do que era de se esperar.

— Ah! — disse Poirot. — *Mon Dieu*! Japp, isso nos dá o que pensar, você não acha?

Percebi que Japp continuava sem entender a importância daquilo.

— Você não está pensando em envenenamento, está? Quem diabos iria envenenar um homem e depois enfiar-lhe uma faca?

— Seria mesmo ridículo — concordou Poirot, imperturbável.

— Mas então onde você quer chegar? Se você gostaria de examinar a sala em que o corpo foi encontrado...

Poirot fez um gesto amplo com a mão.

— Não, não é preciso. Você já me contou o que eu precisava saber: a opinião de lorde Cronshaw quanto ao uso de drogas.

– Mas então não há nada que você queira ver?
– Uma coisa apenas.
– E o que seria?
– O conjunto de porcelana do qual as fantasias foram copiadas.

Japp arregalou os olhos.
– Você é realmente engraçado!
– Será que eu poderia vê-lo?
– Podemos ir agora mesmo ao Berkeley Square. O sr. Beltane, ou lorde Cronshaw, como ele deve agora ser chamado, não vai se opor.

II

Pegamos um táxi. O novo lorde Cronshaw não estava em casa, mas Japp pediu que nos levassem até a sala onde ficava a coleção de porcelanas. Japp olhou ao redor de si, sem saber o que fazer.

– Não faço a menor ideia de como vamos achar as peças que você procura.

Mas Poirot já tinha puxado uma cadeira para frente do consolo da lareira, e havia pulado nela com a agilidade de um coelho. Em cima do espelho, numa prateleira pequena só para elas, estavam seis estatuetas. Poirot examinou-as cuidadosamente, fazendo os seguintes comentários:

– *Les voilà!* A antiga Comédia Italiana. Três pares! Arlequim e Colombina, Pierrot e Pierrette: em branco e verde, num estilo muito delicado. Punch e Pulcinella em amarelo e malva. Como eu tinha imaginado, as figuras de Punch e Pulcinella são mesmo muito ricas: franjas, folhos, uma corcunda e um chapéu bem alto.

Ele colocou as estatuetas de volta no lugar e pulou da cadeira.

Japp parecia confuso, mas como Poirot não estava disposto a explicar nada, o detetive estampou no rosto seu melhor sorriso amarelo. Quando estávamos prontos para sair da casa, o proprietário chegou, e Japp apresentou a todos.

O sexto visconde de Cronshaw era um homem de cerca de cinquenta anos, de modos refinados e fisionomia atraente e devassa. Era certamente um sujeito vivido e astucioso, que se expressava em gestos lânguidos e sedutores. Assim que o vi, senti por ele certa antipatia. No entanto, ele nos cumprimentou com desenvoltura, afirmando que já ouvira muito falar das habilidades de Poirot, e colocou-se à nossa inteira disposição.

– Sei que a polícia está fazendo o possível e o impossível para resolver o caso – disse Poirot.

– Temo, entretanto, que o mistério da morte do meu sobrinho nunca seja solucionado. É mesmo um caso misterioso.

Poirot olhou para ele atentamente:

– O seu sobrinho tinha algum inimigo que o senhor conhecesse?

– Tenho certeza de que ele não tinha inimigos.

Ele fez uma pausa e depois continuou:

– Sinta-se à vontade para me perguntar o que quiser.

– De fato, existe uma pergunta que eu gostaria de fazer... – disse Poirot, e seu rosto assumiu uma expressão séria. – As fantasias eram reproduções exatas das estatuetas?

– Nos mínimos detalhes.

– Obrigado, milorde. É tudo o que preciso saber. Desejo-lhe um bom dia.

– E qual é o próximo passo? – perguntou Japp quando já estávamos na rua. – Tenho de passar as últimas informações ao pessoal da Scotland Yard.

– *Bien*! Não tenho por que tomar mais o seu tempo. Há só uma coisinha que preciso verificar, e então...
– O quê?
– O caso está resolvido.
– Como? Você está brincando, é claro! Você sabe quem matou lorde Cronshaw?
– *Parfaitement*.
– E quem foi? Eustace Beltane?
– Ah, meu amigo! Você me conhece. Não gosto de revelar minhas descobertas antes do último minuto. Mas não tenha medo. Vou lhe contar tudo, quando chegar a hora certa. Não quero nenhum crédito. O caso é todo seu, desde que você me permita conduzir a história até o seu *dénouement*.
– Nada mais justo – disse Japp. – Quer dizer, desde que de fato se chegue a um *dénouement*! Como costumo dizer, você é mais fechado do que uma ostra.

Poirot sorriu, e Japp se despediu, descendo a rua apressado, rumo à Scotland Yard.

Poirot fez sinal a um táxi que estava passando.

– Aonde vamos agora? – perguntei eu, morrendo de curiosidade.

– A Chelsea, para falar com os Davidson.

Ele deu o endereço ao motorista.

– O que você achou do novo lorde Cronshaw? – perguntei.

– O que você me diz, Hastings?

– Desconfiei dele assim que o vi.

– Ele lhe pareceu um desses parentes malévolos descritos em romances, não?

– Você gostou dele?

– Achei que ele nos tratou muito bem – disse Poirot, sem se revelar.

– Pois devia ter motivos para agir assim!

Poirot olhou para mim, sacudiu a cabeça tristemente, e murmurou algo que soou como "falta de método".

III

Os Davidson viviam no terceiro andar de um prédio. Fomos informados de que o sr. Davidson havia saído, mas a sua esposa estava em casa. Levaram-nos até uma sala espaçosa, com o teto rebaixado e as paredes decoradas com tapeçarias orientais. O cheiro de incenso deixava o ar pesado e abafado.

A sra. Davidson não demorou a aparecer. Era uma mulher pequena e loira, de fragilidade quase patética e comovedora, não fosse pelo brilho frio e inteligente que emanava dos seus olhos azuis muito claros.

Poirot explicou o motivo da nossa visita, e ela balançou a cabeça tristemente.

– Pobre Cronch. E pobre Coco, de quem gostávamos tanto! A morte dela foi um golpe terrível para nós. O que o senhor gostaria de saber? É realmente necessário que eu fale a respeito daquela noite horrorosa mais uma vez?

– Não se preocupe, madame. O inspetor Japp já contou tudo o que eu precisava saber. Gostaria apenas de ver a fantasia que a senhora usou no baile aquela noite.

A mulher pareceu um pouco surpresa, e Poirot continuou calmamente:

– Tenho de explicar-lhe que estou procedendo conforme se faz no meu país. Lá, sempre reconstituímos o crime. Talvez eu peça que encenem uma verdadeira *représentation* do caso. Para isso, como a senhora pode entender, as fantasias são fundamentais.

A sra. Davidson continuava desconfiada.

– Já ouvi falar de reconstituição de crime, é claro – disse ela. – Mas não sabia que eram tão cuidadosos com os detalhes. Vou pegar a roupa agora mesmo.

Ela deixou a sala e retornou sem demora, equilibrando entre os braços um volume delicado de cetim branco e verde, que entregou a Poirot. Ele examinou o traje, que depois devolveu a ela fazendo uma mesura.

– *Merci, madame*! Vejo que a senhora perdeu um dos pompons verdes da fantasia, esse aqui do ombro.

– Sim, ele foi arrancado durante o baile. Mas peguei-o de volta e pedi ao pobre lorde Cronshaw que o guardasse para mim.

– Isso foi depois do jantar?

– Sim.

– Não muito antes da tragédia, creio.

Uma súbita expressão de preocupação atravessou o rosto da sra. Davidson, e ela respondeu rapidamente:

– Oh, não! Foi muito antes. Logo após o jantar, na verdade.

– Entendo. Bem, isso é o suficiente. Não vou incomodá-la mais. *Bonjour, madame*.

– Isso explica o mistério do pompom verde – disse eu, quando saíamos do edifício.

– Imagino que sim.

– Imagina? O que você quer dizer?

– Você prestou atenção quando eu examinava o vestido, Hastings?

– Acho que sim...

– *Eh bien*, o pompom que estava faltando não foi arrancado, como ela disse. Pelo contrário. Ele foi cortado, cortado com uma tesoura. O tecido estava completamente liso no local.

– Nossa! – exclamei. – Está ficando cada vez mais interessante.

– Pelo contrário – respondeu Poirot –, está cada vez mais sem graça.

– Poirot – exclamei –, um dia desses ainda acabo com você! Esse seu hábito de achar tudo perfeitamente simples está se tornando insuportável.

– Mas quando eu explico as coisas, *mon ami*, não é sempre tudo muito simples?

– Sim, e é isso mesmo que é irritante! Fico com a impressão de que eu poderia ter resolvido o problema.

– E poderia, Hastings... Caso se desse ao trabalho de pôr a sua cabeça em ordem! Sem método...

– Eu sei, eu sei – cortei apressado. Já conhecia bem a eloquência de Poirot quando o assunto era aquele. – Diga-me: o que fazer agora? Você pretende mesmo reconstituir o crime?

– Não, nada disso. O drama está acabado, apesar de que eu proponha que a ele se acrescente uma... arlequinada?

IV

A terça seguinte foi o dia marcado por Poirot para a sua encenação misteriosa. Os preparativos me deixaram bastante intrigado. Uma tela branca foi montada de um lado da sala, ladeada por cortinas pesadas. Um homem carregando uma aparelhagem de iluminação chegou em seguida, e, por fim, um grupo de atores de teatro. Eles desapareceram no quarto de Poirot, que serviu de camarote.

Logo antes das oito, chegou Japp, que não parecia muito otimista. Percebi que o detetive não via com bons olhos o plano de Poirot.

– Um pouco melodramático, como são em geral as ideias dele. Mas até aí não nos prejudica em nada, e pode ser até que nos evite, como ele diz, uma série de embaraços. Ele fez o caso avançar. Eu já estava na mesma pista, é claro... – senti que Japp exagerava – mas prometi-lhe autonomia para seguir com a investigação do seu jeito. Ah! Aí vem o pessoal.

Lorde Cronshaw foi o primeiro a chegar, trazendo consigo a sra. Mallaby, que eu ainda não tinha visto. Era uma mulher bonita, de cabelos pretos, e parecia bastante nervosa. Os Davidson chegaram em seguida. Também era a primeira vez que eu via Chris Davidson. Alto e de cabelos pretos, ele tinha uma beleza convencional e a desenvoltura típica de um ator.

Poirot tinha arrumado cadeiras para o grupo diante da tela. Ela era iluminada por uma luz brilhante. Poirot apagou as outras luzes, e a sala ficou no escuro, exceto pela tela. A voz de Poirot surgiu da escuridão:

– Senhoras e senhores, primeiro uma explicação. Um depois do outro, seis personagens vão passar diante da tela. Vocês os conhecem. Pierrot e Pierrette, Punch e Pulcinella, um mais elegante que o outro, a bela Colombina, dançando graciosamente, e Arlequim, o duende invisível!

Com essas palavras introdutórias, começava o espetáculo. Os personagens apareciam na ordem indicada por Poirot, faziam uma mesura para o público, paravam por um momento e depois desapareciam. Acenderam-se novamente as luzes da sala, e ouviram-se suspiros de alívio na plateia. Todos tinham ficado nervosos, sem entender direito o que se passava. Achei o espetáculo singularmente monótono. Se o criminoso estava entre nós e Poirot esperava que ele se traísse ao ver um dos personagens conhecidos, o plano mirabolante de Poirot havia fracassado. Poirot, em todo o caso, não parecia desapontado. Ele deu um passo à frente, confiante.

– Agora, senhoras e senhores, será que poderiam me dizer, com as próprias palavras, um por um, o que acabaram de ver? O senhor gostaria de começar, milorde?

O cavalheiro parecia confuso.

– Peço desculpas, mas acho que não entendi.

– Gostaria apenas que o senhor descrevesse o que acabamos de ver.

– Hum... oh, eu diria que vimos seis personagens se apresentando um depois do outro. Seriam personagens da velha Comédia Italiana, ou... hum... nós mesmos naquela noite.

– Esqueça aquela noite – interrompeu Poirot. – É na primeira parte da sua observação que eu estou interessado. Madame, a senhora concorda com o que disse lorde Cronshaw?

Ele se dirigia a sra. Mallaby.

– Eu? Hum... sim, é claro.

– A senhora viu então seis personagens da Comédia Italiana?

– É o que me parece.

– Sr. Davidson, concorda com eles?

– Sim.

– Madame?

– Sim.

– Hastings? Japp? Sim? Todos concordam?

Ele olhou para nós, sua face empalideceu e seus olhos cresceram como os de um gato.

– E no entanto... *vocês estão enganados*! Foram enganados pelos seus próprios olhos, como na noite do Baile da Vitória. Nem sempre o que vemos é verdade. É preciso ver com os olhos do espírito. É preciso usar a massa cinzenta. Essa noite, assim como na noite do Baile da Vitória, o que vocês viram não foram *seis*, mas *cinco* personagens!

As luzes se apagaram novamente. Um personagem apareceu diante da tela e fez uma mesura para o público: Pierrot!

– Quem é esse? – perguntou Poirot. – Pierrot?

– Sim – todos responderam.

– Olhem mais uma vez!

Com um movimento rápido, o homem desvencilhou-se da fantasia folgada de Pierrot. Agora, iluminado diante da tela, brilhava o Arlequim! Ao mesmo tempo, ouviu-se um grito e um revirar de cadeiras na plateia.

– Maldito, maldito! – rosnou Davidson. – Como foi que você descobriu?

Ouviu-se então um tinir de algemas e a voz calma de Japp:

– Christopher Davidson, o senhor está preso como suspeito pelo assassinato do Visconde de Cronshaw. Tudo o que disser pode ser usado contra o senhor durante o julgamento.

V

Quinze minutos depois, servia-se um jantar rápido, mas sofisticado. Poirot, com um largo sorriso, dispensava gentilezas e respondia às perguntas que, ansiosos, fazíamos.

– Foi tudo muito simples. As circunstâncias em que o pompom verde fora encontrado sugeria de imediato que ele havia sido arrancado da fantasia do assassino. Desconsiderei Pierrette de imediato, já que é preciso uma força considerável para utilizar uma faca de mesa comum como arma, e concentrei-me em Pierrot. Mas Pierrot deixou o baile quase duas horas antes de o crime ser cometido. Então, ele devia ter retornado ao baile mais tarde para matar lorde Cronshaw, ou... *eh bien*, tê-lo matado antes de sair dali! Seria isso possível? Quem tinha visto lorde Cronshaw depois do jantar aquela noite? Somente a sra. Davidson, que mentiu deliberadamente ao depor, a fim de poder explicar o desaparecimento do pompom que, é claro, ela cortou da própria fantasia a fim de substituir o que estava faltando na fantasia do marido.

Mas então o Arlequim que à uma hora e meia viram no camarote devia ser uma imitação. Por um momento, cheguei a considerar a possibilidade de o sr. Beltane ser o culpado. Mas vestindo uma fantasia cheia de detalhes, seria impossível a ele desempenhar o duplo papel de Punch e Arlequim. Por outro lado, para Davidson, um jovem da mesma altura do homem assassinado, e um ator profissional, tudo seria muito simples.

"Só uma coisa me preocupava. O médico devia ter percebido a diferença entre um homem morto há duas horas e um que tivesse morrido há dez minutos! *Eh bien*, o médico percebeu essa diferença! Mas, quando o levaram até o corpo, ninguém lhe perguntou quando o homem teria morrido. Pelo contrário, informaram-lhe que o homem fora visto vivo dez minutos antes, e então o médico apenas comentou no inquérito que a rigidez dos membros do morto lhe parecia inexplicável!

"Tudo se encaixava na minha teoria. Davidson tinha matado lorde Cronshaw logo depois do jantar, quando, vocês se lembram, ele foi visto conduzindo-o de volta à sala reservada em que tinham jantado. Ele então deixou o baile com a srta. Courtenay, deixando-a na porta de casa, em vez de tentar acalmá-la conforme havia relatado, e retornou apressado ao Colossus. Fez isso como Arlequim, não como Pierrot, uma simples transformação que exigiu apenas que ele se desvencilhasse da fantasia que trazia por cima da outra."

VI

O tio do morto estava inclinado para frente, com um olhar perplexo.

– Se foi assim mesmo, ele deve ter ido ao baile preparado para matar a vítima. Que motivo teria ele para isso? Não consigo entender.

– Ah! Chegamos agora à segunda tragédia, à da srta. Courtenay. Há um detalhe que ninguém percebeu. A srta. Courtenay morreu de uma overdose de cocaína, mas o suprimento que ela tinha da droga foi encontrado com o corpo de lorde Cronshaw. Mas como ela obteve a dose que a matou? Somente uma pessoa poderia ter fornecido a dose a ela: Davidson. E isso explica tudo. Explica a amizade dela com os Davidson e o pedido dela para que Davidson a levasse até em casa. Lorde Cronshaw, que era radicalmente contra o uso de drogas, descobriu que ela estava viciada em cocaína e suspeitou que Davidson lhe fornecesse a droga. Davidson sem dúvida negou o fato, mas lorde Cronshaw estava decidido a arrancar a verdade da srta. Courtenay durante o baile. Ele poderia perdoar a pobre moça, mas seria implacável com o homem que ganhava a vida traficando drogas. Davidson seria exposto e arruinado. Ele foi ao baile determinado a silenciar Cronshaw de uma vez por todas.

– E a morte de Coco foi mesmo um acidente? – perguntei.

– Creio que se tratou de um acidente habilmente planejado por Davidson. Ela estava furiosa com Cronshaw. Ele não apenas a repreendera, mas tirara dela o seu suprimento de cocaína. Davidson forneceu mais droga a ela, e provavelmente sugeriu que ela aumentasse a dose num gesto de rebeldia contra o "velho Cronch"!

– Só mais uma coisa – eu disse. – O vão atrás da cortina? Como é que você soube dele?

– Ora, *mon ami*... Esse foi o detalhe mais óbvio. Garçons teriam entrado e saído daquela sala diversas vezes. Obviamente o corpo não poderia ter sido deixado no chão, onde depois foi encontrado. Deveria haver um lugar em que ele pudesse ser escondido. Disso eu deduzi a existência da cortina e do vão. Davidson arrastou o corpo até lá. Mais tarde, depois de chamar atenção para si mesmo aparecendo no camarote, ele o arrastou de volta e foi embora do Colossus Hall. Esse foi o seu gesto mais ardiloso. Ele é um homem inteligente!

E nos olhos verdes de Poirot, pude ler o que ele certamente pensava, apesar de não o dizer: "mas não tão inteligente quanto Hercule Poirot!".

A AVENTURA DA COZINHEIRA DE CLAPHAM

I

Na época em que eu morava com meu amigo Hercule Poirot, tinha o hábito de ler para ele, em voz alta, as manchetes do jornal matutino, o *Daily Blare*.

O *Daily Blare* era um jornal que fazia sensacionalismo sobre tudo. Assaltos e assassinatos não eram deixados para as últimas páginas. Pelo contrário, eles saltavam aos olhos em letras garrafais, logo na primeira página:

FUNCIONÁRIO DE BANCO DESAPARECE
COM 50 MIL LIBRAS EM TÍTULOS DE
CRÉDITO
MARIDO INFELIZ ENFIA A CABEÇA NO
FORNO A GÁS.
DATILÓGRAFA DESAPARECIDA. BELA
MOÇA DE VINTE E UM ANOS. ONDE ESTÁ
EDNA FIELD?

– É só você escolher, Poirot. Um bancário caloteiro, um suicídio misterioso, uma datilógrafa desaparecida. Qual você prefere?

Meu amigo permaneceu tranquilo. Sacudiu a cabeça calmamente e disse:

– Nenhum deles me desperta grande interesse, *mon ami*. Me sinto inclinado a passar o dia de hoje descansando. Só sairia de casa por um motivo realmente extraordinário. Tenho de cuidar de alguns assuntos pessoais.

– Assuntos pessoais?

– Meu guarda-roupas, Hastings. Se não estou enganado, há uma mancha de gordura no terno cinza que acabei de comprar. Uma mancha pequena, mas que me incomoda. Tem também o meu sobretudo, que preciso mandar lavar a seco. E creio que meus bigodes estão prontos para serem aparados. Sim, este é o momento certo, e depois devo ainda aplicar pomada.

– Bem – disse eu, caminhando em direção à janela –, duvido que você tenha a chance de se dedicar a esses seus desvarios. Isso que acaba de tocar foi a campainha. Você tem um cliente.

– Não pretendo me envolver nem que seja um caso de interesse da nação – declarou Poirot, com dignidade.

No momento seguinte, nossa privacidade foi invadida pelos passos barulhentos de uma senhora robusta e de rosto afogueado que subia apressadamente as escadas.

– Senhor Poirot? – perguntou ela, deixando-se cair em uma das poltronas.

– Sim, madame, chamo-me Hercule Poirot.

– O senhor não se parece nem um pouco com o que eu imaginava – disse a senhora, olhando para ele desconfiada. – Alguém por acaso pagou para que os jornais escrevessem que o senhor era um grande detetive ou eles inventaram isso espontaneamente?

– Madame! – disse Poirot, empinando-se.

– Me desculpe, mas, realmente, o senhor sabe como são os jornais hoje. Você começa a ler uma bela reportagem a respeito de um conselho dado por uma mulher casada a sua amiga solteirona, e tudo se resume a uma coisinha que você deveria comprar na farmácia e passar nos cabelos. É tudo propaganda! Espero que o senhor não tenha se ofendido. Vou lhe dizer exatamente o que quero do senhor. Eu quero que o senhor encontre a minha cozinheira!

Poirot, petrificado, olhava fixamente para ela. Tive de virar-me para o lado, a fim de conter o riso.

— São esses malditos auxílios que elas recebem — continuou a senhora. — Ficam com a cabeça cheia de ideias, querem ser datilógrafas e sabe-se lá o que mais. O governo tem de acabar com o auxílio-desemprego, é tudo o que eu digo. Gostaria de saber que queixa elas teriam de *mim*! Têm folga uma tarde e uma noite por semana, domingos alternados, não lavam roupa, comem a mesma comida que nós... E veja bem que margarina não entra na minha casa, apenas a melhor manteiga do mercado!

Ela parou para recuperar o fôlego, e Poirot valeu-se da oportunidade. Ele falou com toda a altivez que podia, erguendo-se na ponta dos pés:

— Temo que a senhora esteja equivocada, madame. Não estou envolvido em nenhuma sindicância do Ministério do Trabalho. Sou um detetive particular.

— Eu sei disso — disse a nossa visita. — Acabei de dizer-lhe que preciso que o senhor encontre a minha cozinheira. Ela saiu de casa na quarta-feira, sem dar nem mesmo tchau, e até agora não retornou.

— Sinto muito, madame. Não trato desse tipo de assunto. Tenha um bom dia.

Nossa visita bufou indignada.

— Então é assim, meu senhor? Se acha bom demais para esse tipo de trabalho, hein? Só lida com segredos do governo e desaparecimento de joias de condessas? Pois bem, para uma mulher na minha posição, uma empregada é tão ou mais importante do que um conjunto de pedras preciosas! Nem toda mulher pode se dar ao luxo de passear de carro exibindo diamantes e pérolas. Achar uma boa cozinheira é uma tarefa árdua, e quando você perde a sua, você sofre tanto quanto uma madame que ficou sem o colar.

Por um momento ou dois, Poirot pareceu oscilar entre o senso de autoestima e o senso de humor. Acabou por soltar uma gargalhada e sentou-se.

— Madame, a senhora é que está certa. Suas observações são justas e inteligentes. Esse caso vai ser uma novidade para mim. Nunca tive de ir atrás de uma empregada desaparecida. É um caso legítimo de interesse da nação. *En avant*! A senhora diz que essa joia de cozinheira saiu de casa na quarta e não voltou? Isso foi anteontem...

— Precisamente. Era o dia de folga dela.

— Talvez tenha acontecido algum acidente. A senhora contatou os hospitais?

— Eu também pensava assim até ontem, mas essa manhã ela mandou buscar o baú. E sem me escrever uma única linha! Se eu estivesse em casa, não teria deixado que o levassem. Imagine, tratar-me desse jeito! Mas eu tinha ido até o açougue...

— A senhora poderia descrevê-la?

— Uma mulher de meia-idade, robusta, de cabelos pretos já um tanto grisalhos. Enfim, uma mulher respeitável, que permaneceu dez anos no último emprego. O nome dela é Eliza Dunn.

— E não houve desentendimento entre vocês nesta quarta?

— Nenhum, o que torna o desaparecimento dela ainda mais estranho.

— Quantas empregadas a senhora possui, madame?

— Duas. A arrumadeira, Annie, é uma boa jovem. Um pouco esquecida, além de andar sempre pensando em rapazes, mas uma excelente empregada se vigiada de perto.

— As duas se davam bem?

— Às vezes entravam em conflito, mas no geral se davam muito bem.

— E a jovem não sabe de nada que possa lançar uma luz sobre o mistério?

— Ela diz que não. Mas o senhor sabe como são os empregados, andam sempre mancomunados.

— Bem, temos de investigar isso. Onde é mesmo que a senhora mora?

— Em Clapham, na Prince Albert Road, número 88.

— *Bien*, madame, tenho de me despedir da senhora agora, mas vou fazer-lhe uma visita mais tarde.

A sra. Todd, esse era o nome da nossa nova amiga, despediu-se e foi embora. Poirot olhou para mim, um pouco entristecido.

— Bem, Hastings, esse é mesmo um caso novo. O desaparecimento da cozinheira de Clapham! Nunca, nunca mesmo, o nosso amigo inspetor Japp vai ouvir falar dele...

Poirot então aqueceu o ferro e removeu cuidadosamente a mancha de gordura do seu terno cinza, utilizando um pedaço de papel absorvente. Os bigodes, infelizmente, ele teve de adiar para outro dia, e saímos rumo a Clapham.

Prince Albert Road era uma rua de pequenas casas muito bem cuidadas, todas parecidas, com as janelas veladas por cortinas de laço e aldravas bem polidas nas portas.

Tocamos a campainha do número 88, e a porta foi aberta por uma criada de uniforme impecável e um rosto bonito. A sra. Todd veio até o vestíbulo para nos receber.

— Não vá ainda, Annie – ordenou ela. – Este cavalheiro é um detetive e quer fazer-lhe algumas perguntas.

A expressão do rosto de Annie oscilou entre o medo e uma exaltação prazerosa.

— Eu lhe agradeço, madame – disse Poirot. – Se possível, gostaria de interrogar a sua empregada a sós.

Fomos levados até uma pequena sala de estar, e quando a sra. Todd nos deixou sozinhos, não de todo satisfeita, Poirot deu início ao interrogatório cruzado.

– *Voyons, mademoiselle Annie*, tudo o que tiver a nos dizer será da maior importância. Só você pode lançar uma luz sobre esse mistério. Sem a sua ajuda, estou perdido.

O medo desapareceu do rosto da moça, que foi então tomado pela exaltação prazerosa.

– Pois não, senhor. Vou contar-lhe tudo o que puder.

– Está bem – disse Poirot, sorrindo. – Para começar, me diga, o que você pensa dessa história? Você me parece uma moça inteligente. Percebi isso logo que a vi! Por que você acha que Eliza desapareceu?

Incentivada dessa forma, Annie deu asas à imaginação:

– Traficantes de escravas brancas, senhor, é o que tenho dito! Eliza sempre me alertou: "Não saia por aí cheirando perfumes nem aceite balas de estranhos, por mais atraentes que sejam!" Era isso o que ela me dizia. Por mais extraordinário que pareça, devem tê-la despachado para a Turquia ou outro país oriental onde ouvi dizer que têm predileção por mulheres gordas!

Poirot manteve-se admiravelmente sério.

– Mas, se fosse esse o caso, e essa é mesmo uma ideia interessante, teria ela mandado buscar o baú?

– De fato, senhor, eu não sei... Ela não iria abrir mão das coisas dela, mesmo num país tão distante.

– Quem veio buscar o baú? Um homem?

– Uma empresa de transporte, senhor.

– E foi você quem o arrumou?

– Não, senhor. Ele já estava arrumado e amarrado.

– Ah! Isso é interessante. Isso prova que, quando ela deixou a casa na quarta-feira, já estava determinada a não voltar mais. Você concorda comigo?

— Sim, senhor. — Annie parecia um pouco contrariada. — Não tinha pensado nisso. Mas ainda assim é possível que tenham sido os traficantes de escravas brancas. O senhor não concorda? — perguntou ela, melancólica.

— Certamente que sim! — disse Poirot, gravemente. E acrescentou:

— Vocês duas ocupavam o mesmo quarto?

— Não, senhor. Dormíamos em quartos separados.

— E Eliza alguma vez se queixou com você a respeito do emprego? Vocês eram felizes aqui?

— Ela nunca disse que iria largá-lo. O emprego é bom — hesitou ela.

— Fale com franqueza — disse Poirot, gentilmente. — Não vou comentar nada com a sua patroa.

— Bem, senhor... ela é bem enjoada, a patroa. Mas a comida é boa e em quantidade. Pratos quentes para o jantar, manteiga à vontade, além de termos boas folgas. E mesmo que Eliza quisesse ir para outro lugar, estou certa de que ela não iria embora dessa maneira. Ela ficaria até o final do mês. Ora, saindo como saiu, a patroa poderia até mesmo exigir-lhe um ordenado!

— O trabalho é muito difícil?

— Bem, a patroa é exigente... Está sempre fuçando nos cantos para ver se há alguma poeira. E tem também o inquilino. Mas só o vemos no café da manhã e no jantar. O mesmo se pode dizer do patrão. Passam o dia todo na cidade.

— E como é o patrão?

— Ele não é mau. Calado e um pouco pão-duro.

— Você lembra da última coisa que Eliza disse antes de ir embora?

— Sim. "Se sobrarem alguns pêssegos em calda do jantar vou comê-los mais tarde, e um pouco de bacon com batatas fritas." Ela era louca por pêssegos em calda. Vai ver que foi isso que usaram como isca para apanhá-la.

— A folga dela era sempre na quarta-feira?
— Sim, ela folgava na quarta, e eu, na quinta.

Poirot fez mais algumas perguntas, e então deu-se por satisfeito. Annie deixou-nos, e a sra. Todd correu até nós, com os olhos brilhando de curiosidade. Eu tinha certeza de que ela se ressentira ao ter sido deixada de fora da conversa. Valendo-se de certa diplomacia, Poirot tratou de acalmá-la.

— Eu sei que é difícil, para uma mulher de inteligência excepcional como a senhora, suportar pacientemente os meandros de uma investigação criminal. Nós, pobres detetives, estamos acostumados a isso. O mais difícil é ter paciência com a estupidez alheia.

Desfazendo assim qualquer ressentimento da parte da sra. Todd, Poirot fez a conversa girar ao redor do marido dela, soube que ele trabalhava em uma firma na cidade e que só voltaria para casa depois das seis.

— Sem dúvida, ele também se surpreendeu e se preocupou com o súbito desaparecimento da cozinheira, certo?

— Ele nunca se preocupa com nada — declarou a sra. Todd. — "Contrate outra, querida", foi tudo o que ele disse. Ele é tão despreocupado que às vezes me tira do sério. "Uma mulher ingrata", ele disse, "estamos melhor sem ela."

— E o que disseram os outros moradores?

— O sr. Simpson, nosso hóspede? Desde que não lhe falte o café da manhã e o jantar, para ele está tudo bem.

— Qual é a profissão dele, madame?

O hóspede trabalhava em um banco, cujo nome lembrou-me aquilo que eu tinha acabado de ler no *Daily Blare*.

— Ele é jovem?

— Tem 28 anos, eu acho. É um jovem educado e tranquilo.

– Gostaria de trocar uma ou duas palavras com ele e também com o marido da senhora, se possível. Voltarei aqui essa noite para isso. Me atrevo a sugerir que a senhora descanse um pouco, madame, pois parece exausta.

– E estou mesmo! Além da preocupação com Eliza, estive fazendo compras praticamente todo o dia de ontem, e o senhor bem sabe o que isso significa! E há muito serviço acumulado na casa, pois Annie obviamente não pode cuidar de tudo. Já estou vendo a hora em que ela vai pedir as contas, depois de ficar tão sobrecarregada. Com tudo isso acontecendo, eu tinha mesmo de me abater!

Poirot murmurou algo a fim de confortá-la, e nos despedimos.

– É uma estranha coincidência – disse eu –, mas aquele bancário desaparecido, Davis, trabalhava no mesmo banco que Simpson. Você acha que pode haver alguma ligação entre os dois casos?

Poirot sorriu.

– Um funcionário de banco que deixa de pagar as contas, uma cozinheira que desaparece no ar... É difícil ver uma relação entre os dois, a menos que Davis tenha visitado Simpson, se apaixonado pela cozinheira, e persuadido ela a fugir com ele!

Eu soltei uma gargalhada, mas Poirot permaneceu sério.

– Nunca subestime o que parece de pouca importância – disse ele, pensativo. – Lembre-se, Hastings, de que se você vai se exilar em outro país, uma boa cozinheira pode ser mais importante do que um rostinho bonito!

Ele fez uma pausa e então continuou:

– É um caso curioso, cheio de contradições. Estou mesmo interessado! Muito interessado.

II

Naquela noite, retornamos ao número 88 da Prince Albert Road e interrogamos o sr. Todd e o sr. Simpson. O primeiro era um homem melancólico e magro, de quarenta e poucos anos.

– Ah, sim, sim – ele disse displicente. – Eliza, sim. Acho que era uma boa cozinheira. E econômica. Essa é uma qualidade a que dou bastante valor.

– O senhor tem alguma ideia de por que ela deixaria o emprego dessa forma tão inesperada?

– Ah, bem... – disse o sr. Todd, vagamente – empregados são assim mesmo. Minha mulher se preocupa demais. Chega a ficar doente. Mas o problema é muito simples. Eu disse a ela que contratasse outra cozinheira. "Contrate outra", foi o que eu disse. Não adianta chorar sobre o leite derramado.

O sr. Simpson também não pôde nos ajudar. Era um jovem calado e discreto, que usava óculos.

– Acredito tê-la visto – ele disse. – Uma mulher mais velha, não? Quem eu sempre vejo é Annie. Uma boa garota, muito educada.

– Elas se davam bem?

O sr. Simpson disse que supunha que sim, mas que na verdade não sabia.

– Bem, não descobrimos nada de interessante nesses depoimentos, *mon ami* – disse Poirot, quando deixamos a casa.

Nossa partida fora retardada pela sra. Todd, que explodira num acesso verborrágico, repetindo num número ainda maior de palavras tudo o que já nos dissera pela manhã.

– Você está decepcionado? – perguntei. – Esperava descobrir algo importante com o depoimento deles?

Poirot sacudiu a cabeça negativamente.

— Isso era possível, é claro — disse ele —, mas eu já esperava que o depoimento deles não nos acrescentasse muita coisa.

Na manhã seguinte, Poirot recebeu uma carta. Ele a leu, ficou azul de raiva, e passou ela para mim:

A sra. Todd lamenta comunicar que terá de abrir mão dos serviços do sr. Poirot. Depois de conversar com seu marido, ela convenceu-se da futilidade de contratar um detetive para a resolução de um problema meramente doméstico. Anexo segue um guinéu em atenção pela consulta.

III

— Ah! — bradou Poirot, furioso. — É assim que eles pensam que vão se livrar de Hercule Poirot? Como um favor, um enorme favor, consenti em investigar esse caso ordinário, que não vale um centavo, e eles me descartam *comme ça*! Tenho certeza de que aqui andou a mão do sr. Todd... Mas não vou sujeitar-me a isso. Não, não, mil vezes! Gasto do meu próprio dinheiro, se preciso, mas sigo com essa investigação até o fim!

— Sim — disse eu. — Mas como?

Poirot se acalmou um pouco.

— *D'abord* — disse ele — vamos pôr um anúncio nos jornais. Deixe-me pensar... sim, algo mais ou menos assim: "Eliza Dunn, contate o seguinte endereço. Trata-se de um assunto de grande interesse seu". Coloque isso em todos os jornais que você conhece, Hastings. Vou dar uma saidinha. Vamos, não fique aí parado... É preciso agir imediatamente!

Eu não o vi de novo antes da noite, quando ele me contou o que estivera fazendo.

– Fui até a empresa do sr. Todd e fiz algumas perguntas. Ele estava trabalhando na quarta-feira e é um homem honesto. É o que nos basta saber sobre ele. Quanto a Simpson, na quinta-feira ele esteve doente, e não foi trabalhar, mas estava no banco na quarta-feira. Ele se dava com Davis, embora não fossem grandes amigos. Nada fora do comum. Não creio que haja algo a ser descoberto aqui. Vamos ter de esperar pelas respostas ao anúncio.

O anúncio foi publicado nos principais jornais. Conforme Poirot havia determinado, ele apareceria diariamente ao longo de uma semana.

O entusiasmo de Poirot pelo simples desaparecimento de uma cozinheira ultrapassava o bom senso, mas acabei por compreender que ele tinha feito da solução do problema um ponto de honra. Vários casos de importância considerável foram apresentados a ele no período, mas Poirot não aceitou se envolver em nenhum deles. Todas as manhãs, ele corria para pegar a correspondência, que examinava ansioso, para depois deixar de lado com um suspiro.

No entanto, nossa paciência foi finalmente recompensada. Na quarta-feira seguinte à visita da sra. Todd, a nossa senhoria informou-nos que uma mulher chamada Eliza Dunn estava nos procurando.

– *Enfin*! – exclamou Poirot. – Peça para ela subir, então. Imediatamente!

Minutos depois ela estava de volta, trazendo consigo a srta. Dunn. Nossa visita era exatamente como a desaparecida que nos tinham descrito: alta, robusta, com uma aparência digna e honesta.

– Vim em resposta ao anúncio publicado nos jornais – explicou ela. – Mas creio estar havendo alguma confusão, pois já recebi a minha herança.

Poirot a examinava atentamente. Com um gesto galante, ele ofereceu-lhe uma cadeira.

— A verdade é que a sua patroa, a sra. Todd, andou muito preocupada. Ela temia que a senhorita pudesse ter sofrido algum acidente.

Eliza Dunn parecia totalmente surpresa.

— Mas ela não recebeu a minha carta?

— Ela não recebeu nada da senhorita.

Ele fez uma pausa, e então continuou, persuasivo:

— A senhorita poderia me contar o que aconteceu, desde o início?

Eliza Dunn não precisou ser convencida a falar. Ela deu início, sem demora, à sua longa narrativa:

— Eu estava voltando para casa na quarta-feira à noite e já havia quase chegado quando um cavalheiro me abordou. Era um homem alto, de barba e chapéu. "Srta. Eliza Dunn?", me chamou. "Sim", respondi. "Estive antes no número 88 da Prince Albert Road e disseram que eu poderia encontrá-la vindo até aqui. Vim especialmente da Austrália para isso. Por acaso a senhorita sabe qual é o nome de solteira da sua avó?" "Jane Emmott", respondi. "Exatamente", disse ele. "Pois bem, srta. Dunn, talvez não seja do seu conhecimento, mas a sua avó tinha uma grande amiga, Eliza Leech. Essa amiga viajou para a Austrália, onde casou-se com um fazendeiro muito rico. Os dois filhos dela morreram ainda crianças, e ela herdou toda a propriedade do marido. Há alguns meses ela morreu e, conforme o testamento, a senhorita é herdeira de uma casa e de uma considerável fortuna."

"Fiquei atônita com a notícia, como podem imaginar. No primeiro momento, pensei tratar-se de alguma brincadeira, ou até mesmo de um golpe. Ele deve ter percebido isso, pois sorriu e me disse: 'A senhorita está certa em ficar desconfiada, mas aqui estão as minhas credenciais'. Ele me entregou uma carta de uns advogados de Melbourne, Hurst e Crotchet, e um cartão. 'Há algumas condições', ele disse. 'Nossa cliente era um pouco excêntrica. A senhorita tem de tomar posse da casa (em Cumberland) antes do meio-dia de amanhã. A outra condição é uma bobagem. Diz apenas que a senhorita não deveria estar trabalhando como doméstica.' Meu queixo caiu. 'Ah, sr. Crotchet', eu disse, 'trabalho como cozinheira. Não lhe contaram isso na casa onde o senhor foi me procurar?' 'Minha cara', disse ele, 'eu não sabia disso. Pensei que você trabalhasse lá como dama de companhia ou governanta. Mas que falta de sorte...'

"'Vou perder tudo?', perguntei, ansiosa. Ele pensou por um minuto ou dois. "É sempre possível contornar a lei, srta. Dunn', disse ele. 'Nós advogados sabemos disso. A solução, nesse caso, é a senhorita deixar o seu emprego, hoje à noite.' 'Mas eu tenho um mês todo de trabalho pela frente!', eu disse. 'Srta. Dunn', disse ele sorrindo, 'qualquer um pode deixar o emprego a hora que quiser, bastando entregar um ordenado de indenização. A sua patroa vai entender, dadas as circunstâncias. O problema é que não temos muito *tempo*! É imprescindível que a senhorita pegue o trem que sai de King's Cross para o norte, às 23h05. Posso adiantar-lhe cerca de dez libras para a passagem, e a senhorita pode escrever da estação para a sua patroa. Eu mesmo levo o bilhete para ela e lhe explico a situação.' Concordei com ele, é claro, e uma hora depois eu estava no trem. Me sentia tão atordoada, que era como se não soubesse se estava acordada ou sonhando. Quando cheguei em Carlisle, estava convencida de que caíra num desses contos do vigário, que lemos nos jornais. Mas fui ao endereço que ele me dera. Eram mesmo advogados e deu tudo certo. Uma casinha bem boa e uma renda anual de trezentas libras. Os advogados não tinham muito conhecimento sobre o caso. Seguindo orientações transmitidas por um cavalheiro de Londres, entregaram-me a casa e mais 150 libras para os primeiros seis meses. O sr. Crotchet enviou minhas coisas, e não recebi nada da patroa. Imaginei que ela tivesse ficado irritada e invejado minha sorte. Ela ficou com o meu baú, e as roupas vieram em diversos pacotes. Mas enfim, se ela realmente não recebeu minha carta, então não deve ter entendido por que agi como agi."

Poirot ouvira com atenção a história toda. Agora ele balançava a cabeça positivamente, como se estivesse satisfeito.

– Obrigado, mademoiselle. Houve de fato uma confusão. Permita-me que lhe entregue isso, pelo trabalho que teve de vir até aqui. – Poirot entregou a ela um envelope. – A senhorita volta agora mesmo a Cumberland? Vou lhe dizer uma coisa. *Não desaprenda a cozinhar.* É sempre útil termos uma carta na manga, caso as coisas não deem certo.

– Ingênua – murmurou ele, depois que ela saiu –, mas talvez não muito mais do que as outras pessoas da classe dela.

O rosto dele adquiriu uma expressão sombria, e ele acrescentou:

– Vamos, Hastings. Não há tempo a perder. Chame um táxi enquanto eu envio uma mensagem a Japp.

Poirot estava esperando na entrada, quando cheguei com o táxi.

– Aonde vamos? – perguntei, ansioso.

– Primeiro, enviar essa nota através de um mensageiro especial.

Depois disso feito, ao voltar para o táxi, Poirot deu o endereço ao taxista:

– Prince Albert Road, número 88. Em Clapham.

– Então é para lá que vamos?

– *Mais oui.* Embora eu ache que seja tarde demais, para ser franco. O nosso passarinho já deve ter batido as asas.

– E quem é ele?

Poirot sorriu:

– O discretíssimo sr. Simpson.

– O quê?! – exclamei.

– Ora, Hastings, por favor... Não me diga que ainda não compreendeu o caso!

– Quiseram afastar a cozinheira, isso eu entendi – respondi, irritado. – Mas por quê? Que interesse teria Simpson em afastá-la de casa? O que ela sabia sobre ele?

– Coisa alguma...

– Bem, mas e então?

– Ele queria algo que ela tinha.

– O dinheiro? A herança vinda da Austrália?

– Não, meu amigo. Algo muito diferente.

Poirot fez uma pausa e depois disse, solene:

– *Um velho baú de folha de flandres...*

Lancei a Poirot um olhar enviesado. A sua frase me parecia tão estranha que suspeitei que ele tivesse me pregando uma peça. Mas ele estava completamente sério.

– Se ele queria um baú, por que não comprou um?

– Ele não queria um novo, e sim um de credibilidade garantida, um baú acima de qualquer suspeita.

– Você está de gozação. Não estou entendo nada...

Poirot olhou-me fixamente.

– Estão lhe faltando o cérebro e a imaginação do sr. Simpson, Hastings. Preste atenção: na quarta-feira à noite, Simpson dá um jeito de se ver livre da cozinheira. Um cartão e uma folha impressa de papel de carta são fáceis de obter. Além disso, ele está disposto a pagar 150 libras e um ano de aluguel para assegurar o sucesso do seu plano. A srta. Dunn não o reconhece. A barba, o chapéu, o sotaque australiano são suficientes para enganá-la. Assim termina a quarta-feira, e o sr. Simpson deu um jeito de pôr as mãos em 50 mil libras de títulos de crédito negociáveis.

– Simpson? Mas foi Davis...

– Deixe-me continuar, Hastings! Simpson sabe que o roubo vai ser descoberto na quinta-feira à tarde. Ele não vai ao banco na quinta, mas fica esperando Davis sair para o almoço. Talvez ele confesse o roubo e diga a Davis que vai devolver os títulos. Ele dá um jeito de levar Davis até Clapham. É o dia de folga da arrumadeira, e a sra. Todd está fazendo compras. A casa está vazia. Quando o roubo for descoberto, o fato de Davis ter desaparecido do trabalho vai comprometê-lo. Vão achar que Davis é o ladrão! Do sr. Simpson ninguém vai desconfiar. Ele vai poder voltar a trabalhar no dia seguinte, como o funcionário honesto que pensam que ele é.

– E Davis?

Poirot fez um gesto expressivo e balançou a cabeça devagar.

– Parece um ato de muita frieza, mas que outra explicação haveria, *mon ami*? A maior dificuldade que um assassino encontra é livrar-se do corpo... e Simpson considerou esse problema desde o início. O fato que logo me chamou a atenção foi o seguinte: Eliza Dunn obviamente esperava voltar à casa da sra. Todd, depois de sair de folga aquela noite. Lembre-se do que ela disse sobre os pêssegos em calda. *E no entanto, o seu baú já estava pronto quando vieram apanhá-lo.* Foi Simpson quem contatou a empresa para que o levassem na sexta-feira, e foi ele quem o amarrou na quinta de tarde. Ninguém suspeitaria de nada. Uma cozinheira deixa o emprego e manda que busquem suas coisas. O baú é etiquetado com o nome e o endereço dela, e enviado para alguma estação próxima de Londres. No sábado à tarde, Simpson, no seu disfarce australiano, retira o baú, afixa nele uma nova etiqueta, com outro endereço, e o despacha para outro lugar, onde alguém deveria retirá-lo. Quando as autoridades, por motivos óbvios, desconfiam de alguma coisa, tudo o que podem descobrir é que um australiano barbudo o despachou de alguma estação de Londres. Não há nenhuma conexão com o número 88 da Prince Albert Road. Entendeu, agora?

As previsões de Poirot estavam certas. Simpson já tinha ido embora há dias. Mas ele não ficou impune. Com a ajuda do telégrafo, ele foi localizado no *Olympia*, rumo aos Estados Unidos.

Um baú de folha de flandres, endereçado ao sr. Henry Wintergreen, chamou a atenção de funcionários ferroviários em Glasgow. Ele foi aberto, e dentro dele encontraram o corpo do pobre Davis.

O cheque de um guinéu da sra. Todd nunca foi descontado. Poirot mandou emoldurá-lo e pendurou-o na parede da sala de estar.

– Vai servir de lembrança para mim, Hastings. Para que eu nunca despreze o trivial, o insignificante. O sumiço de uma empregada doméstica levou à descoberta de um frio assassino. Esse é um dos meus casos mais interessantes.

O MISTÉRIO DA CORNUALHA

I

— A sra. Pengelley — anunciou a nossa senhoria, e desapareceu discretamente.

Muitas pessoas estranhas vinham procurar Poirot, mas a mulher ali parada na porta, remexendo nervosamente entre os dedos o boá de plumas do pescoço, era para mim a mais estranha de todas, e também um tipo dos mais comuns. Uma mulher magra e desbotada de cerca de cinquenta anos, vestindo uma saia e um casaco trançado de tricô, com algumas joias de ouro no pescoço, e o cabelo grisalho domado por um chapéu que realmente não lhe ficava bem. Em qualquer cidadezinha do interior, cruzamos com centenas dessas mulheres, todos os dias.

Percebendo o óbvio embaraço dela, Poirot deu um passo à frente e a cumprimentou gentilmente.

— Madame, sente-se, por favor. Apresento-lhe o meu colega, o capitão Hastings.

A mulher sentou, murmurando sem grande confiança:

— O senhor é o detetive Poirot?
— Às suas ordens, madame.

Mas a nossa visita continuava calada. Ela suspirou, retorceu os dedos, ficou cada vez mais vermelha.

— Posso lhe ser útil em alguma coisa, madame?
— Bem, eu pensei... Quer dizer, veja...
— Pode falar, madame, não tenha medo.

A sra. Pengelley, incentivada dessa forma, finalmente começou:

– É o seguinte, sr. Poirot. Eu não quero me envolver com a polícia. Eu não procuraria a polícia de forma alguma! Mas estou muito preocupada. E não sei se eu deveria... – ela se interrompeu abruptamente.

– As investigações que faço são de ordem privada. Não sou da polícia, sou um detetive particular.

A sra. Pengelley agarrou-se ao termo:

– Um detetive particular, é disso que eu preciso. Eu não quero que comentem o assunto por aí. Não quero confusão. Não quero que os jornais escrevam a respeito. Eles sempre deturpam os fatos e acabam com a reputação de qualquer família. E eu não tenho certeza de nada. Foi uma ideia que me ocorreu e que não consigo tirar da cabeça.

Ela fez uma pausa para respirar, depois continuou:

– É possível que eu esteja enganada e ainda venha a prejudicar Edward. Há coisas que uma esposa não deveria nem pensar. Mas se for verdade...

– É do seu marido que a senhora está falando?

– Sim.

– E do que a senhora suspeita?

– Eu deveria continuar calada, sr. Poirot. Outro dia li uma história escabrosa no jornal, e as vítimas em geral nem imaginam...

Eu já tinha perdido a paciência, mas Poirot continuava firme, esperando que a mulher contasse o motivo da visita. Ele disse:

– Não tenha medo, madame. Pense no quanto vai ficar feliz ao descobrir que suas suspeitas eram infundadas.

– É verdade. Qualquer coisa é melhor do que essa dúvida cruel. Oh, sr. Poirot, estou apavorada. Tenho medo de que estejam me envenenando.

– Mas o que aconteceu?

Deixando o receio de lado, a sra. Pengelley deu vazão a um longo discurso cujos detalhes teriam feito mais sentido aos ouvidos de um médico do que aos nossos.

– Dores e enjoos depois das refeições, hein? – disse Poirot, pensativo. – A senhora chegou a ir ao médico? O que ele disse?

– Ele diz que estou com gastrite aguda, sr. Poirot. Mas sinto que ele está confuso e preocupado. Está sempre trocando a medicação, mas nada faz efeito!

– A senhora não contou a ele o que lhe preocupa?

– Não contei, sr. Poirot. A coisa poderia se espalhar. E talvez seja mesmo uma gastrite. Mas é muito estranho... Sempre que Edward viaja, eu volto a ficar bem. Até mesmo Freda, sr. Poirot, minha sobrinha, já reparou nisso. E tem uma garrafa de herbicida, que o jardineiro diz nunca ter usado, e ainda assim está pela metade...

Ela lançou a Poirot um olhar suplicante. Ele sorriu para ela, na intenção de tranquilizá-la, e pegou lápis e papel.

– Sejamos práticos, madame. Diga-me, onde é que vocês residem, a senhora e o seu marido?

– Em Polgarwith, uma pequena cidade comercial da Cornualha.

– E vivem lá há quanto tempo?

– Catorze anos.

– São só vocês dois? Não tiveram filho?

– Não.

– Mas uma sobrinha mora com vocês, pelo que entendi?

– Sim, Freda Stanton, a filha da única irmã do meu marido. Ela tem vivido conosco há oito anos... quer dizer, até a semana passada.

– Ah! E o que houve semana passada?

– Já faz algum tempo que as coisas andaram se complicando. Não sei o que aconteceu com Freda.

Tornou-se mal-educada e grosseira. E, sem nos dar qualquer explicação, fez as malas e foi morar num apartamento que alugou na cidade. Desde então, não a vi mais. Melhor esperar que ela recupere o juízo por si, como diz o sr. Radnor.

– Quem é o sr. Radnor?

A sra. Pengelley parecia novamente constrangida.

– Oh, ele é... um amigo. Um jovem muito simpático.

– Há alguma coisa entre ele e a sua sobrinha?

– Absolutamente nada – disse a sra. Pengelley, enfaticamente.

Poirot resolveu mudar de assunto:

– A senhora e o seu marido têm uma vida confortável, suponho?

– Sim, temos.

– O dinheiro é seu ou dele?

– Ah, é todo de Edward. Não tenho nada meu.

– A senhora me desculpe, mas temos de pensar em tudo. É preciso achar um motivo. O seu marido não iria envenená-la apenas *pour passer le temps*! Existe alguma razão pela qual ele gostaria de se ver livre da senhora?

– Existe a loira assanhada que trabalha para ele – deixou escapar a sra. Pengelley. – O meu marido é dentista, sr. Poirot. Não há o que fazer. Ele precisa de uma moça inteligente, como ele diz, de cabelos cacheados e uniforme branco, para marcar as consultas e preparar as obturações. Já ouvi comentários a respeito dela, mas meu marido jura que ela é uma excelente profissional.

– E essa garrafa de herbicida, madame, quem foi que a comprou?

– Meu marido, há mais ou menos um ano.

– A sua sobrinha tem algum dinheiro que seja dela?

— Ela tem uma renda anual de mais ou menos cinquenta libras. Se eu deixasse Edward, ela provavelmente ficaria feliz em voltar e cuidar da casa para ele.

— A senhora pensou em deixá-lo, então?

— Não vou aceitar que ele me faça de boba. Nós mulheres não somos mais as miseráveis escravas que costumávamos ser, sr. Poirot.

— Dou-lhe os parabéns pelo seu senso de independência, madame, mas sejamos práticos. A senhora volta a Polgarwith hoje?

— Sim, eu vim de trem com um grupo de pessoas da cidade. Saímos às seis da manhã e devemos retornar às cinco da tarde.

— *Bien*! Não estou envolvido em nenhum caso importante no momento. Posso me dedicar ao problema que a senhora nos traz. Vou até Polgarwith amanhã. Meu amigo Hastings poderia ser apresentado, quem sabe, como um parente distante? Eu serei o seu excêntrico amigo estrangeiro. Enquanto nos espera, coma apenas o que preparar com as próprias mãos ou o que prepararem na sua frente. A senhora confia na sua empregada?

— Jessie é uma jovem de excelente caráter, tenho certeza.

— Então até amanhã, madame. E seja corajosa.

II

Poirot a acompanhou até a porta e retornou pensativo para a sua cadeira. Mas ele não estava tão absorto a ponto de não perceber dois minúsculos fiapos de pena que haviam sido arrancados do boá pelos dedos nervosos da mulher. Ele os apanhou cuidadosamente e colocou-os na cesta de lixo.

— O que você pensa desse caso, Hastings?

— Eu diria que é um caso repugnante.
— Sim, se a suspeita dela tiver fundamento. Pobre do marido que comprar uma garrafa de herbicida hoje. Se sua esposa sofrer de gastrite e tiver um temperamento com tendências neuróticas, ele estará perdido.
— Você acha que não há nada além disso?
— Bem, *voilà*, Hastings... Não sei. Mas o caso me interessa, e muito. Aparentemente ele seria o simples produto da neurose de uma mulher, e no entanto a sra. Pengelley não me parece neurótica. Sim, se não estou enganado, temos aqui os elementos de uma verdadeira tragédia. Diga-me, Hastings, na sua opinião, quais são os sentimentos da sra. Pengelley em relação ao marido?
— Fidelidade e medo.
— Sim. Uma mulher que acusaria qualquer pessoa menos o próprio marido. Ela evitaria a qualquer custo ter de desconfiar dele.
— O que complica o quadro é a presença da "outra mulher".
— Sim. Sob a influência do ciúme, a afeição pode se transformar em ódio. Mas, se fosse esse o caso, ela teria ido diretamente à polícia. Ela protestaria, faria um escândalo. Essa não foi a reação dela, e temos de usar melhor o cérebro, afinal de contas foi a mim que ela procurou. O objetivo poderia ser provar que suas suspeitas eram improcedentes. Ou... *que tinham um fundamento*. Ah! Há algo aqui que não compreendo. Há algo que ela não nos contou. Seria ela uma grande atriz? Eu poderia jurar que ela foi sincera, e foi isso mesmo o que despertou meu interesse. Oh, Hastings... por favor, vá dar uma olhada nos horários dos trens para Polgarwith!

III

O trem mais conveniente para nós saía às 13h50 de Paddington, chegando a Polgarwith logo depois das dezenove horas. A viagem foi tranquila, e eu estava no meio de um agradável cochilo quando tive de me levantar para descer à plataforma de uma pequena estação sombria. Fomos com nossas malas ao Duchy Hotel, e depois de uma refeição rápida, Poirot sugeriu que déssemos uma volta para fazer uma visita à minha suposta prima.

A casa dos Pengelley ficava bastante recuada da calçada, tendo à sua frente um belo jardim, comuns nas antigas casas de campo. A brisa da noite vinha adocicada com o cheiro dos cravos e dos lírios. Parecia impossível associar qualquer violência com o encanto daquele velho mundo. Poirot tocou a campainha e bateu na porta. Ninguém veio nos atender, e ele tocou mais uma vez. Após uma breve pausa, a porta foi aberta por uma empregada com o uniforme em desalinho. Seus olhos estavam vermelhos, e ela fungava violentamente.

– Gostaríamos de falar com a sra. Pengelley – anunciou Poirot. – Será que poderíamos entrar?

A empregada arregalou os olhos para nós. Em seguida, com uma franqueza fora do comum, ela respondeu:

– Mas então não sabem? Ela morreu. Agora há pouco, cerca de meia hora.

Aturdidos pela notícia, ficamos parados olhando para ela.

– Ela morreu de quê? – por fim, perguntei.

– Alguém deve saber. – disse ela, espiando sobre o ombro. – Se outra pessoa ficasse com ela na casa essa noite, eu faria minhas malas e iria embora. Mas não vou abandoná-la morta, sem ninguém para vigiar... Sei que não é da minha conta, e quem sou eu para dizer alguma coisa, mas todo mundo sabe. A cidade toda está falando. E se o sr. Radnor não escrever ao ministro do Interior, outra pessoa o fará. O doutor pode dizer o que quiser. Vi com meus próprios olhos o patrão tirar o herbicida da prateleira essa tarde. Ele deu um pulo quando percebeu a minha presença. O mingau da patroa estava na mesa, pronto para ser servido. Enquanto eu estiver nessa casa, prefiro morrer de fome a ter de provar o que quer que seja de comida!

– Qual o endereço do médico de sua patroa?

– O do dr. Adams? Dobrando a esquina na High Street, é a segunda casa.

Poirot deu meia-volta sem pestanejar. Ele estava pálido.

– Para quem não iria dizer nada, essa moça falou pelos cotovelos – disse eu, irritado.

Poirot golpeou a palma da mão com o punho fechado.

– Que idiota, que completo idiota eu fui, Hastings! Uma pessoa vem me pedir ajuda e, enquanto fico me gabando da minha própria inteligência, deixo que ela seja assassinada. Nunca imaginei que isso pudesse mesmo acontecer. Que Deus me perdoe, mas não achei que fosse sério. A história dela parecia tão artificial. É aqui a casa do médico. Vejamos o que ele tem a nos dizer.

IV

O dr. Adams era um típico médico do interior, corado e astuto. Ele nos recebeu com toda a educação, mas, assim que se deu conta do motivo da visita, irrompeu indignado:

– Absurdo! Essa história é um completo absurdo! Eu estava acompanhando o caso. Era gastrite, nada mais que gastrite. Essa cidade é um ninho de cobras. Velhas fofoqueiras que se reúnem para falar da vida dos outros e espalhar calúnias sem pé nem cabeça. Elas leem as porcarias desses jornais sensacionalistas e depois só se satisfazem quando descobrem um envenenamento na própria vizinhança. Veem uma garrafa de herbicida na prateleira e deixam correr a imaginação junto com a língua. Eu conheço Edward Pengelley: ele não envenenaria nem um cachorro. E que motivo teria ele para envenenar a esposa? Que motivo?

– O senhor talvez não saiba de uma coisa...

E em poucas palavras, Poirot relatou a visita que havíamos recebido da sra. Pengelley. O dr. Adams ficou atônito. Seus olhos pareciam querer saltar das órbitas.

– Deus meu! – ele bradou. – A coitada só pode ter enlouquecido. Por que é que ela não me procurou? Era isso que deveria ter feito.

– Talvez tivesse medo do ridículo.

– De forma alguma, eu teria dado a ela todo o meu apoio.

Poirot olhou para ele e sorriu. O médico estava certamente mais perturbado do que podia admitir. Depois que saímos da casa, Poirot soltou uma gargalhada.

– Esse sujeito é obstinado como uma mula. O diagnóstico dele era gastrite, logo, o problema não pode ser outro senão gastrite! Mas ainda assim ele está inquieto.

– O que vamos fazer agora?

– Voltar à pousada e passar uma noite de horror num desses quartinhos ingleses provincianos e mal decorados. Chega a dar pena, *mon ami*.

– E amanhã?

– *Rien à faire*. Temos de retornar à cidade e ver como o caso se desdobra.

– Mas e se não tomarem nenhuma atitude? – disse eu, decepcionado. – É preciso fazer alguma coisa.

– Essa história não vai ficar assim, disso tenho certeza! O nosso amigo doutor pode dar os atestados que quiser, mas não vai fechar a boca de centenas de pessoas alarmadas. Elas vão botar a boca no trombone, pode escrever!

Nosso trem saía às onze horas da manhã seguinte. Antes de irmos até a estação, Poirot comentou que gostaria de fazer uma visita à srta. Freda Stanton, a sobrinha de quem a morta nos tinha falado. Encontramos a casa em que ela estava morando sem muita dificuldade. A moça nos recebeu acompanhada de um jovem, alto e de cabelos negros, que ela nos apresentou, um pouco constrangida, como o sr. Jacob Radnor.

A srta. Freda Stanton era uma jovem cuja impressionante beleza lembrava a dos antigos habitantes da Cornualha: olhos e cabelos muito escuros e bochechas rosadas. O brilho desses olhos denunciava um temperamento que não convinha provocar.

– Pobre titia – disse ela, depois de Poirot se apresentar e explicar o motivo da visita. – É muito triste. Passei a manhã toda me lamentando por não ter sido mais compreensiva e paciente.

– O que você aguentou já foi muito, Freda – interrompeu Radnor.

– Sim, Jacob, mas fui dura demais com ela, eu sei disso. Tudo não passava de uma bobagem, que eu deveria ter ignorado com uma boa risada. É um absurdo essa ideia de que o tio Edward a estaria envenenando. Ele lhe dava algo para comer, e ela irremediavelmente piorava. Mas era imaginação dela. Ela acreditava que ia ficar doente e acabou ficando.

– Qual foi o motivo do desentendimento entre vocês, mademoiselle?

A srta. Stanton hesitou em dar uma resposta, depois lançou um olhar a Radnor. O jovem reagiu sem pestanejar, dizendo:

— Estou atrasado, Freda. Nos vemos à noite. Foi um prazer conhecê-los, senhores. Estão a caminho da estação?

Poirot respondeu que sim, e o jovem foi embora.

— Vocês estão noivos? — perguntou Poirot, com um sorriso.

Freda Stanton corou e disse que sim.

— E era esse o principal motivo da nossa briga — acrescentou ela.

— Sua tia não o via como um bom partido?

— Não, não era bem isso... É que... — ela se interrompeu.

— Sim? — disse Poirot, delicadamente, incentivando-a.

— É horrível falar nisso, agora que ela está morta. Mas o senhor nunca vai entender, a menos que eu lhe conte. Minha tia estava completamente apaixonada por Jacob.

— É mesmo?

— Sim. Não é ridículo? Ela tinha mais de cinquenta anos, e ele nem trinta! Mas aconteceu. Ela era louca por ele! Tive de dizer a ela que era em mim que ele estava interessado, e ela não acreditou. Não quis aceitar e foi grosseira. Me insultou de tal forma que eu só podia mesmo perder a cabeça. Conversei com Jacob e decidimos que o melhor a fazer era eu me afastar por um tempo, até que ela recuperasse o bom senso. Coitada, imagino o quão confusa ela tenha ficado.

— Imagino que sim, mademoiselle. Eu lhe agradeço por me explicar tudo isso.

V

Para minha surpresa, Radnor estava nos aguardando, mais adiante, na rua.

– Posso adivinhar o que Freda contou – observou ele. – Foi muito desagradável o que aconteceu, especialmente para mim, como o senhor pode imaginar. Não tive culpa. Se me senti lisonjeado no início, foi porque achei que a tia dela quisesse facilitar as coisas para nós. Não percebi que estava interessada em mim e nunca imaginei passar por uma situação tão constrangedora.

– E quando vocês pretendem casar?

– Logo, espero. Mas olhe, quero ser sincero com o senhor. Sei de algo que Freda não sabe. Para ela o tio é inocente, mas não tenho tanta certeza disso. Não vou sair por aí dando com a língua nos dentes. Não quero problemas pro meu lado nem quero ver o tio da minha esposa ser condenado por assassinato.

– E por que o senhor está me dizendo isso?

– Porque conheço a sua fama e sei o quanto é esperto. É bem possível que o senhor descubra que ele é o culpado. Mas o que isso poderia trazer? Já não é mais possível salvar a coitada, e ela seria a última pessoa a querer um escândalo. Um escândalo faria ela se revirar no túmulo.

– Isso é verdade. Então eu deveria ficar quieto?

– É o que penso. Admito que digo isso por egoísmo. Estou abrindo uma alfaiataria e tenho um longo caminho pela frente até que o negócio engrene.

– Muitas pessoas são egoístas, sr. Radnor, mas poucas admitem sê-lo. Vou fazer o que me pede, mas não acredito que o caso possa ser abafado.

– E por que não?

Era dia de feira, e passávamos diante do mercado quando Poirot ergueu o dedo, em sinal de advertência. Um burburinho vinha das barracas.

– Por causa da voz do povo, sr. Radnor. Bom, temos de correr, ou vamos perder o trem.

VI

— Muito interessante, você não acha, Hastings? – disse Poirot, enquanto o trem partia da estação apitando.

Ele havia tirado um pequeno pente do bolso, junto com um espelho microscópico, e arrumava cuidadosamente o bigode, cuja simetria tinha sido abalada pela nossa correria.

— Se você acha... para mim, parece uma história das mais sórdidas. E não envolve nenhum mistério.

— Concordo com você. Não há nenhum mistério envolvido.

— Você acredita na história da paixão extraordinária da tia? Isso não me convence. Ela parecia uma mulher tão respeitável.

— Não há nada de extraordinário nisso. É um fato muito comum. Sempre lemos nos jornais que muitas mulheres respeitáveis deixam o marido com quem viveram por vinte anos, às vezes uma família inteira com filhos, para se juntar a um homem mais jovem. Você é um admirador das mulheres, Hastings, e se derrete diante das bonitas que têm o bom gosto de lhe mostrar um sorriso. Mas você não entende nada sobre elas, psicologicamente falando. Há uma fase na vida de uma mulher, em que há sempre um momento de loucura, em que ela anseia por um romance, por uma aventura, antes que seja tarde demais. O fato de ela ser a esposa respeitável de um dentista interiorano só torna mais provável que algo assim aconteça.

— E você pensa que...

— Penso que um homem inteligente pode tirar proveito disso.

— Eu não diria que o sr. Pengelley é muito inteligente – arrisquei. – A cidade inteira está falando mal dele. Mas acho que você está certo. Os dois únicos homens que sabem de alguma coisa, Radnor e o médico, querem abafar o caso. O sr. Pengelley deu um jeito de se safar. Gostaria de tê-lo conhecido.

– Essa é a parte mais fácil. Retorne no próximo trem e procure-o queixando-se de uma dor no molar.

Olhei para ele desconfiado, depois observei:

– Ainda não entendi o que você viu de tão interessante nesse caso.

– O que há de mais curioso, você mesmo resumiu numa frase, Hastings. Depois que falamos com a empregada, você comentou que, para alguém que não ia dizer nada, ela tinha falado pelos cotovelos.

– Oh! – disse eu, confuso.

Voltei então à minha linha de raciocínio anterior:

– Também me pergunto por que você não cogitou procurá-lo.

– *Mon ami*, espere três meses e vamos vê-lo no banco dos réus.

VII

Achei que finalmente Poirot havia errado uma de suas previsões. O tempo passou e não se ouviu mais falar do nosso caso da Cornualha. Tratávamos de outros problemas, e eu já tinha quase me esquecido da tragédia da sra. Pengelley, quando li um breve parágrafo no jornal dizendo que haviam conseguido uma ordem do ministro do Interior para que o corpo dela fosse exumado.

Poucos dias depois, "o mistério da cornualha" era assunto de todos os jornais. Parecia que as pessoas nunca tinham deixado de comentar a respeito e, quando foi anunciado o casamento da sra. Marks, a secretária, e do viúvo, elas colocaram a boca no trombone. Uma petição foi enviada ao ministro do Interior, o corpo foi exumado, encontraram arsênico em grandes quantidades, e o sr. Pengelley foi preso e acusado pelo assassinato da esposa.

Poirot e eu assistimos às audiências preliminares. As evidências eram tão convincentes quanto se poderia esperar. O dr. Adams afirmou que era comum confundir os sintomas de envenenamento por arsênico com gastrite. O perito também deu sua opinião. A empregada, Jessie, falou pelos cotovelos, a maior parte das coisas que disse não pôde ser aproveitada, mas ainda assim seu depoimento serviu de evidência contra o réu. Freda Stanton declarou que a tia ficava pior cada vez que comia algo preparado pelo marido. Jacob Radnor contou que fora na casa no dia da morte da sra. Pengelley e surpreendera o sr. Pengelley escondendo o herbicida na prateleira de um armário perto de uma mesa, onde estava esfriando o mingau da esposa. Por fim, a sra. Marks, a secretária loira, intimada a depor, desatou num choro histérico, admitindo que entre ela e o patrão muito havia se passado, e que ele prometera casar com ela se algo acontecesse com a esposa. Pengelley preferiu adiar a defesa para o julgamento.

VIII

Jacob Radnor voltou conosco até onde estávamos hospedados.

— Eu tinha mesmo razão, sr. Radnor — disse Poirot. — As pessoas não iam ficar quietas, e de fato colocaram a boca no trombone. Era impossível abafar esse caso.

— O senhor estava certo — suspirou Radnor. — Acha que há chance de ele escapar?

— Bem, temos de esperar para ouvir a defesa durante o julgamento. Ele pode estar preparando algo. Quer nos acompanhar?

Radnor aceitou o convite. Eu pedi dois uísques com soda e um chocolate quente. Pela cara de espanto do garçom, pude ter certeza de que esse último item jamais seria trazido.

– Tenho certa experiência em assuntos como esse, e vejo somente uma saída para o nosso amigo.

– Qual?

– Que o senhor assine isso aqui.

Como num passe de mágica, Poirot tirou do bolso uma folha de papel, escrita numa das faces.

– O que é isso?

– A confissão de que *o senhor* assassinou a sra. Pengelley.

Houve um momento de silêncio. Radnor soltou, então, uma gargalhada.

– O senhor enlouqueceu?

– De forma alguma, meu amigo. O senhor se mudou para cá, começou um pequeno negócio e precisava de dinheiro. O sr. Pengelley é um homem rico. O senhor conheceu a sobrinha dele, que correspondeu ao seu interesse. Mas a mesada que Pengelley daria a ela depois de casada não lhe satisfez. O senhor precisaria se livrar do tio e da tia, e assim o dinheiro seria todo da moça, a única parente. Que grande plano! Envolver-se com aquela mulher de meia-idade até ela ficar em suas mãos. Depois disso, fazer ela desconfiar do marido. Primeiro, ajudando-a a descobrir que estava sendo traída, e depois, sugerindo a história do envenenamento. Como frequentador da casa, não lhe faltaram oportunidades para colocar arsênico na comida dela. Ainda teve o cuidado de nunca fazer isso com o marido ausente. Ela não pôde guardar as suspeitas para si mesma e contou à sobrinha e a outras amigas. A maior dificuldade foi esconder o jogo de ambas. À tia, o senhor dizia que precisava cortejar a sobrinha para afastar as suspeitas do marido. À sobrinha, o senhor nem precisava dizer nada, pois ela nunca levaria a sério a hipótese de ter a tia como rival.

"Só que a sra. Pengelley resolveu tomar uma atitude sem consultá-lo. Ela me procurou, sem comentar nada com ninguém. Se ela tivesse certeza absoluta de que o marido estava tentando envenená-la, estaria determinada a deixá-lo e poderia unir-se ao senhor, que ela imaginava estar igualmente apaixonado. A inesperada atitude atrapalhou os seus planos. Não seria bom ter um detetive enxerido por perto. Então, o senhor se vale da primeira ocasião que aparece para por um fim à história toda. Certo dia em que Pengelley prepara o mingau da esposa, o senhor acrescenta a dose fatal. O resto é fácil. Astuto, o senhor inventa que quer abafar o caso, quando na verdade põe ainda mais lenha na fogueira. Mas se esquece, meu jovem amigo, de que o detetive com quem está lidando chama-se Hercule Poirot."

Radnor estava lívido, mas nem por isso se entregou.

– Muito interessante e engenhoso, mas por que está me contando tudo isso?

– Porque, monsieur, eu não represento a lei, e sim a sra. Pengelley. Obedecendo ao que seria a vontade dela, eu lhe dou a chance de fugir. Assine esse papel, e o senhor terá 24 horas antes que eu o entregue à polícia.

Radnor hesitou.

– O senhor não tem como provar nada.

– Não tenho? Chamo-me Hercule Poirot. Olhe pela janela, monsieur. Há dois homens na calçada. Eles têm ordens de não deixá-lo sumir de vista.

Radnor caminhou até a janela, subiu a persiana e deu um pulo para trás, praguejando.

– Está vendo? Assine, é a sua melhor chance.

– Que garantia eu tenho?

– De que eu mantenho a minha promessa? Dou-lhe a palavra de Hercule Poirot. O senhor vai assinar?

Muito bem. Hastings, faça o favor de baixar a persiana até a metade. Esse é o sinal para que deixem o sr. Radnor ir em paz.

Pálido, praguejando, Radnor deixou a sala sem demora.

Poirot moveu a cabeça afirmativamente.

– Um covarde, eu sempre soube disso.

– Pois me parece, Poirot, que você agiu de forma criminosa! – exclamei, irritado. – Você está sempre dizendo que é preciso ser racional, mas acaba de deixar um criminoso perigoso escapar por mero sentimentalismo.

– Não foi sentimentalismo, minha ação foi calculada – respondeu Poirot. – Você não vê, meu amigo, que não temos prova contra ele? Você espera que eu me levante e diga aos cidadãos impassíveis da Cornualha que *eu, Hercule Poirot, sei a verdade*? Eles ririam da minha cara. A única saída era assustá-lo para que assinasse uma confissão. Aqueles dois sujeitos que vi do lado de fora apareceram em boa hora. Faça-me o favor de baixar a persiana por completo. Pedi que a baixasse até a metade apenas como parte da *mise-en-scène*.

"Bem, temos de manter nossa palavra – continuou Poirot. – Eu disse 24 horas? Para o pobre sr. Pengelley vai demorar a passar, mas não mais do que ele merece. Ele enganou mesmo a esposa. Como você sabe, levo essas coisas muito a sério. Além disso, confio na Scotland Yard. Passadas 24 horas, *mon ami*, eles vão capturá-lo, não tenha dúvida de que vão."

A aventura de Johnnie Waverly

– O senhor com certeza entende o sofrimento de uma mãe – disse a sra. Waverly, talvez pela sexta vez.

Ela lançou um olhar suplicante a Poirot. Meu amigo, sempre solidário com as mães em apuros, procurava tranquilizá-la:

– Sim, sim, entendo perfeitamente. Confie em mim.

– A polícia... – começou o sr. Waverly, mas foi interrompido pela mulher.

– Já estou cansada da polícia. Confiamos neles e veja o que aconteceu! Quanto ao sr. Poirot, já ouvi tanto sobre as maravilhas feitas por ele, que sinto que pode nos ajudar. Os sentimentos de uma mãe...

Poirot cortou aqueles exageros com um gesto eloquente. A emoção da sra. Waverly era certamente genuína, mas não combinava com o seu rosto imponente e calculista. Quando fiquei sabendo que ela era a filha de um proeminente líder da indústria metalúrgica, que tinha começado como um mero office-boy, dei-me conta de que ela herdara muitas das qualidades paternas.

O sr. Waverly era um homem grande, jovial e expansivo. Sentava-se mantendo as pernas muito afastadas, como um típico proprietário rural.

– Suponho que o senhor esteja a par dos detalhes do caso?

A resposta àquela questão era mais ou menos óbvia. Nos últimos dias, nos jornais só se lia a respeito do inexplicável rapto do pequeno Johnnie Waverly, o filho de três anos e herdeiro do ilustríssimo senhor Marcus Waverly, que pertencia a uma das famílias mais tradicionais da Inglaterra e era proprietário da Waverly Court, em Surrey.

– Conheço os fatos principais, é claro, mas gostaria que o senhor me contasse a história toda desde o começo. E não omita nenhum detalhe.

– Bem, creio que tudo começou dez dias atrás, quando recebi uma carta anônima, uma carta estúpida, que me pareceu absurda. Quem a escreveu teve a petulância de me exigir o pagamento de 25 mil libras! 25 mil libras, sr. Poirot! Se eu não pagasse a quantia, Johnnie seria raptado. É claro que a carta foi direto para o lixo. Pensei que se tratasse de uma piada de mau gosto. Cinco dias depois, eu recebi outra carta. "A menos que você pague, seu filho será raptado no dia 29." Isso foi no dia 27. Ada ficou preocupada, mas eu não tinha como levar aquela ameaça a sério. Estamos na Inglaterra! Ninguém sai por aí raptando crianças e exigindo resgate.

– Certamente, não é algo comum – disse Poirot. – Por favor, prossiga.

– Bem, Ada não me deixou em paz, e então procurei a Scotland Yard, envergonhado e sentindo que fazia papel de bobo. Eles também não levaram a coisa muito a sério, e concordaram comigo que devia tratar-se de uma brincadeira de mau gosto. No dia 28, recebi a terceira carta. "Você não pagou. O seu filho será raptado amanhã, dia 29, ao meio-dia. Você vai ter de pagar cinquenta mil libras por ele." Fui novamente à Scotland Yard. Dessa vez, eles pareceram se preocupar mais. As cartas poderiam ter sido escritas por um lunático que, na hora indicada, tentaria de uma forma ou de outra cumprir a ameaça. Eles me garantiram que tomariam todas as providências para impedir que algo acontecesse. O inspetor McNeil iria a Waverly Court no dia seguinte, com o contingente necessário, e se encarregaria de tudo.

– Voltei para casa aliviado. No entanto, já nos sentíamos como se estivéssemos em estado de sítio. Dei ordens para que nenhum estranho entrasse na propriedade e para que ninguém saísse da casa. Nada de inesperado ocorreu durante a noite, mas na manhã seguinte minha esposa não se sentia bem. Alarmado pelo estado de saúde dela, mandei que chamassem o dr. Dakers. Ele não soube o que dizer dos sintomas. Embora ele hesitasse em sugerir que alguém a tivesse envenenado, pude perceber que era isso mesmo o que ele pensava. Ele me assegurou que ela estava fora de perigo, mas precisaria de um ou dois dias para se recuperar. Retornando ao meu quarto, fiquei estarrecido ao encontrar um bilhete alfinetado no meu travesseiro. A letra era a mesma das outras mensagens, e dizia apenas: "Ao meio-dia".

– Fiquei fora de mim, sr. Poirot! Aquilo significava que alguém da casa estava envolvido, algum dos empregados. Reuni todos eles, passei um sermão em cada um. Eles se mantiveram unidos como sempre. Foi a srta. Collins, a dama de companhia da minha mulher, quem me informou ter visto a babá de Johnnie se esgueirando para fora de casa logo cedo pela manhã. Exigi da babá uma explicação e ela se entregou. Tinha deixado a criança com uma ajudante e escapulido para se encontrar com um amigo, um homem! Que lindo! Ela negou ter alfinetado o bilhete no meu travesseiro. Pode ser que tenha dito a verdade, não sei. Mas, naquele momento, eu não podia correr o risco de a babá estar envolvida no esquema. Que um dos empregados estava envolvido, isso era certo. Acabei perdendo a paciência e despedindo a babá e todo o resto. Dei-lhes uma hora para que fizessem as malas e desaparecessem da casa.

Ao lembrar-se daquele ato de cólera, mais do que justificado, as bochechas já vermelhas do sr. Waverly coraram ainda mais.

– Sua atitude não lhe pareceu um pouco precipitada, monsieur? – objetou Poirot. – O senhor poderia estar agindo exatamente como queria o inimigo!

O sr. Waverly arregalou os olhos para ele.

– Me desculpe, mas não penso assim. Ninguém me sugeriu que os mandasse embora. Foi ideia minha. Mandei um telegrama para Londres, pedindo que novos empregados fossem enviados naquela tarde. Enquanto isso, ficariam na casa somente pessoas que eram da minha confiança: a srta. Collins, secretária da minha mulher, e Tredwell, o mordomo, que trabalha para nós desde menino.

– E a srta. Collins, há quanto tempo trabalha para vocês?

– Há um ano – disse a sra. Waverly. – Ela tem me prestado excelentes serviços como dama de companhia e secretária, além de tomar conta da casa como ninguém.

– E a babá?

– Estava conosco há seis meses. Ela veio a nós com ótimas referências. Na verdade, nunca gostei muito dela, mas Johnnie a adorava.

– De qualquer forma, pelo que pude entender, ela já tinha deixado a casa quando ocorreu o sequestro. Continue com a história, monsieur Waverly, por favor.

O sr. Waverly retomou a narrativa:

– O inspetor McNeil chegou mais ou menos às dez e meia. Os empregados já haviam ido embora. Ele disse estar satisfeito com a forma como tudo havia sido arranjado. Vários dos seus homens estavam do lado de fora, vigiando os diferentes acessos à propriedade, e ele me garantiu que, se as ameaças fossem sérias, poríamos as mãos no misterioso autor das cartas.

"Johnnie estava ao meu lado e, junto com o inspetor, fomos até o cômodo que chamamos de sala do conselho. O inspetor trancou a porta. Há nessa sala um relógio de pêndulo num longo pedestal de madeira, e admito que, conforme os ponteiros iam se aproximando das doze horas, eu ficava cada vez mais nervoso. Ouviu-se um zunido, e o relógio começou a badalar. Agarrei Johnnie. Sentia-me como se alguém pudesse desabar pelo teto. Depois da última badalada, ouvimos um tumulto do lado de fora, gritos e correria. O inspetor abriu a janela e um policial veio correndo em sua direção. 'Nós o apanhamos, senhor', disse ele, ofegante. 'O vagabundo se esgueirava pelos arbustos carregando um kit completo para sedar o garoto.'

"Corremos até a varanda, onde dois policiais detinham um sujeito mal-encarado e mal vestido, que se torcia e se debatia numa tentativa inútil de escapar. Um dos policiais segurava um pacote que tinham arrancado do bandido. O pacote tinha um rolo de algodão e um vidro de clorofórmio. Enlouqueci quando vi aquilo. Havia também um envelope, que abri imediatamente, quase rasgando o papel. Dizia o seguinte: 'Você deveria ter pago. O seu filho agora custará cinquenta mil. A despeito de todas as suas precauções, ele foi raptado no dia 29, conforme eu havia dito'.

"Dei uma gargalhada, de alívio, mas ao fazer isso ouvi um ronco de motor e um grito. Me virei. Um carro cinza em alta velocidade seguia pela estrada na direção do portão sul. Foi o motorista que o dirigia quem havia gritado. Mas o que me deixou horrorizado foi ver o brilho dos cachos dourados de Johnnie. Meu filho ia junto no carro, ao lado do homem. 'O menino estava aqui mesmo há um minuto!', exclamou o inspetor, praguejando. Depois olhou para cada um de nós, que permanecíamos lá, estáticos: eu, Tredwell e a srta. Collins. 'Quando foi a última vez que o viu, sr. Waverly?' Tentei lembrar. Quando o policial nos chamara, corri para fora com o inspetor, esquecendo-me completamente de Johnnie.

"E então ouvimos algo que nos assustou; o sino da igreja começava a tocar. Com uma exclamação, o inspetor tirou o relógio do bolso. Eram exatamente doze horas. Como se tivéssemos combinado, corremos os dois para a sala do conselho. O relógio lá estava marcando meio-dia e dez minutos. Alguém devia ter mexido nele, pois nunca o vi atrasar ou adiantar. É um relógio muito pontual."

O sr. Waverly fez uma pausa. Poirot sorriu e esticou um pequeno tapete que o pai, em sua ansiedade, tinha amarrotado.

– Um pequeno enigma, misterioso e intrigante – murmurou Poirot. – Aceito investigá-lo para vocês com prazer. Com certeza, ele foi planejado *à merveille*.

A sra. Waverly lançou a Poirot um olhar de reprovação.

– Mas e o meu menino? – gemeu ela.

Poirot imediatamente recompôs o rosto, assumindo a expressão solidária e compenetrada de antes.

– Ele está seguro, madame, não lhe farão nenhum mal. Fique tranquila, esses maus elementos vão cuidar dele muito bem. Para eles, o menino é uma galinha dos ovos de ouro, não?

– Sr. Poirot, estou certa de que só há uma coisa a fazer: pagar o resgate. Eu era completamente contra no início, mas agora... Nada é pior do que o sofrimento de uma mãe e...

– Acho que interrompemos a história do sr. Waverly – cortou Poirot, secamente.

– Imagino que o senhor conheça o resto da história, pois está tudo nos jornais – disse o sr. Waverly. – O inspetor McNeil correu ao telefone para passar as descrições do sujeito e do carro, a fim de que fossem divulgadas. Deveriam localizá-lo em pouco tempo. Um carro semelhante ao descrito, com um homem e um menino dentro, passara por várias cidadezinhas, aparentemente na direção de Londres. Num lugar em que pararam, a criança fora vista chorando, naturalmente com medo do acompanhante. Quando o inspetor McNeil anunciou que o carro fora parado e o homem detido, fiquei tão aliviado que até passei mal. O senhor sabe o que aconteceu depois. O menino não era Johnnie, e o homem era apenas um motorista bem-intencionado que fazia a gentileza de conduzir para casa um menino de Edenswell, cidadezinha que fica a uns vinte quilômetros daqui. Graças ao equívoco da polícia, já não havia mais pistas do raptor. Se não tivessem perdido tempo com o carro errado, talvez já tivessem encontrado o garoto.

– Fique calmo, monsieur. Na polícia há muita gente corajosa e inteligente. O erro que cometeram foi natural, e não depõe contra a estratégia que eles montaram. Quanto ao homem que apanharam na sua propriedade, pelo que sei, a defesa negou qualquer envolvimento dele com o rapto, certo? Ele estaria apenas fazendo uma entrega, sem ter a mínima ideia do que havia no pacote e escrito no bilhete. O sujeito que solicitara a entrega dera-lhe uma nota de dez xelins e prometera-lhe outra, caso o pacote fosse entregue pontualmente dez minutos antes do meio-dia. O entregador deveria se aproximar da casa pelo pátio e bater na porta lateral.

– Não acredito numa palavra do que ele disse – declarou a sra. Waverly, indignada. – Esse homem é um mentiroso.

– *En vérité*, é uma história pouco convincente – disse Poirot, pensativo. – Mas até agora não provaram que seja mentira. Pelo que sei, o homem também fez uma acusação, não?

Poirot lançou um olhar interrogativo ao sr. Waverly, que voltou a ficar vermelho.

— Ele ousou afirmar que a entrega teria sido encomendada por Tredwell. "A única diferença é que o miserável raspou o bigode!", foram as palavras dele. Ora, justo Tredwell, que nasceu em nossa propriedade!

Poirot esboçou um sorriso diante da indignação do dono de Waverly Court.

— Mas o senhor mesmo suspeita do envolvimento de algum empregado no rapto...

— Sim, mas não Tredwell.

— E a senhora, madame? — perguntou Poirot, virando-se subitamente para ela.

— Não pode ter sido Tredwell quem deu o pacote e a carta a esse patife. Acho que essa história toda não passa de uma mentira deslavada. Ele disse que o pedido teria sido feito às dez horas. Às dez horas, Tredwell estava com meu marido no escritório.

— O senhor conseguiu ver o rosto do homem que dirigia o carro? Por acaso era parecido com o rosto de Tredwell?

— Estava muito longe para que eu pudesse ver detalhes.

— Tredwell tem algum irmão?

— Teve vários, mas estão todos mortos. O último morreu na guerra.

— Infelizmente, não consegui formar uma ideia adequada da sua propriedade. O carro foi visto saindo na direção do portão sul, certo? Há outro portão?

— Sim, há o portão leste. Do outro lado da casa é possível avistá-lo.

— É estranho que ninguém tenha visto o carro entrar.

— Parte do trajeto é considerada via pública, que dá acesso a uma pequena capela. Muitos carros passam por ali. O homem deve ter estacionado num local conveniente e depois corrido até a casa quando foi dado o falso alarme para distrair a atenção dos policiais.

— Ou talvez ele já estivesse na casa — refletiu Poirot. — Há algum lugar em que ele pudesse ter se escondido?

— Bem, não chegamos a revistar a casa inteira antes disso. Ele poderia ter se escondido em algum lugar, mas como teria entrado?

— Essa é outra questão, temos de ser metódicos e proceder passo a passo. Há algum lugar em especial dentro da casa que pudesse ter servido de esconderijo? Waverly Court é uma edificação muito antiga, e às vezes nessas casas há passagens secretas, coisas do gênero.

— Sim! Há uma câmara, cujo acesso fica escondido atrás de uma das paredes do vestíbulo.

— Perto da sala do conselho?

— Do outro lado da porta!

— *Voilà*!

— Mas ninguém sabe da existência dela, a não ser eu e minha esposa.

— Nem Tredwell?

— Bem, ele pode ter ouvido algo a respeito.

— E a srta. Collins?

— Nunca mencionei nada a ela.

Poirot pensou por um momento.

— Bem, irei até Waverly Court. Seria possível que eu aparecesse por lá essa tarde mesmo?

— O quanto antes melhor, sr. Poirot! — exclamou a sra. Waverly. — Leia isso, mais uma vez, por favor...

Ela entregou a ele o último bilhete do raptor, o qual tinha chegado aos Waverly naquela manhã e os fizera contatar Poirot imediatamente. O bilhete dava orientações sobre como a quantia devia ser paga e terminava com uma ameaça de que a vida do menino estaria em risco caso não cumprissem o que era pedido. Era visível que no íntimo da sra. Waverly digladiavam-se o amor pelo dinheiro e o amor pelo filho, e que o último vencia finalmente a batalha.

Poirot encarou a sra. Waverly por um instante, enquanto o marido ia saindo, e perguntou discretamente.

– Madame, por favor, seja franca. A senhora confia mesmo no mordomo, Tredwell, tanto quanto o seu marido?

– Não há o que se possa dizer contra ele, sr. Poirot. Nem imagino como ele possa estar envolvido nisso... mas a verdade é que nunca gostei dele, nunca!

– Outra coisa, madame. A senhora poderia me passar o endereço da babá?

– Netherall Road, 149, Hammersmith. O senhor não está imaginando que...

– Eu nunca imagino, madame. O que faço é pôr para funcionar a nossa massa cinzenta... E algumas vezes, algumas vezes apenas, me deixo levar pela intuição.

Poirot se dirigiu a mim depois de fechar a porta:

– Então ela nunca gostou do mordomo... Você não acha isso interessante, Hastings?

Preferi ficar calado. Poirot já me pregara tantas peças que agora eu ficava em alerta diante das sugestões dele. Ele estava sempre tentando me pegar.

Depois de nos vestirmos com esmero, saímos na direção de Netherall Road. Tivemos a sorte de encontrar a srta. Jessie Withers em casa. Era uma mulher simpática de 35 anos, competente e inteligente. Não imaginei como ela pudesse estar envolvida no rapto da criança. A forma como fora demitida a ofendera profundamente, mas ela admitia ter agido mal. Ela estava de casamento marcado com um pintor e decorador que por acaso passava pela vizinhança e a quem fora correndo encontrar. Parecia um gesto natural. Eu não entendi o comportamento de Poirot. As perguntas sem-fim que ele fazia me pareciam totalmente irrelevantes. Eram sobre a rotina dela em Waverly Court. Eu estava francamente entediado e me senti aliviado quando Poirot se despediu.

— Raptar uma criança não é uma tarefa difícil, *mon ami* – observou ele, enquanto chamava um táxi na Hammersmith Road, pedindo que nos levasse a Waterloo. – Essa criança poderia ter sido raptada com a maior facilidade em qualquer dia dos últimos três anos.

— E de que nos serve saber disso? Não vejo muita utilidade para a resolução do mistério... – disse eu, friamente.

— *Au contraire*, isso explica muita coisa, muita coisa! Se você tem mesmo de usar um alfinete de gravata, Hastings, pelo menos insira-o bem no centro da gravata. No momento ele está a pelo menos cinco milímetros para a direita!

Waverly Court era uma construção antiga, que tinha sido restaurada com bom gosto e cuidado. O sr. Waverly nos mostrou a sala do conselho, a varanda e todos os outros locais ligados ao caso. Por fim, atendendo ao pedido de Poirot, ele pressionou uma mola na parede, uma parede falsa deslizou para o lado, e uma estreita passagem nos levou até uma pequena câmara.

— Como vocês podem ver – disse ele –, não há nada aqui.

O cubículo estava realmente vazio, não havendo sequer marcas de sapato no piso. Aproximei-me de Poirot, que estava inclinado, examinando com atenção alguma coisa num canto.

— O que você acha que é isso, meu amigo?

Eram quatro impressões muito próximas.

— A pegada de um cachorro! – exclamei.

— De um cachorro bem pequeno, Hastings.

— Um lulu da Pomerânia?

— Menor.

– Um griffon? – sugeri em dúvida.

– Ainda menor do que um griffon. Uma raça não conhecida no Kennel Club.

Olhei para ele. Seu rosto estava iluminado de alegria e satisfação.

– Eu estava certo – murmurou ele. – Eu sabia que eu estava certo! Vamos, Hastings...

Quando saímos da passagem e a parede a fechou atrás de nós, uma jovem surgiu um pouco mais adiante. O sr. Waverly apresentou-a a nós:

– Esta é a srta. Collins.

A srta. Collins tinha cerca de trinta anos e os gestos rápidos e enérgicos de uma pessoa alerta. O cabelo era muito loiro, quase sem cor, e ela usava um pincenê.

A pedido de Poirot, passamos a uma salinha de estar, onde ele a interrogou minuciosamente a respeito dos outros empregados, e em especial de Tredwell. Ela admitiu não simpatizar com o mordomo.

– Ele é um pouco arrogante – explicou ela.

Falaram então sobre a comida ingerida pela sra. Waverly na noite do dia 28. A srta. Collins disse ter se servido da mesma comida, indo jantar no andar de cima, na sua salinha de descanso, sem que nada lhe fizesse mal. Quando ela estava saindo, cutuquei Poirot com o cotovelo.

– E o cachorro? – cochichei.

– Ah, sim, o cachorro! – Poirot abriu um largo sorriso. – Por acaso há algum cachorro na casa, mademoiselle?

– Há dois golden retrievers nos canis do lado de fora.

– Não, não... Refiro-me a um cachorrinho, bem pequeno.

– Não temos cachorros pequenos.

Poirot deixou que ela fosse. Depois tocou a campainha e me cochichou ao pé do ouvido:

– Mademoiselle Collins está mentindo. Talvez eu também mentisse se estivesse no lugar dela. Mas vejamos agora o que o mordomo tem a dizer...

Tredwell tinha um ar solene. Ele contou a sua versão da história de forma circunspecta. Os detalhes eram basicamente os mesmos já fornecidos pelo sr. Waverly. O mordomo admitiu conhecer o mistério da câmara secreta.

Quando ele finalmente nos deixou, olhei para os olhos enigmáticos de Poirot, que me perguntou, como era de se esperar:

– Qual a sua opinião sobre isso tudo, Hastings?

– Qual é a sua? – perguntei eu, esquivando-me de dar uma resposta.

– Você se tornou cauteloso demais, meu caro. A massa cinzenta precisa de um estímulo para trabalhar. Está bem, não vou provocá-lo! Vamos tentar chegar a uma conclusão juntos. Que pontos o surpreendem como os mais difíceis de explicar?

– Há algo que de fato me intriga – disse eu. – Por que o raptor fugiu pelo portão sul, se ele poderia ter escapado pelo leste, onde ninguém o teria visto?

– Esse é mesmo um ponto muito importante, Hastings. Muito bem. A ele eu vou acrescentar uma questão: por que advertir previamente os Waverly do rapto? Por que não simplesmente raptar a criança e exigir o resgate?

– Porque esperavam receber o dinheiro sem precisar agir.

– Não creio que os Waverly fossem fazer o pagamento com base numa mera ameaça.

– Os bandidos também queriam desviar a atenção do pessoal da casa para as doze horas, e assim garantir que, quando o sujeito que se aproximava pelo pátio fosse apanhado, o verdadeiro raptor pudesse sair do esconderijo e fugir com a criança sem ser visto.

– Isso não altera o fato de que estavam complicando uma ação que poderia ter sido bem mais fácil. Por que especificar um horário e uma data? Bastava esperar tranquilamente um dia em que a babá saísse com o menino, para depois apanhá-lo e fugir com ele.

– Sim... – admiti, pensativo.

– É como se estivessem encenando uma farsa! Podemos abordar o problema a partir de outro ângulo. Tudo parecia indicar que havia um cúmplice dentro da casa. O indício mais claro disso seria o envenenamento da sra. Waverly. Depois o bilhete espetado com um alfinete no travesseiro. E também o relógio dez minutos adiantado... Alguém de fora não teria como fazer isso. Há também um outro fato que talvez você não tenha notado. Não havia pó na câmara secreta. Varreram-na com uma vassoura.

– Pois bem, há quatro pessoas na casa. Podemos excluir a babá, porque ela não poderia ter varrido a câmera secreta, embora estivesse por perto quando os três outros fatos ocorreram. Quatro pessoas, isto é, o sr. e a sra. Waverly, Tredwell, o mordomo, e a srta. Collins. Examinando primeiro a srta. Collins, temos de admitir que não há muito o que se possa dizer contra ela. Mas também pouco sabemos sobre sua vida, exceto que é uma jovem inteligente, e que faz apenas um ano que trabalha aqui.

– Você comentou que ela mentiu sobre o cachorro – disse eu, para lembrá-lo.

– Ah, sim, o cachorro... – Um sorriso passou pelos lábios de Poirot. – Mas examinemos antes o caso de Tredwell. Há certos indícios que pesam contra ele. Em primeiro lugar, o sujeito que apanharam tentando atravessar o pátio o reconheceu como a pessoa que lhe deu o pacote a ser entregue.

– Mas Tredwell tem um álibi.

– Mesmo assim, ele poderia, em todo o caso, ter envenenado a sra. Waverly, alfinetado o bilhete no travesseiro, adiantado o relógio e varrido a câmara secreta. Mas ele nasceu e foi criado na propriedade dos Waverly. É um tanto improvável que tenha tramado o rapto do filho dos donos da casa. Não é uma explicação razoável!

– Bem, e então?

– Temos de seguir a lógica, por mais absurdo que pareça. Temos de considerar brevemente o caso da sra. Waverly. Ela é rica, o dinheiro é dela. Foi o dinheiro dela que permitiu a restauração desta propriedade em decadência. Ao pagar pelo resgate do filho, o dinheiro simplesmente voltaria para as suas próprias mãos. Não haveria razão para raptar a criança. Quanto ao marido, este sim está em uma posição diferente. Ele tem uma esposa que é rica, o que não equivale a ser rico. Dá para perceber que a sra. Waverly não é uma mulher que abra a mão ou divida seu dinheiro. E o sr. Waverly, está na cara, é um *bon viveur*.

– Impossível! – exclamei confuso e indignado.

– De forma alguma. Quem foi que mandou os empregados embora? O sr. Waverly. Para ele também é fácil escrever as mensagens, drogar a esposa, adiantar o relógio e inventar um álibi excelente para o seu fiel criado Tredwell. Tredwell nunca gostou da sra. Waverly. Ele é dedicado ao patrão e segue suas ordens sem qualquer questionamento. Há três pessoas envolvidas no rapto. Waverly, Tredwell e algum amigo do sr. Waverly. Esse foi o erro da polícia. Deixaram de investigar o homem que dirigia o carro cinza com a criança errada dentro. Esse homem é o terceiro envolvido. Primeiro ele apanha uma criança de cachos dourados numa cidadezinha próxima. Depois ele entra na propriedade pelo portão leste e, no momento combinado, passa acelerando na direção do portão sul, gesticulando e gritando. Ninguém consegue ver o rosto dele ou a placa do carro, assim como o rosto da criança. E o amigo do sr. Waverly segue seu rumo dando uma falsa impressão de que estaria na direção de Londres.

"Tredwell, por sua vez, tinha a missão de providenciar que o pacote e a mensagem fossem entregues por um sujeito mal-encarado. O seu patrão pode fornecer um álibi no caso de o homem, apesar da ausência do falso bigode, reconhecê-lo. Quanto ao sr. Waverly, assim que o rebuliço começa do lado de fora, e o inspetor sai correndo, antes de segui-lo, ele rapidamente esconde a criança na câmara secreta. Mais tarde, depois de o inspetor ir embora e quando a srta. Collins está distraída, é fácil levar, no seu próprio carro, o menino para algum outro lugar seguro."

– Mas e o cachorro? – perguntei. – E qual foi a mentira da srta. Collins?

– Tenho o direito de fazer uma piada de vez em quando, não? Ora, perguntei a ela se havia algum cachorrinho, bem pequeno, na casa, e ela negou. Mas é claro que deve haver, e mais de um: de brinquedo, no quarto do menino! O sr. Waverly colocou algum deles na câmara secreta, para que Johnnie tivesse algo com que se entreter e não ficasse muito agitado.

– Sr. Poirot – disse o sr. Waverly, que entrava na sala –, descobriram algo? Têm alguma pista do paradeiro do garoto?

Poirot entregou a ele um pedaço de papel.

– Aqui está o endereço.

– Mas está em branco...

– Sim, para que o senhor escreva.
– O quê?! – o rosto do sr. Waverly passou do vermelho ao roxo.
– Sei de tudo, monsieur. Dou-lhe 24 horas para devolver o menino. E espero que o senhor seja criativo o suficiente para bolar uma explicação que dê conta do mistério que inventou. De outra forma, vou ter de informar a sra. Waverly a sequência exata dos fatos.

O sr. Waverly afundou numa cadeira e escondeu o rosto com as mãos.
– O menino está com a minha antiga babá, a quinze quilômetros daqui. Ele está feliz e sendo bem tratado.
– Eu não duvido disso. Se eu não soubesse que no fundo o senhor é um bom pai, eu não lhe daria uma segunda chance.
– E o escândalo...
– Exatamente. O senhor tem um nome tradicional e honrado. Não o coloque em perigo novamente. Boa noite, sr. Waverly. Ah... já que estamos aqui, um conselho: nunca esqueça de limpar os cantos!

A PISTA DUPLA

I

– Mas, por favor, nada de publicidade! – disse o sr. Marcus Hardman, provavelmente pela décima vez.

A palavra *publicidade*, aliás, reaparecia a todo o momento no seu discurso, como um *leitmotiv*. O sr. Hardman era um homem pequeno, um pouco gordinho, com as mãos muito bem cuidadas e uma voz melodiosa de tenor. De certa forma, ele era uma celebridade e fazia da vida elegante a sua profissão. Era rico, mas não muito, e gastava o dinheiro religiosamente em vista dos prazeres da vida social. Seu hobby era colecionar coisas. O sr. Hardman tinha a alma de um colecionador. Gostava de rendas, abanadores e joias antigas, desde que não fossem muito rudes ou modernos.

Atendendo ao chamado urgente, Poirot e eu chegamos à casa dele e encontramos o homenzinho se retorcendo numa indecisão agoniada. Dadas as circunstâncias em que se encontrava, ele não queria pedir ajuda à polícia. Mas abrir mão da ajuda da polícia talvez significasse se conformar com a perda de algumas joias da sua coleção. Poirot era para ele uma possível solução do dilema.

– Meus rubis, sr. Poirot! E o colar de esmeraldas que dizem ter pertencido a Catarina de Médici, oh!

– O senhor poderia me descrever as circunstâncias em que eles desapareceram? – pediu Poirot, gentilmente.

– Sim, claro. Ontem à tarde, recebi algumas pessoas para o chá. Uma reunião informal, com meia dúzia de gente, nada mais. Fiz isso uma ou duas vezes nesta última temporada, e tais reuniões têm sido mesmo um sucesso, se me permitem dizer. Música de qualidade: Nacora, o pianista, e Katherine Bird, a contralto australiana, no meu salão. Bem, no início da tarde, eu mostrava aos meus convidados a minha coleção de joias medievais. Guardo-as neste pequeno cofre de parede. Por dentro, ele é forrado de veludo colorido, e as pedras são exibidas como numa vitrina. Depois disso, fomos conferir os leques enquadrados na parede. E por fim passamos ao salão para ouvir música. Somente quando todos já tinham ido embora que descobri que o cofre havia sido saqueado! Não devo tê-lo fechado direito e alguém se valeu da oportunidade para esvaziá-lo. Os rubis, monsieur Poirot, o colar de esmeraldas... Uma coleção que levei a vida toda para montar! O que eu não faria para tê-los de volta! Mas, por favor, nada de publicidade! O senhor compreende, não é mesmo? Meus convidados, meus próprios amigos... Seria um terrível escândalo!

– Quem foi a última pessoa a deixar o cômodo, quando vocês passaram ao salão?

– O sr. Johnston. O senhor deve conhecê-lo, é claro. O milionário sul-africano. Ele acaba de alugar o palacete dos Abbotburys, em Park Lane. Em alguns momentos ele ficava para trás, demorava, eu lembro bem. Oh, mas não pode ter sido ele!

– Por acaso algum dos convidados retornou a essa sala durante a tarde, valendo-se de algum pretexto?

– Eu já esperava por essa pergunta, sr. Poirot. Três deles fizeram isso. A condessa Vera Rossakoff, o sr. Bernard Parker e lady Runcorn.

– Fale mais a respeito deles.

– A condessa Rossakoff é uma russa adorável, uma aristocrata do velho regime, que se instalou há pouco na Inglaterra. Ela já tinha se despedido de mim, e foi estranho mais tarde surpreendê-la na sala a contemplar, deliciada, a minha coleção de leques... Quanto mais penso a respeito, mais desconfiado fico. O senhor não concorda que é esquisito?

– É realmente uma atitude suspeita. Mas me fale mais dos outros convidados.

– Bem, Parker veio só para trazer um conjunto de miniaturas que eu queria muito mostrar a lady Runcorn.

– E lady Runcorn?

– Lady Runcorn é uma mulher de meia-idade, que tem um considerável caráter e dedica a maior parte do seu tempo a reuniões com comitês de caridade. Arrisco-me a dizer que ela retornou à sala apenas para apanhar a bolsa que tinha esquecido em algum lugar.

– *Bien*, monsieur. Então há quatro suspeitos. A condessa russa, a *grande dame* inglesa, o milionário sul-africano e o sr. Bernard Parker. Mas quem é Bernard Parker?

A pergunta pareceu deixar o sr. Hardman completamente constrangido.

– Ah, o sr. Parker? Bem... ele é um jovem. Um jovem amigo meu.

– Isso eu já tinha mais ou menos deduzido – disse Poirot, muito sério. – Mas o que o sr. Parker faz?

– É um jovem que está na cidade... alguém que ainda não conseguiu deslanchar, se é que posso me expressar assim.

– E como se tornaram amigos, se me permite a pergunta?

– Bem, uma ou duas vezes ele me prestou alguns serviços...

– Pode continuar, monsieur – disse Poirot.

Hardman lançou a Poirot um olhar de súplica. Evidentemente, a última coisa que ele queria fazer era prosseguir com o assunto. Como Poirot manteve um silêncio inexorável, Hardman foi obrigado a continuar.

— Veja bem, sr. Poirot. Não é segredo que tenho grande interesse em joias antigas. Algumas vezes aparecem relíquias de família, as quais, imagine, nunca seriam vendidas abertamente, por um comerciante. Mas uma transação particular é algo bem diferente. Parker arranja os detalhes dessas transações, já que conhece ambos os lados, e assim evita-se qualquer tipo de confusão. Ele sempre me avisa quando há algo disponível. Por exemplo, a condessa Rossakoff trouxe da Rússia joias de família. Ela adoraria vendê-las. Bernard Parker é quem as negociava.

— Entendo — disse Poirot, pensativo. — O senhor confia nele completamente?

— Não tenho motivo para não confiar.

— Sr. Hardman, dessas quatro pessoas, quem lhe parece a mais suspeita?

— Oh, sr. Poirot, que pergunta! São todos meus amigos, conforme lhe disse. Não suspeito de nenhum deles. Quer dizer, se o senhor prefere, suspeito de todos, igualmente.

— Acho que o senhor não está sendo sincero. O senhor tem sim um suspeito. Não é nem a condessa Rossakoff e nem o sr. Parker. Seria lady Runcorn? O sr. Johnston?

— O senhor está de fato me colocando contra a parede. Tenho muito medo de um escândalo. Lady Runcorn pertence a uma das famílias mais tradicionais da Inglaterra. Todos sabem, por outro lado, que a tia dela, lady Caroline, infelizmente era acometida pelo pior tipo de compulsão. As pessoas compreendiam, é claro, e a criada dela devolvia as colheres de chá de prata, ou o que quer que fosse, assim que podia. O senhor agora vê o aperto em que me encontro?!

— Lady Runcorn tinha então uma tia cleptomaníaca? Muito interessante. Posso examinar o cofre?

Com a autorização do sr. Hardman, Poirot abriu a porta do cofre. As prateleiras forradas de veludo e vazias olhavam interrogativas para nós.

– Mesmo agora a porta não está fechando direito – murmurou Poirot, enquanto movia a porta para frente e para trás. – Por que será? Mas o que temos aqui? Ah! Uma luva, uma luva masculina que ficou presa na dobradiça.

Ele a exibiu para o sr. Hardman.

– Não é das minhas – declarou o homenzinho.

– Ah! E há mais alguma coisa... – Poirot se inclinou e puxou da parte debaixo do cofre um pequeno objeto. Era uma cigarreira feita de seda *moiré* preta.

– Minha cigarreira! – gritou o sr. Hardman.

– Sua? Claro que não, monsieur. Essas iniciais não são suas!

Poirot mostrava um monograma de prata constituído por duas letras entrelaçadas.

Hardman pegou o objeto e o examinou.

– O senhor está certo – ele disse. – É muito parecida com a minha, mas as iniciais são diferentes. Um *B* e um *P*... Meu Deus! Parker!

– É o que parece – disse Poirot. – Deve ser um jovem bem descuidado, especialmente se a luva também for dele. Neste caso, seria uma pista dupla, não?

– Bernard Parker! – murmurou Hardman. – Mas que alívio! Bem, monsieur Poirot, confio no senhor para recuperar as joias. Pode contatar a polícia se achar necessário. Quer dizer, se tiver certeza de que foi Parker quem as roubou.

II

– Veja, meu amigo – disse Poirot, quando deixamos a casa –, o sr. Hardman usa pesos e medidas diferentes conforme se trate de pessoas com títulos ou de pessoas comuns. Como ainda não faço parte da nobreza, estou do lado das pessoas comuns. Sinto-me solidário com esse jovem. A situação toda é muito curiosa, você não acha? O sr. Hardman suspeitando de lady Runcorn, eu suspeitando da condessa e de Johnston, e o tempo todo o nosso homem era o obscuro sr. Parker...

– Por que é que você suspeitava dos outros dois?

– *Parbleau*! É muito fácil ser uma refugiada russa ou um milionário sul-africano. Qualquer mulher pode se intitular uma condessa russa. Qualquer um pode comprar uma casa em Park Lane e se apresentar como um milionário sul-africano. Quem vai provar o contrário? Oh, estamos passando pela Bury Street. É aqui que o nosso jovem desajeitado mora. Vamos surpreendê-lo enquanto, como vocês dizem, o ferro ainda está em brasa.

O sr. Bernard Parker estava em casa. Ele descansava sobre algumas almofadas, vestido num extravagante robe roxo com laranja. Poucas pessoas me produziram uma impressão tão desagradável quanto esse jovem estranho, de rosto muito pálido e afeminado, que falava ceceando.

– Bom dia, monsieur – disse Poirot adiantando-se. – Fui mandado aqui pelo sr. Hardman. Ontem, durante a reunião, alguém roubou todas as joias do cofre. Por acaso, essa luva é sua?

A agilidade mental do sr. Parker parecia um pouco comprometida. Ele arregalou os olhos para a luva, como num esforço para retornar a si.

– Onde ela foi encontrada? – perguntou ele, por fim.

– Essa luva é sua, monsieur?

O sr. Parker parecia refletir.

– Não, não é – ele declarou.

– E essa cigarreira?

— Certamente não. A minha é de prata.

— Muito bem, monsieur. Vou ter de recorrer à polícia.

— Se eu fosse o senhor, não faria isso – gritou o sr. Parker, preocupado. – Policiais são grosseiros e incapazes de compreender o que quer que seja. Espere um pouco. Preciso falar com o velho Hardman. Vejamos, oh! Espere aí...

Mas Poirot já tinha batido em retirada.

— Demos a ele algo com que se preocupar, não é verdade? – disse Poirot, rindo. – Amanhã, ficaremos sabendo do resultado disso.

Mas receberíamos outra notícia do caso Hardman ainda naquela tarde. Sem qualquer aviso, nossa porta foi escancarada, e nossa privacidade foi invadida por um redemoinho humano, carregando consigo um chapéu imponente de falcões estrangulados e um cachecol de zibelina (na Inglaterra os meses de junho podem ter dias muito frios). A condessa Vera Rossakoff era mesmo uma figura exuberante.

— Senhor Poirot? Mas o que o senhor fez? O senhor acusou um jovem inocente! Que infâmia! Que escândalo! Eu conheço muito bem esse jovem, é uma galinha poedeira, um filhote de doninha, incapaz de roubar a avó. Ele tem feito tudo por mim. Não posso ficar de braços cruzados enquanto ele é atacado e retalhado!

— Diga-me, madame, por acaso isso é dele? – Poirot mostrava a ela a cigarreira de seda *moiré*.

A condessa fez uma pausa enquanto inspecionava o objeto.

— Sim, é dele. Tenho certeza. Mas e daí? O senhor a encontrou na sala? Estávamos todos lá, e ele deixou cair, imagino. Ah, vocês policiais são piores do que a guarda vermelha!

— Essa luva também é dele?

— Como vou saber? Luvas são todas iguais. O senhor não tente me impedir. Precisamos salvá-lo, limpar o nome dele. E é isso o que o senhor vai fazer. Vendo minhas joias e dou ao senhor todo o dinheiro que quiser.

— Madame...

— Negócio fechado? Não, por favor, sem barganha. O pobre jovem! Ele me procurou com lágrimas nos olhos. Eu disse que ficasse tranquilo. "Vou procurar esse homem, esse ogro, esse monstro! Deixe com Vera que ela resolve." E está resolvido, agora preciso ir.

Tão rápido quanto tinha entrado, ela desapareceu do apartamento, deixando atrás de si apenas o rasto estonteante de algum perfume de natureza exótica.

— Meu Deus! — exclamei. — Que mulher, que peles!

— Ah, sim, não tenha dúvida de que são genuínas. Uma verdadeira condessa não vestiria peles fajutas! Desculpe-me pela piadinha, Hastings... Não, ela é mesmo russa, imagino que sim. Bem, bem, quer dizer então que o nosso astucioso Bernard resolveu balir ao lado dela?

— A cigarreira é dele. Será que a luva também é?

Esboçando um sorriso, Poirot tirou do bolso uma segunda luva, colocando-a ao lado da primeira. Não havia dúvida de que formavam um par.

— Onde você conseguiu a outra, Poirot?

— Foi jogada junto com uma bengala na mesinha do vestíbulo da Bury Street. O sr. Parker é um rapaz realmente desleixado. Bem, *mon ami*, vamos seguir em frente. Acho conveniente darmos uma passada em Park Lane.

É claro que acompanhei meu amigo. Johnston saíra, mas falamos com sua secretária particular. Johnston tinha chegado da África do Sul há pouco tempo. Era a primeira vez que ele vinha à Inglaterra.

— Ele tem interesse em pedras preciosas? — arriscou Poirot.

– Acho que tem mais interesse por minas de ouro – disse ela rindo.

Poirot saiu da casa pensativo. Mais tarde naquela noite, para minha completa surpresa, encontrei-o debruçado sobre uma gramática russa.

– Por Deus, Poirot! – exclamei. – Não me diga que pretende conversar com a condessa em russo?

– Não acredito que ela dê ouvidos ao meu inglês.

– Mas aristocratas russos falam francês com fluência.

– Você é mesmo uma mina de informações, Hastings! Não vou precisar mais quebrar a cabeça com as complexidades do alfabeto russo.

Ele largou o livro de mão, com um gesto dramático.

Mas não fiquei inteiramente convencido. Havia um brilho no seu olho que eu há muito conhecia. Era um sinal de que Hercule Poirot estava satisfeito consigo mesmo.

– Talvez – disse eu, cauteloso – você duvide de que ela seja russa. Está pretendendo testá-la?

– Ah, não, não. Ela é russa mesmo.

– Bem, então...

– Se você quer realmente se destacar neste caso, Hastings, recomendo que comece a ler *Russo para iniciantes*. Vai ser de uma ajuda inestimável.

Poirot então sorriu e não disse mais nada.

Juntei o livro do chão e o examinei com curiosidade, mas não conseguia desvendar as anotações de Poirot.

Na manhã seguinte não nos chegou nenhuma notícia do caso, o que não pareceu incomodar meu amigo. Durante o café da manhã, ele anunciou sua intenção de procurar o sr. Hardman logo cedo. Encontramos a velha raposa em casa, aparentemente mais calma do que no dia anterior.

— Alguma novidade, monsieur? — perguntou ele, assim que nos viu.

Poirot entregou a ele um pedaço de papel.

— Essa é a pessoa que roubou as joias. Devo notificar a polícia? Ou o senhor prefere que eu recupere as joias sem o envolvimento deles?

O sr. Hardman olhava estarrecido para o papel. Por fim, recuperou a voz e disse:

— Assombroso! Prefiro mil vezes que não haja escândalo. Dou-lhe *carte blanche*, monsieur Poirot. Tenho certeza de que vai agir com discrição.

Em seguida chamamos um táxi, que nos levou ao Carlton. Lá, Poirot perguntou pela condessa Rossakoff. Em poucos minutos fomos levados à suíte dela. Ela nos recebeu literalmente de braços abertos, exibindo as mangas de um suntuoso *négligé* de estampas exóticas.

— Monsieur Poirot! — exclamou ela. — O senhor conseguiu? Limpou o nome daquela pobre criança?

— *Madame la comtesse*, o seu amigo sr. Parker não corre risco de ser preso.

— Ah! Mas o senhor é mesmo um homenzinho muito esperto! Fantástico! E sem qualquer demora...

— Mas prometi ao sr. Hardman que as joias vão ser devolvidas a ele hoje.

— Sim?

— E por isso, madame, ficaria imensamente agradecido se as entregasse a mim sem demora. Peço desculpas por apressá-la, mas há um táxi me esperando lá embaixo, caso seja necessário eu ir à Scotland Yard. Nós belgas temos o hábito de economizar.

A condessa tinha acendido um cigarro. Por alguns segundos ela permaneceu imóvel, soltando anéis de fumaça e olhando para ele fixamente. Então ela explodiu numa gargalhada e se levantou. Ela atravessou a sala e abriu uma gaveta, da qual tirou uma bolsa preta de seda, que atirou para Poirot, num gesto gracioso. Seu tom de voz, quando falou, era calmo e seguro:

– Nós russos, ao contrário, somos pródigos! E para isso, infelizmente, é preciso ter dinheiro. Não perca tempo conferindo, estão todas aí.

Poirot se levantou.

– A senhora é uma mulher inteligente. Agradeço pela presteza, madame.

– Ah, mas o que eu poderia fazer, se o táxi está lhe esperando...

– A senhora é muito gentil. Pretende ficar em Londres?

– Oh, temo que não, graças ao senhor.

– Espero que aceite o meu pedido de desculpas.

– Talvez ainda nos encontremos em outra ocasião, quem sabe.

– Espero que sim.

– E eu que não! – exclamou a condessa, com uma risada. – É um grande elogio que lhe faço. Há poucos homens no mundo que me põem medo. Tenha um bom dia, monsieur Poirot.

– A senhora também, *madame la comtesse*. Ah, estava me esquecendo, desculpe! Permita-me que lhe devolva a sua cigarreira.

E com um cumprimento, ele entregou a ela o pequeno estojo de seda *moiré* encontrado no cofre. Ela o aceitou sem esboçar qualquer reação, exceto erguer uma das sobrancelhas murmurando:

– Então foi isso...

III

– Que mulher! – exclamou Poirot, entusiasmado, quando descíamos as escadas. – *Mon Dieu, quelle femme!*

Nenhum protesto, nenhum argumento, nenhum blefe! Num piscar de olhos ela entendeu a situação. Preste atenção, Hastings, uma mulher capaz de aceitar uma derrota dessa maneira, com um sorriso despreocupado, vai longe! Ela é perigosa, tem nervos de aço. Ela... – Poirot tropeçou desajeitado.

– Se você moderar os seus arroubos e prestar atenção onde pisa, é possível que também cheguemos a algum lugar... – sugeri. – Quando você começou a suspeitar da condessa?

– *Mon ami*, foi a luva *e* a cigarreira, a pista dupla, o que me intrigou. Bernard Parker poderia muito bem ter derrubado uma delas, mas dificilmente as duas. Seria *muito* descuido! Da mesma forma, se alguém quisesse incriminar Parker, não haveria necessidade de colocar os dois objetos no cofre. Bastaria a cigarreira *ou* a luva. Por causa disso, fui obrigado a concluir que um dos objetos não pertencia a Parker. Primeiro imaginei que a cigarreira fosse dele, e a luva não. Mas, quando descobri a outra luva do par, vi que se tratava do contrário. De quem seria, então, a cigarreira? Ela certamente não pertencia a lady Runcorn. As iniciais estariam erradas. O sr. Johnston? Só se ele estivesse aqui usando um nome falso. Falamos com a secretária dele e ficou evidente que a identidade dele era verdadeira. Nada havia de estranho quanto ao seu passado. E a condessa? Esperava-se que ela trouxesse joias da Rússia consigo. Bastava que ela removesse as pedras dos engastes, e seria improvável que alguém as identificasse. O que poderia ter sido mais fácil para ela do que pegar uma das luvas de Parker do saguão e jogá-la dentro do cofre? Mas, *bien sûr*, não foi intencional ela deixar cair a própria cigarreira.

– Mas as iniciais eram *B.P.* As iniciais da condessa são *V.R.*

Poirot sorriu, solidário.

– É isso mesmo, *mon ami*. No alfabeto russo, B é V, e P é R.

– Bem, eu não poderia ter adivinhado. Eu não sei russo.

– Nem eu, Hastings. Foi por isso que peguei a gramática e pedi que você a examinasse com atenção.

Ele soltou um suspiro.

– Uma mulher notável. Tenho a impressão, e é uma impressão muito forte, de que devo encontrá-la de novo. Mas onde, quando?

O REI DE PAUS

I

— A realidade – disse eu, deixando de lado o *Daily Newsmonger* – é mais estranha do que a ficção!

A observação talvez não fosse original. Meu amigo ficou indignado. Inclinando sua cabeça de ovo para o lado, ele mirou e desferiu um peteleco num grãozinho imaginário de poeira do vinco impecável das calças, comentando:

— Que profundo! Hastings, você é o filósofo!

Ignorando a zombaria, dei uma palmadinha na folha ao meu lado.

— Você chegou a ler o jornal de hoje?

— Eu li. E depois de ler, voltei a dobrá-lo com cuidado, em vez de jogá-lo aberto no piso, como você acaba de fazer. Como é lamentável essa sua falta de organização e método!

(Organização e Método são como deuses para Poirot. Esse é o seu pior defeito. Ele chega a ponto de atribuir a eles todo o seu sucesso.)

— Mas então você leu a história do assassinato de Henry Reedburn, o empresário? Era a isso que eu estava me referindo. Além de mais estranha, a realidade é também mais dramática do que a ficção. Pense nos Oglanders. Uma família tradicional inglesa de classe média. Um pai, uma mãe, um filho e uma filha, como milhares de outras espalhadas pelo país. Os homens saem para trabalhar, as mulheres cuidam da casa. A vida deles é absolutamente tranquila e completamente monótona. Noite passada, eles estavam sentados na sua salinha de estar suburbana, mobiliada com decoro, em Daisymead, Streatham, jogando bridge. De repente, sem qualquer aviso, uma das portas de vidro é escancarada. Através dela, cambaleando, uma mulher entra na sala. Seu vestido cinza, de seda, está manchado de vermelho, e antes de cair estatelada no chão ela grita: assassino! No estado em que a mulher se encontra, eles sequer reconhecem Valerie Saintclair, a famosa bailarina que tomou Londres como uma epidemia.

– Toda essa eloquência é sua ou do *Daily Newsmonger*? – perguntou Poirot.

– Deviam estar com pressa de que o jornal saísse às ruas e contentaram-se em passar os fatos mais básicos. Mas percebi imediatamente as possibilidades dramáticas da história.

Poirot balançou a cabeça vagarosamente.

– A natureza humana está inevitavelmente ligada ao drama, mas nem sempre da forma como se imagina. Não se esqueça disso. Além do mais, esse caso me interessa, e é provável que eu venha a investigá-lo...

– É mesmo?

– Sim. Um senhor ligou essa manhã para dizer que o príncipe Paul da Maurânia gostaria de falar comigo.

– Mas o que isso tem a ver com o caso?

– Você se esqueceu de ler os pequenos tabloides sensacionalistas que vocês ingleses escrevem tão bem. Esses com histórias engraçadas como "um passarinho me contou...", "me sopraram ao pé do ouvido...", *patati patatá*... Veja isso aqui...

Acompanhei o seu dedo curto e atarracado, e li o que estava escrito: "pois o príncipe estrangeiro deu à famosa bailarina um anel de brilhantes que ela não tira mais do dedo! Estão mesmo apaixonados!"

– E agora eu gostaria de ouvir o resto da sua narrativa dramática – disse Poirot. – Mademoiselle Saintclair tinha acabado de desabar no carpete em Daisymead...

Dei de ombros.

– Por causa do que a mulher disse ao reaver os sentidos, pai e filho saem de casa. Um a fim de chamar um médico para atender à mulher, que estava obviamente em estado de choque. O outro para ir à delegacia de polícia, onde conta a história e consegue que o acompanhem até Mon Désir, a magnífica mansão do sr. Reedburn, não muito longe de Daisymead. Lá encontram o famoso empresário, cuja reputação não é das melhores, caído no chão da biblioteca e com o topo do crânio arrebentado como se fosse uma casca de ovo.

– Espero não ter tolhido o seu estilo – disse Poirot, com certa ironia. – Peço que me desculpe... Ah, eis o príncipe!

Nosso distinto visitante foi anunciado com o título de conde Feodor. Era um jovem de aparência estranha, alto, irrequieto, com um queixo delgado (a famosa boca dos Mauranberg) e olhos negros penetrantes como os de um fanático.

– Sr. Poirot?

Meu amigo confirmou com a cabeça.

– Monsieur, estou metido numa terrível enrascada, mais complicada do que eu poderia lhe explicar...

Poirot fez um gesto tranquilizador com a mão.

– Compreendo a sua ansiedade. Mademoiselle Saintclair é uma grande amiga sua, não?

O príncipe deu uma resposta direta:

– Quero casar-me com ela.

Poirot sentou-se em sua cadeira, com os olhos bem abertos.

O príncipe continuou:

– Não serei o primeiro em minha família a fazer um casamento morganático. Meu irmão Alexander também desafiou o imperador. Hoje em dia vivemos num clima mais esclarecido, livre dos velhos preconceitos de casta. Além disso, mademoiselle Saintclair, na verdade, é de uma estirpe do mesmo nível da minha. O senhor já ouviu falar da história dela?

– Há muitas histórias românticas sobre o passado dela, como acontece também com outros bailarinos famosos. Ouvi dizer que ela é filha de uma faxineira irlandesa, e também que sua mãe teria sido uma grã-duquesa russa.

– É claro que a primeira história é absurda – disse o jovem. – Mas a segunda é verdadeira. Valerie não gosta de falar no assunto, mas não conseguiu me esconder o segredo. Além disso, ela o demonstra inconscientemente de inúmeras maneiras. Eu acredito em hereditariedade, sr. Poirot.

– Também acredito – disse Poirot, refletindo. – Já presenciei coisas estranhas relacionadas à hereditariedade... *moi qui vous parle*... Mas vamos ao que interessa, *monsieur le prince*. Como posso ajudá-lo? O que o senhor teme? Podemos falar francamente, não? Há algo que conecte mademoiselle Saintclair ao crime? Ela conhecia Reedburn, é claro...

– Sim. Ele dizia estar apaixonado por ela.

– E ela?

– Ela não queria saber dele.

Poirot olhou atentamente para o príncipe.

– Algo a amedrontava?

O jovem hesitou por um momento, depois disse:

– Bem, uma coisa estranha aconteceu. O senhor conhece Zara, a vidente?

– Não.

– Ela é fantástica. O senhor deveria fazer uma consulta. Valerie e eu fomos visitá-la semana passada. Ela leu as cartas para nós. Ela falou a Valerie de problemas... nuvens carregadas se aproximando. Daí virou a última carta, que era o rei de paus, e disse: "Cuidado. Sua vida está nas mãos de um homem. Você tem medo dele, e corre um grande perigo. Você sabe de quem estou falando?". Valerie ficou muito pálida, confirmou com a cabeça e depois respondeu: "Sim, sim, eu sei". Em seguida fomos embora. As últimas palavras de Zara a Valerie foram as seguintes: "Cuidado com o rei de paus. Você corre perigo!" Pedi a Valerie que me contasse o que estava acontecendo. Ela não disse nada e jurou que estava tudo bem. Mas, depois do que aconteceu na última noite, estou mais certo do que nunca que o rei de paus é Reedburn. Era dele que Valerie tinha medo.

O príncipe interrompeu o relato abruptamente. Fez uma pausa e depois acrescentou:

– Agora o senhor entende por que cheguei aqui tão nervoso. Digamos que Valerie, num ataque de loucura... Oh! Mas isso é impossível.

Poirot levantou da cadeira e deu três palmadinhas no ombro do rapaz, a fim de tranquilizá-lo.

– Não se aflija. Pode deixar que eu me encarrego do caso.

– O senhor vai a Streatham? Imagino que ela ainda esteja lá, em Daisymead, prostrada pelo choque.

– Vou lá agora mesmo.

– Deixei tudo arranjado, através da embaixada. O senhor vai ter livre acesso.

– Então vamos, Hastings. Você me acompanha? Até mais, *monsieur le prince.*

II

Mon Désir era uma mansão das mais sofisticadas, inteiramente moderna e muito confortável. Uma estradinha levava até a casa, e os belos jardins se estendiam nos fundos por alguns acres.

Ao mencionarmos o nome do príncipe Paul, o mordomo que nos abriu a porta levou-nos imediatamente à cena da tragédia. A biblioteca era magnífica, avançando dos fundos da casa até a frente, com duas enormes janelas, uma dando para a entrada e a outra para os jardins. Foi no recanto formado por essa última que o corpo tinha caído. Fazia tempo que o haviam removido, e a polícia já tinha concluído o exame do local.

– Que pena! – murmurei para Poirot. – Pistas podem ter sido destruídas...

Meu amigo sorriu.

– He, he! Quantas vezes tenho de lhe dizer que as pistas vêm *de dentro*? As soluções para todos os mistérios estão na massa cinzenta.

Ele se virou para o mordomo.

– Alguma outra coisa foi tirada do lugar além do corpo?

– Não, senhor. Está tudo como ontem antes de a polícia chegar.

– E essas cortinas? Vejo que elas cobrem o vão da janela, tanto desse lado quanto do outro. Por acaso ontem elas estavam fechadas?

– Sim, senhor. Eu as fecho todas as noites.

– Então Reedburn deve tê-las aberto?

– Acho que sim, senhor.

– Você sabe se ele esperava alguma visita ontem à noite?

– Ele não me avisou de nada, senhor. Mas pediu para não ser incomodado depois do jantar. Aquela porta liga a biblioteca à varanda do lado da casa. Ele poderia ter recebido alguém por ali.

— Ele tinha o hábito de fazer isso?

O mordomo deu uma tossidinha.

— Acredito que sim, senhor.

Poirot caminhou na direção da porta. Ela estava destrancada. Ele saiu por ela na direção da varanda que pelo lado direito ia dar na entrada da casa. Do lado esquerdo havia um muro de tijolo vermelho.

— Ali é o pomar, senhor. Mais adiante há uma porta pela qual se pode entrar, mas está sempre fechada depois das seis.

Poirot balançou a cabeça afirmativamente e retornou à biblioteca, seguido do mordomo.

— Você não ouviu nenhum barulho ontem à noite?

— Bem... ouvimos vozes na biblioteca, um pouco antes das nove. Mas nada fora do normal. Uma voz de mulher. Depois fomos à sala onde os empregados fazem as refeições. Ela fica do outro lado da casa, e ali não tínhamos como ouvir nada. Às onze horas, a polícia chegou.

— Quantas vozes você escutou?

— Não sei, senhor. Mas uma era de mulher.

— Ah!

— O dr. Ryan ainda está na casa, caso queira falar com ele.

Aproveitamos a oportunidade. Em poucos minutos, o médico, um homem bem-humorado, de meia-idade, veio falar conosco e forneceu a Poirot todas as informações de que ele precisava. O corpo de Reedburn tinha caído perto da janela, com a cabeça ao lado do banco de mármore. Havia dois ferimentos. Um entre os olhos e o outro, que o matara, na parte de trás do crânio.

— Ele caiu de costas?

— Sim, aqui está a marca. O médico apontou para uma manchinha preta no chão.

— A batida na parte posterior da cabeça poderia ter sido causada pela queda?

— Impossível. Seja qual for a arma utilizada, ela atravessou o crânio.

Poirot ficou olhando atentamente para o recanto da janela. No vão de cada uma delas havia um banco de mármore esculpido, com os braços na forma de uma cabeça de leão. Um brilho passou pelos olhos de Poirot.

— Supondo que ele tenha dado com a nuca em uma dessas cabeças de leão, e depois escorregado até o chão... Isso explicaria o ferimento?

— Nesse caso, sim. Mas o ângulo em que o corpo estava torna essa hipótese impossível. E haveria resíduos de sangue no mármore do banco.

— A menos que alguém os removesse...

O médico deu de ombros.

— Acho muito improvável. Qual a vantagem de transformar um acidente num assassinato?

— Realmente... — concordou Poirot. — O senhor pensa que ambos os ferimentos poderiam ter sido causados por uma mulher?

— Ah, de forma alguma, eu diria. O senhor suspeita de mademoiselle Saintclair?

— Não suspeito de ninguém até ter certeza — disse Poirot, gentilmente.

Poirot virou-se para a porta de vidro que permanecia aberta. O médico continuou:

— Foi por aí que ela fugiu. Dá para enxergar Daisymead por entre as árvores. Há muitas outras casas mais próximas, do outro lado da estrada, na frente da propriedade, mas Daisymead, apesar de afastada, é a única visível deste lado.

— Obrigado por explicar-nos tudo isso, doutor — agradeceu Poirot. — Venha, Hastings, vamos repetir os passos da senhorita.

III

Com Poirot andando na frente, atravessamos o jardim e saímos da propriedade por um portão de ferro. Depois passamos por um gramado e entramos em Daisymead pelo portão do jardim. Era uma propriedade simples, com um terreno de mais ou menos dois mil metros quadrados. Havia um caminho que levava a uma varanda com portas de vidro. Poirot fez um sinal com a cabeça na sua direção.

– Foi por ali que mademoiselle Saintclair entrou. Como não temos a mesma urgência, convém bater na porta da frente.

A porta foi aberta por uma empregada que nos conduziu até a sala de estar, saindo em busca da sra. Oglander. Era evidente que não tinham mexido na sala desde a noite anterior. As cinzas ainda estavam na lareira, a mesa de bridge no centro, com o monte invertido e as cartas dos jogadores distribuídas. A sala estava abarrotada de bugigangas e retratos de família de gosto duvidoso adornando as paredes.

Poirot olhou para eles com mais indulgência do que eu e alinhou um ou dois que estavam ligeiramente inclinados.

– *La famille...* É um elo muito forte, não é mesmo? O sentimento supre a falta de beleza.

Concordei, com os olhos fixos num grupo em que se destacavam um senhor de suíças, uma senhora com um topete, um garoto atarracado de olhar estúpido e duas meninas pequenas enfeitadas dos pés à cabeça com laços de fita. Supus ser esse um retrato da família Oglander num passado não muito remoto e examinei-o com interesse.

A porta abriu e por ela entrou uma jovem. Trazia os cabelos escuros impecavelmente arrumados e vestia uma saia de tweed com um casaco de cor neutra.

Ela lançou a nós um olhar de interrogação, e Poirot deu um passo à frente.

– Srta. Oglander? Peço desculpas por incomodá-los, ainda mais depois dos últimos acontecimentos. Foi certamente uma experiência terrível.

– Foi mesmo desagradável – admitiu a jovem, com cautela.

Tive a impressão de que o potencial dramático do caso seria mal aproveitado pela srta. Oglander. A sua falta de imaginação devia torná-la superior à tragédia. Minha impressão foi confirmada quando ela acrescentou:

– Peço desculpas pela bagunça da sala. Qualquer coisa é motivo de distração para os empregados.

– Esse era o cômodo em que estavam reunidos ontem à noite, *n'est-ce pas*?

– Sim. Jogávamos bridge depois do jantar, quando...

– Desculpe interrompê-la, mas há quanto tempo estavam jogando?

– Bem... – refletiu a srta. Oglander. – É difícil dizer. Suponho que o jogo tenha começado às dez. O certo é que jogamos várias partidas.

– Em qual dos lugares a senhorita estava sentada?

– De frente para a porta. Eu fazia dupla com minha mãe, numa rodada sem trunfos. De repente, sem nenhum aviso, a porta foi escancarada e por ela entrou a bailarina, cambaleando.

– A senhorita a reconheceu?

– Achei o rosto familiar.

– Ela ainda está aqui, não?

– Sim, mas não quer ver ninguém. Ela ainda está muito abalada.

– Acho que ela aceitaria me ver, se a senhorita fizesse o favor de avisar que estou aqui a pedido do príncipe Paul da Maurânia.

Imaginei que a referência ao príncipe fosse balançar o equilíbrio imperturbável da srta. Oglander. Mas ela deixou a sala para cumprir sua missão sem nenhum comentário e retornou quase imediatamente para dizer que a srta. Saintclair iria receber-nos no quarto.

Subimos com ela as escadas até um quarto relativamente grande e bem iluminado. Uma mulher que estava deitada num sofá ao lado da janela virou a cabeça para nós quando entramos. A diferença entre as duas jovens saltava aos olhos. As feições, a cor do cabelo e dos olhos até podiam ser semelhantes, mas isso só acentuava o contraste. O olhar e os gestos de Valerie Saintclair eram todos dramáticos. Ao redor dela havia uma aura de romance. O longo robe escarlate de flanela que ela vestia era certamente uma roupa confortável para ficar em casa. Por causa do charme da personalidade dela, entretanto, ele ganhava um quê de mistério e parecia mais exótico do que um vestido oriental de cores brilhantes.

Os olhos negros da bailarina se fixaram em Poirot.

– Você veio a pedido de Paul? – a voz dela condizia com a aparência, era lânguida e ao mesmo tempo encorpada.

– Sim, mademoiselle. Estou aqui a serviço dele, e da senhorita também.

– O que o senhor gostaria de saber?

– Tudo o que aconteceu na noite de ontem. *Mas tudo mesmo!*

Ela esboçou um sorriso cansado.

– O senhor acha que eu vou mentir? Não sou estúpida. Sei muito bem que mentira tem perna curta. Esse homem que morreu, ele sabia de um segredo. Por causa disso, ele me ameaçava. Pelo bem de Paul, tentei entrar em acordo com ele. Eu não queria correr o risco de perder Paul... Agora que esse homem está morto, estou salva. Mas isso não quer dizer que tenha sido eu quem o matou!

Poirot sorriu e moveu a cabeça afirmativamente.

– Eu sei disso, mademoiselle. Mas conte-me o que aconteceu na noite passada.

– Eu ofereci dinheiro a ele. Ele pareceu interessado. Marcou um encontro para as nove horas da noite de ontem. Eu deveria ir a Mon Désir. Já conhecia a propriedade, tinha estado lá antes. Eu entraria na casa pela porta lateral que dá para a biblioteca, evitando que os empregados me vissem.

– A senhorita não teve medo de ir lá sozinha, à noite?

Não sei se foi minha imaginação, mas a srta. Saint-clair pareceu hesitar antes de responder.

– Sim, um pouco. Mas quem eu convidaria para ir comigo? Eu estava desesperada. Reedburn recebeu-me na biblioteca. Oh, aquele homem! Fico aliviada que esteja morto! Ele brincou comigo como um gato brinca com um rato. Fiquei de joelhos. Ofereci-lhe todas as minhas joias. Mas não adiantou nada! Ele debochou, me insultou. Até que ele mesmo fez uma proposta. Talvez o senhor possa imaginar em que termos... É claro que recusei. Fiquei fora de mim e joguei na cara dele o quanto ele me enojava. Ele continuou impassível, sorrindo. E então, quando eu já não tinha mais o que dizer e fiquei quieta, ouvimos um barulho atrás das cortinas... Ele caminhou até a janela e as escancarou. Um homem estava escondido no vão, um sujeito mal-encarado, vestido como um mendigo. Ele acertou Reedburn na cabeça, uma, duas vezes, até derrubá-lo, depois me agarrou, todo sujo de sangue. Consegui me desvencilhar e escapei pela janela. Aí eu corri na direção dessa casa, onde vi luzes acesas. As persianas estavam levantadas, e jogavam bridge. Eu praticamente despenquei dentro da sala. Tive tempo apenas de gritar "assassino"! Depois, perdi os sentidos.

– Obrigado, mademoiselle. Deve ter sido mesmo

um choque para você. A senhorita poderia descrever esse vagabundo? O que ele estava vestindo?

– Não. Foi muito rápido. Mas sou capaz de reconhecê-lo. Tenho o rosto dele estampado na memória.

– Só mais uma pergunta, mademoiselle. As cortinas da *outra* janela, a que dá para a entrada da casa, estavam fechadas?

Pela primeira vez, uma expressão de perplexidade tomou conta do rosto da bailarina. Ela parecia fazer um esforço para lembrar.

– *Eh bien, mademoiselle?*

– Eu acho... tenho quase certeza... Sim, tenho certeza de que *não* estavam fechadas!

– Não deixa de ser estranho, já que as outras estavam fechadas... Mas não importa, não deve ser nada. A senhorita pretende ficar aqui até quando?

– O médico acha que estarei em condições de voltar à cidade amanhã – disse ela, olhando ao redor do quarto. A srta. Oglander tinha se retirado.

– Essas pessoas são gentis, mas pertencem a um mundo diferente do meu. Ficam chocadas comigo! E eu... bem, nunca gostei muito da *bourgeoisie*!

As palavras dela tinham um quê de amargura.

Poirot balançou a cabeça, solidário.

– Entendo. Espero não tê-la aborrecido ainda mais com o interrogatório.

– De forma alguma, monsieur. Fico aliviada, porque agora o senhor pode explicar a Paul tudo o que aconteceu.

– Vou deixá-la descansar, então, mademoiselle.

Quando estava deixando o quarto, Poirot parou e juntou do chão um par de sandálias de verniz.

– São suas, mademoiselle?

– Sim, monsieur. Acabaram de limpá-las e as deixaram aí.

– Ah! – disse Poirot, enquanto descíamos as escadas. – Os empregados aqui se esquecem de limpar a lareira, mas não os sapatos! Bem, *mon ami*... no início achei que esse caso pudesse ser interessante por um ou dois motivos, mas agora acho melhor darmos ele por encerrado. É o melhor que temos a fazer.

– E o assassino?

– Hercule Poirot não sai à caça de vagabundos – respondeu meu amigo, com certa afetação.

IV

A srta. Oglander foi falar conosco no corredor.

– Será que vocês podem esperar um minuto na sala de estar? Mamãe gostaria de trocar uma palavrinha com vocês.

A sala continuava como antes, e Poirot brincou displicente com as cartas, embaralhando-as com as suas mãozinhas meticulosamente bem cuidadas.

– Você sabe o que eu acho, meu amigo?

– Não! – respondi, curioso.

– Acho que a srta. Oglander fez mal em jogar sem trunfos. Ela devia ter ido de três de espadas.

– Poirot! Você é impossível.

– *Mon Dieu*, a vida não é feita apenas de sangue e lágrimas!

Poirot parou de repente:

– Hastings... *Hastings*! O rei de paus está faltando do baralho!

– Zara! – exclamei.

– Hum? – disse ele, como se não entendesse a minha alusão.

Mecanicamente, Poirot empilhou as cartas e guardou-as no estojo. Seu rosto assumira uma expressão séria.

– Hastings – disse ele por fim –, eu, Hercule Poirot, estive próximo de cometer um grande erro. Um grande erro.

Olhei para ele, impressionado, mas sem compreender o que estava dizendo.

– Temos de fazer tudo de novo, Hastings. Sim, temos de recomeçar a investigação e dessa vez não vamos errar.

Ele foi interrompido pela entrada na sala de uma bela mulher de meia-idade. Ela trazia nas mãos alguns livros. Poirot cumprimentou-a com uma breve mesura.

– Ah! O senhor é amigo da srta... hum, Saintclair?

– Vim visitá-la a pedido de um amigo dela.

– Oh, compreendo. Pensei que talvez...

Poirot sinalizou na direção das portas de vidro, com um gesto inesperado.

– As persianas não estavam baixadas ontem à noite?

– Não... E isso explica por que a srta. Saintclair viu de longe as luzes acesas.

– Ontem à noite era lua cheia. A senhora estava sentada de frente para a porta, mas não chegou a ver a srta. Saintclair se aproximando?

– Eu estava envolvida no jogo e jamais poderia imaginar que alguém fosse entrar pela porta. Foi a primeira vez que algo assim aconteceu.

– Acredito no que diz, madame. Fique descansada, mademoiselle Saintclair volta para casa amanhã.

– Oh! – o rosto dela se descontraiu.

– Tenha um bom dia, madame.

Quando deixamos a casa, uma empregada limpava os degraus da escada da porta da frente. Poirot dirigiu-se a ela.

– Foi você quem limpou as sandálias da jovem que está descansando no andar de cima?

A empregada sacudiu a cabeça.

– Não, senhor. Acho que não as limparam.
– Mas quem as limpou então? – perguntei a Poirot, quando seguíamos pela estrada.
– Ninguém. Elas não estavam sujas.
– Numa noite agradável, caminhar pela rua ou calçada não iria sujá-las. Mas é difícil que não ficassem sujas e manchadas depois de ela atravessar todo aquele gramado.
– Sim – disse Poirot, com um sorriso misterioso. – Nesse caso eu concordaria que elas teriam ficado sujas.
– Mas...
– Tenha mais um pouco de paciência, meu amigo. Estamos voltando a Mon Désir.

V

O mordomo pareceu surpreso com o nosso retorno, mas não fez objeção de que retornássemos à biblioteca.
– Ei, essa é a janela errada, Poirot! – exclamei, quando ele caminhou na direção da que dava para a entrada da casa.
– Acho que não, meu amigo. Olhe isso aqui.
Ele apontava para a cabeça de leão esculpida no mármore. Havia nela uma pequena mancha descolorida. Em seguida ele apontou para outra mancha similar no chão.
– Alguém desferiu um soco bem no meio dos olhos de Redburn. Ele caiu de costas sobre esse pedaço saliente do mármore e então escorregou ao chão. Depois ele foi arrastado até a outra janela e deixado num ângulo diferente, conforme podemos inferir da evidência apresentada pelo médico.
– Mas por que fariam isso? Parece uma atitude desnecessária...

— Pelo contrário, tiveram de agir assim. E aí está a chave para a descoberta da identidade do assassino. Aliás, esse termo não é nem mesmo aplicável, visto que a morte não foi intencional. Tem de ter sido um homem muito forte!

— Para arrastar o corpo até o outro lado?

— Não exatamente. Esse caso é interessante. Por pouco não me deixei enganar como um imbecil.

— Quer dizer que o caso está encerrado? Você descobriu tudo?

— Sim.

Mas uma lembrança de repente me ocorreu.

— Não! – gritei. – Tem uma coisa que você não sabe.

— E o que é?

— Você não sabe onde está o rei de paus!

— Ah é? Mas descobrir isso é fácil, muito fácil!

— Por quê?

— *Porque o rei de paus está no meu bolso!* – num gesto rebuscado, Poirot fez a carta aparecer.

— Oh! – disse eu, perdendo a pose. – Onde a achou? Em Mon Désir?

— É simples. Estava no estojo do baralho. Esqueceram-se de tirá-la junto com as outras cartas.

— Hum... Mas isso lhe deu o que pensar, não?

— Sim, meu amigo. Meus agradecimentos à Sua Majestade!

— E à madame Zara!

— Ah, sim... a ela também.

— Bem, o que fazemos agora?

— Voltamos à cidade. Mas antes tenho de trocar umas palavrinhas com uma certa senhora em Daisymead.

A mesma empregada de antes abriu-nos a porta.

— Agora estão todos almoçando, senhor. A menos que seja com a srta. Saintclair que o senhor queira falar. Ela está descansando.

– Gostaria de falar rapidamente com a sra. Oglander. Avise a ela, por favor.

Ela nos levou até a sala de estar e pediu que aguardássemos um pouco. Do corredor, pude ver rapidamente a família na sala de jantar, agora reforçada pela presença de dois homens altos e robustos, os dois de bigode, e um deles também de barba.

Não demorou muito para que a sra. Oglander aparecesse na sala, lançando a Poirot um olhar inquisitivo.

– Madame, em meu país, temos uma grande admiração, um enorme respeito pela figura da mãe. A *mère de famille*, ela significa tudo para nós.

O rosto da sra. Oglander adquiriu uma expressão de espanto.

– É por isso que vim aqui. Para tranquilizá-la. O assassino do sr. Redburn não vai ser descoberto, não tenha medo. É Hercule Poirot quem está lhe dizendo isso. Estou certo ou não? Ou será que é antes como esposa do que como mãe que eu preciso tranquilizá-la?

Houve um momento de silêncio. A sra. Oglander parecia examinar Poirot com os olhos. Por fim, ela disse, em voz baixa:

– Eu não sei como descobriu, mas é verdade, o senhor está certo.

Poirot concordou com a cabeça, muito sério.

– Isso é tudo, madame. Não se preocupe, a polícia inglesa não tem os olhos de Hercule Poirot.

Ele deu uma batidinha no retrato de família da parede com a ponta do dedo.

– A senhora tinha outra filha. Ela morreu, madame?

Novamente, fez-se um silêncio, e a mulher examinou Poirot com os olhos. Ela então respondeu:

– Sim, ela está morta.

– Ah! – disse Poirot, rapidamente. – Bem, precisamos retornar à cidade. Posso colocar o rei de paus junto com as demais cartas do baralho? Esse foi o único deslize de vocês. Jogar bridge por uma hora ou mais, com apenas 51 cartas... Bem, ninguém que conheça um pouco do jogo poderia acreditar nessa lorota! *Bonjour*!

– E agora, meu amigo? – disse Poirot quando deixávamos a casa para ir à estação. – Não ficou tudo esclarecido?

– Esclarecido, nada! Quem matou Reedburn?

– John Oglander Junior. Eu não tinha certeza se havia sido o pai ou o filho, mas pensei no filho porque era o mais jovem e o mais forte dos dois. Tinha de ser um deles, por causa da janela.

– Por quê?

– A biblioteca tinha quatro saídas: duas portas, duas janelas. Mas é claro que só uma delas poderia ser usada. Três das saídas davam para a entrada, direta ou indiretamente. A tragédia tinha de ser encenada na janela que dava para os fundos, pois assim ficaria parecendo que Valerie Saintclair tinha ido a Daisymead por acaso. Ela desmaiou, e John Oglander carregou-a nos ombros. Por isso eu disse que o assassino era um homem forte.

– Eles foram juntos até lá, então?

– Sim. Você se lembra de que ela ficou um momento em silêncio, quando lhe perguntei se não tivera medo de ir até Daisymead sozinha? John Oglander a acompanhou, e imagino que isso só tenha feito piorar o mau humor de Reedburn. Eles discutiram, e foi provavelmente algum insulto contra Valerie que fez Oglander desferir o soco. O resto você já sabe.

– Mas e o bridge?

– Bridge é um jogo para quatro pessoas. Um fato simples como esse acaba sendo muito convincente. Quem iria desconfiar de que havia apenas três pessoas naquela sala?

Eu continuava confuso.

– Há uma coisa que eu não entendo. Qual é a ligação entre os Oglander e a bailarina Valerie Saintclair?

– Ah, imaginei que não tivesse percebido, apesar de que você ficou mais tempo examinando aquele retrato na parede do que eu. A outra filha da sra. Oglander pode estar morta para a família, mas o mundo a conhece como Valerie Saintclair!

– *O quê?*

– Você não percebeu a semelhança quando as viu juntas?

– Não – confessei. – Eu as achei muito diferentes.

– Ah! Você se deixou levar pelo seu romantismo, meu caro Hastings. Mas as feições na verdade são quase idênticas, assim como a cor do cabelo e dos olhos. O interessante é que Valerie tem vergonha da família e a família tem vergonha dela. Mas isso não impediu que ela buscasse a ajuda do irmão num momento de perigo e que todos eles se mantivessem unidos depois de algo dar errado. A força de um vínculo familiar é muito forte. Eles são capazes de atuar em conjunto. O talento dramático de Valerie vem daí. Eu acredito em hereditariedade, como o príncipe Paul! Quase me enganaram! Não fosse por um golpe de sorte e por uma perguntinha astuciosa com a qual levei a sra. Oglander a contradizer o relato da filha sobre onde estavam sentadas, a família Oglander teria passado a perna em Hercule Poirot.

– O que você vai dizer ao príncipe?

– Que é impossível que o crime tenha sido cometido por Valerie e que não tenho esperanças de que o vagabundo que ela viu venha a ser encontrado. Vou também apresentar os meus cumprimentos a Zara. Que estranha coincidência! Acho que vou chamar esse caso de a Aventura do Rei de Paus. O que você acha, meu amigo?

A maldição dos Lemesurier

I

Acompanhei Poirot na investigação de muitos casos estranhos, mas nenhum deles se compara àquela série de eventos extraordinários com que nos ocupamos por vários anos, e que culminou no caso apresentado a Poirot. A história da família Lemesurier chamou a nossa atenção, pela primeira vez, numa noite durante a guerra. Fazia pouco tempo que Poirot e eu estávamos morando juntos, relembrando os velhos tempos da nossa amizade na Bélgica. Ele acabara de prestar serviço para o Ministério da Defesa, que lhes deixara inteiramente satisfeitos, e jantávamos no Carlton com um militar do alto escalão, que dispensava a Poirot os maiores elogios entre a chegada de um e outro prato. O militar teve de deixar a mesa apressado, por causa de outro compromisso, e nós terminamos o nosso café descansados antes de também nos retirarmos.

Quando estávamos saindo do restaurante, fui chamado por uma voz que me pareceu familiar. Ao me virar, avistei o capitão Vincent Lemesurier, um jovem que eu conhecera na França. Ele estava acompanhado de um homem mais velho, que parecia ser algum parente, tal era a semelhança entre os dois. E era isso mesmo; o homem foi apresentado a nós como o sr. Hugo Lemesurier, tio do meu jovem amigo.

Eu não era muito próximo do capitão Lemesurier, mas ele era um jovem simpático, atraente e que deixava os outros à vontade. E lembrava-me de ter ouvido falar que ele pertencia a uma família importante, que possuía uma propriedade em Northumberland datada de antes da Reforma. Poirot e eu não estávamos com pressa e aceitamos o convite do jovem para sentar à mesa com eles. Conversamos sobre os mais diversos assuntos. O tio era um homem de cerca de quarenta anos, cujos ombros encurvados davam a ele um aspecto de acadêmico. Naquele momento ele estava trabalhando para o governo em projetos de desenvolvimento na área da química.

Nossa conversa foi interrompida por um jovem alto, de cabelos negros, que parecia um tanto agitado.

– Ainda bem que os encontrei! – exclamou o rapaz.

– O que aconteceu, Roger?

– O chefe, Vincent. Teve uma queda terrível!

O resto não pudemos ouvir, pois ele puxou os outros para um canto.

Em seguida, eles se despediram de nós. Ao tentar montar um cavalo que ainda não estava domado, o pai de Vincent Lemesurier sofrera um acidente sério e provavelmente não passaria da manhã seguinte. Vincent havia ficado pálido e parecia completamente abalado com a notícia. De certa forma fiquei surpreso. Das poucas palavras que ele deixara escapar sobre o pai na França, pude concluir que os dois não se davam bem. A súbita demonstração de amor pelo pai me deixou perplexo.

O rapaz de cabelos escuros, que nos apresentaram como um primo, o sr. Roger Lemesurier, foi deixado para trás, e saímos do restaurante com ele.

– É um fato estranho – comentou o rapaz. – Talvez ele possa interessar ao sr. Poirot. Higginson falou muito bem do senhor (Higginson era o nosso amigo militar). Ele disse que o senhor é um excelente psicólogo...

– Sim, eu estudo psicologia – disse Poirot, cauteloso.

– O senhor viu a cara do meu primo? A notícia foi um verdadeiro choque para ele. E o senhor sabe por quê? Existe uma maldição na família! Quer que lhe conte?

– Seria mesmo muita gentileza sua.

Roger Lemesurier consultou o relógio.

– Tenho tempo. Devo me encontrar com eles mais tarde na estação King's Cross... Bem, sr. Poirot, a família Lemesurier é muito antiga, e a história que vou lhe contar passa-se ainda na Idade Média. Naquela época, um Lemesurier começou a desconfiar da esposa. Ele a surpreendeu numa situação constrangedora. Ela jurou inocência, mas o Barão Hugo não lhe deu ouvidos. Ele renegou o filho que ela tinha lhe dado e jurou que não deixaria nada de herança para a criança. Não lembro exatamente o que foi que ele fez. Alguma dessas excentricidades medievais, como emparedar vivos a mãe e a criança. Seja como for, ele os matou, e ela morreu alegando inocência e amaldiçoando a família Lemesurier para sempre. Nenhum primogênito de um Lemesurier herdaria nada do pai, essa foi a maldição. Bem, o tempo passou e a inocência da mulher foi comprovada para além de qualquer dúvida. Hugo passou o resto da vida fazendo penitência e morreu isolado num mosteiro. O curioso é que desde então nenhum primogênito tomou posse da propriedade. Ela acabou na mão de irmãos, sobrinhos, de outros filhos, mas nunca de um primogênito. O pai de Vincent era o segundo de cinco filhos, o primogênito morreu quando criança. Durante a guerra, Vincent achava que, se alguém estava predestinado a morrer, esse alguém era ele. No entanto, ele saiu da guerra ileso, enquanto seus dois irmãos mais novos foram mortos.

– Uma história interessante – disse Poirot, pensativo. – Mas agora o pai dele está morrendo, e ele, como primogênito, deve herdar a propriedade?

– Exatamente. A maldição caiu por terra. Não aguentou a força dos tempos modernos.

Poirot sacudiu negativamente a cabeça, como se lamentasse o tom leviano do rapaz. Roger Lemesurier olhou novamente para o relógio e disse que precisava ir.

A história continuou no dia seguinte, quando ficamos sabendo da trágica morte do capitão Vincent Lemesurier. Ele estava viajando para o norte num trem postal escocês e, no meio da noite, teria aberto a porta do vagão e se atirado para fora. Acreditava-se que o choque causado pelo acidente do pai, somado às neuroses de guerra, teria provocado um transtorno temporário. A misteriosa lenda que assombrava a família Lemesurier foi mencionada com relação ao novo herdeiro, o irmão do seu pai, Ronald Lemesurier, cujo filho único tinha morrido na Batalha do Some.

Parece que o encontro casual com o jovem Vincent na noite anterior à sua morte aguçou nosso interesse por tudo o que dissesse respeito à família Lemesurier. Dois anos depois, não ficamos indiferentes à morte de Ronald Lemesurier, que já tomara posse da propriedade da família numa situação de invalidez. Ele foi sucedido pelo irmão John, um homem alegre e saudável que tinha um filho estudando no Eton College.

O destino da família Lemesurier parecia mesmo guiado por alguma maldição. No feriado seguinte à sucessão, o menino morreu em consequência de um tiro que desferiu em si mesmo por acidente. A morte do seu pai, que ocorreu de forma inesperada em decorrência da picada de uma vespa, fez a propriedade passar para as mãos do irmão mais jovem dos cinco, Hugo, aquele que havíamos conhecido no Carlton, na noite fatídica em que eu reencontrara Vincent.

Até então apenas comentávamos sobre a série inacreditável de desgraças que tinham acometido a família Lemesurier, sem que tivéssemos nos envolvido pessoalmente no assunto. Mas logo iríamos assumir um papel ativo no caso.

II

Certa manhã, a sra. Lemesurier foi anunciada. Era uma mulher alta, desinibida, com cerca de trinta anos. Tinha os gestos decididos de uma mulher prática e falava com um leve sotaque americano.

– Sr. Poirot? É um prazer conhecê-lo. Meu marido, Hugo Lemesurier, teve a oportunidade de encontrá-lo alguns anos atrás, mas o senhor não deve se lembrar.

– Lembro perfeitamente, madame. Foi no Carlton.

– Ah, é muita gentileza sua. Sr. Poirot, estou muito preocupada.

– Com o que, madame?

– Com meu filho mais velho. Tenho dois filhos. Ronald tem oito anos, e Gerald, seis.

– Prossiga, madame. Aconteceu alguma coisa com o pequeno Ronald?

– Sr. Poirot, durante os últimos seis meses, em três ocasiões, ele escapou da morte por pouco: quando fomos a Cornwall, no verão, ele quase se afogou; depois ele caiu da janela do quarto e, por fim, passou muito mal por causa de uma comida estragada.

A expressão do rosto de Poirot devia ter traído o que ele estava pensando, pois a sra. Lemesurier imediatamente acrescentou:

– Sei que pareço estar agindo como uma tola e fazendo tempestade em copo d'água...

– De forma alguma, madame. É normal que coisas assim deixem uma mãe preocupada, mas não sei como eu poderia ajudá-la. Quem controla as ondas é *le bon*

Dieu. Sugiro que coloquem grades na janela do quarto. E quanto à comida, que cuidados seriam mais efetivos do que aqueles de uma mãe?

— Mas por que tais coisas acontecem com Ronald e não com Gerald?

— *Le hasard*, madame. Obras do acaso!

— O senhor acha?

— Qual é a opinião da senhora e do seu marido?

Uma sombra passou pelo rosto da sra. Lemesurier.

— É inútil conversar com Hugo sobre isso, ele não me dá ouvidos. Talvez o senhor tenha lido a respeito da maldição que ronda nossa família: nenhum primogênito pode herdar a propriedade dos Lemesurier em Northumberland. Hugo é muito supersticioso e está enrolado nessa história até o pescoço. Quando eu o procuro para falar dos meus medos, ele diz que não há o que fazer, que é impossível escapar ao destino. Mas eu venho dos Estados Unidos, sr. Poirot, e lá não damos crédito a essas maldições. Para nós elas apenas aumentam o charme de uma família tradicional, dão a ela uma espécie de *cachet*, o senhor entende? Eu fazia parte de uma pequena trupe de atores de comédias musicais quando Hugo me conheceu e fiquei encantada com o apelo dramático dessa lenda familiar. É o tipo de história que gostamos de ouvir numa noite de inverno ao redor da lareira, mas quando começa a afetar a vida dos nossos próprios filhos... Eu gosto muito dos meus filhos, sr. Poirot. Faço qualquer coisa por eles.

— A senhora não acredita na maldição?

— Maldições usam serrotes?

— O que quer dizer com isso, madame? — perguntou Poirot, atônito.

— Eu disse que uma maldição, ou um fantasma, se o senhor prefere, não usa serrote. Não estou me referindo a Cornwall. Qualquer garoto pode se exceder e acabar em dificuldades, embora Ronald saiba nadar desde os quatro anos. Mas com a hera foi diferente. Os meninos são muito desobedientes. Descobriram que podiam entrar e sair da casa escalando a hera da parede. Estavam sempre fazendo isso. Um dia em que Gerald estava ausente, Ronald, como tinha de ser, foi descer do quarto pela janela, a hera cedeu e ele despencou. Por sorte, não chegou a se machucar muito. Mas eu fui até lá e examinei a hera: ela estava cortada, sr. Poirot, tinham serrado os galhos!

– O que a senhora está nos contando é muito sério, madame. A senhora disse que o seu filho mais novo estava fora naquele dia?

– Sim.

– E quando Ronald passou mal por causa da comida?

– Os dois estavam lá.

– Curioso... – murmurou Poirot. – Quem são os empregados que trabalham na casa?

– A srta. Saunders, governanta responsável pelas crianças, e John Gardiner, o secretário do meu marido...

A sra. Lemesurier fez uma pausa, um pouco constrangida.

– Quem mais, madame?

– O comandante Roger Lemesurier, que o senhor conheceu também naquela noite, eu acredito. Ele estava ficando conosco por um tempo.

– Ah, sim... Ele é um primo, não?

– Um primo distante. Ele pertence a outro ramo da família. Ainda assim, acho que é o parente mais próximo do meu marido. É um bom rapaz. Gostamos muito dele. As crianças o adoram.

– Não foi ele quem lhes ensinou a escalar a hera?

– Pode ser. Ele incentiva as traquinagens deles além do necessário.

– Madame, peço desculpas pelo meu comentário anterior. O perigo é real, e acredito que eu possa ser útil. Proponho que convide nós dois para passar um tempo com vocês. O seu marido estaria de acordo?

– Sim, claro. Apesar de que para ele nada que se faça pode ser útil. O fato de ele agir como se estivesse conformado com a morte do menino me deixa fora de mim.

– Acalme-se, madame. Temos de agir passo a passo.

III

Tomamos todas as providências necessárias para a viagem, e partimos para o norte no dia seguinte. Poirot emergiu de repente do devaneio em que estava absorto.

– Foi de um trem como este que Vincent Lemesurier caiu? – ele perguntou, acentuando de forma especial a palavra "caiu".

– Você suspeita de alguma coisa? – perguntei, espantado.

– Você não percebeu, Hastings, que algumas das mortes dessa família poderiam ter sido, digamos... planejadas? A de Vincent, por exemplo. A do garoto do Eton College. Um acidente com arma é sempre ambíguo. E que morte poderia parecer mais acidental e fora de suspeita do que a de uma criança desabando da janela do quarto? Mas por que algo assim acontece apenas com um dos filhos? Quem se beneficia com a morte do mais velho? O seu irmão mais jovem, uma criança de sete anos! É absurdo...

– Eles podem acabar com o outro mais tarde – sugeri, mas sem saber direito quem *eles* seriam.

Poirot sacudiu a cabeça negativamente, insatisfeito.

– Comida estragada... – refletiu ele. – Atropina produziria sintomas semelhantes. Sim, o caso precisa mesmo ser investigado.

A sra. Lemesurier nos recebeu calorosamente. Ela nos levou até o escritório do marido, com quem nos deixou-nos a sós. Ele tinha mudado muito desde o nosso último encontro. Os ombros estavam mais encurvados do que nunca, e a tez tinha uma cor estranha, acinzentada. Ele escutou calmamente as explicações de Poirot quanto à necessidade da nossa presença na casa.

— Minha mulher é mesmo muito prática! — disse ele, por fim. — Faço questão de que fiquem, sr. Poirot, e agradeço que tenham vindo. Mas o que está escrito está escrito. O caminho dos pecadores é árduo. Os Lemesuriers sabem disso. Nenhum de nós escapa ao destino.

Poirot mencionou que a hera havia sido cortada, mas Hugo pareceu não lhe dar atenção.

— Sem dúvida, um jardineiro descuidado. Sim, pode haver um instrumento, mas a serviço de um fim. E vou lhe dizer, sr. Poirot, esse fim não poderá ser adiado por muito tempo.

Poirot olhou atentamente para ele.

— E por que o senhor acha isso?

— Porque eu mesmo estou com os dias contados. Fui ao médico ano passado. Tenho uma doença incurável, que em breve vai me levar à morte. Mas, antes de eu morrer, Ronald será tirado de nós. Gerald vai herdar a propriedade.

— E se algo acontecer com o seu segundo filho?

— Nada vai acontecer com ele. Ele não corre perigo.

— Mas e se acontecer? — insistiu Poirot.

— Meu primo Roger é o próximo herdeiro.

Fomos interrompidos. Um homem alto, bonito, de cabelos ruivos encaracolados, entrou na sala com um maço de papéis.

— Não se preocupe com isso agora, Gardiner — disse Hugo Lemesurier. — O sr. Gardiner é meu secretário — acrescentou ele, para nós.

O secretário nos cumprimentou com uma leve inclinação de cabeça, disse algumas palavras gentis e foi embora. Apesar da sua bela aparência, havia algo de repelente naquele homem. Foi o que eu disse a Poirot logo em seguida, quando dávamos uma volta pelos belíssimos jardins. Para minha surpresa, ele concordou comigo.

– Sim, Hastings, você está certo. Eu não gosto dele. É bonito demais. Dá a impressão de alguém sempre disposto a um trabalho fácil. Ah! Ali estão as crianças.

A sra. Lemesurier caminhava na nossa direção, com os filhos, um de cada lado. Eram belos meninos, o mais jovem, moreno como a mãe, o mais velho, de cabelos ruivos encaracolados. Depois de um aperto de mão, não demorou muito para que fizessem amizade com Poirot. Em seguida, fomos apresentados à última pessoa do grupo, a srta. Saunders, uma mulher completamente sem graça.

IV

Por alguns dias, nossa estadia decorreu tranquila. Estávamos sempre atentos, mas nada fora do comum aconteceu. Os garotos levavam uma vida normal, despreocupada. No quarto dia depois da nossa chegada, o major Roger Lemesurier apareceu para passar um tempo com a família. Mesmo mudado, ele conservava o antigo ar elegante e despreocupado, o mesmo hábito de não levar nada muito a sério. Roger era evidentemente o preferido dos meninos, que comemoraram a sua chegada dando gritos de alegria e imediatamente o arrastaram para brincar de mocinho e bandido pelo jardim. Pude observar que Poirot os seguia discretamente.

V

No dia seguinte, a família foi toda convidada, incluindo os garotos, para o chá na casa de lady Claygate, uma vizinha dos Lemesuriers. A sra. Lemesurier sugeriu que os acompanhássemos, e fiquei aliviado quando Poirot declarou que preferiria permanecer em casa. Assim que todos partiram, Poirot começou a trabalhar. Ele parecia um cão farejador. Acredito que ele tenha investigado todos os cantos da casa, mas de forma tão metódica e silenciosa que nenhum dos empregados prestou atenção aos seus movimentos. No final, ele continuava insatisfeito. Tomamos chá no terraço com a srta. Saunders, que não fora incluída entre os convidados.

– Será uma diversão para os meninos – murmurou ela na sua voz apagada. – Espero que não destruam os canteiros nem cheguem perto das abelhas...

Poirot deteve-se por um momento, segurando a xícara a meio caminho da boca. Ele parecia ter visto um fantasma.

– Abelhas? – trovejou ele, por fim.

– Sim, sr. Poirot, abelhas. Lady Claygate tem muito orgulho das suas colmeias...

– Abelhas?! – bradou Poirot, pela segunda vez, dando um pulo da cadeira.

Eu não conseguia entender o seu comportamento. Poirot começou a caminhar de um lado para outro no terraço com as mãos na cabeça.

Naquele momento, ouvimos o barulho do carro que retornava. Poirot postou-se no topo da escadaria da entrada, esperando-os.

– Ronald foi picado! – exclamou Gerald, nervoso.

– Não foi nada – disse a sra. Lemesurier. – Não chegou nem mesmo a inchar. Colocamos amônia.

— Deixe-me ver, meu jovem – disse Poirot. – Onde foi?

— Bem aqui, desse lado do meu pescoço – disse Ronald, orgulhoso. – Mas não dói. Papai disse: "Fique parado. Há uma abelha em você". Eu obedeci, e ele tirou a abelha. Mas antes ela me picou, apesar de que não doeu nada. Foi só uma alfinetada e eu não chorei, porque já sou grande e vou para a escola no ano que vem.

Poirot examinou o pescoço do menino. Ele me pegou pelo braço e murmurou:

— Essa noite, *mon ami*, temos um trabalho a fazer! Não conte nada a ninguém...

Poirot recusou-se a dar mais detalhes sobre o assunto, e eu passei a tarde me mordendo de curiosidade. Segui o seu exemplo e fui cedo para a cama. Quando subíamos para os nossos quartos, ele me puxou para um canto e passou-me algumas instruções:

— Não troque de roupa. Espere um tempo, apague a luz e me encontre aqui.

Obedeci e encontrei-o já à minha espera. Poirot fez um sinal para que eu continuasse em silêncio. Atravessamos na ponta dos pés o corredor, na direção dos quartos dos meninos. Ronald dormia sozinho num quarto pequeno. Entramos e nos escondemos no canto mais escuro. A respiração da criança era pesada e contínua.

— Está dormindo profundamente – cochichei.

Poirot confirmou com a cabeça.

— Ele está drogado.

— Como?

— Deram algo a ele, a fim de que não reagisse nem gritasse.

— Gritasse?

— Por causa da picada da agulha, *mon ami*... Mas agora, silêncio! Precisamos esperar aqui mais um tempo.

VI

Na verdade, esperamos por pouco tempo. Não passou nem dez minutos, a porta foi aberta com todo o cuidado e alguém entrou no quarto. Ouvi o arfar da respiração acelerada do intruso, os passos que ele deu na direção da cama, e então um clique inesperado. O facho de uma lanterna iluminou o rosto da criança que dormia. À sombra da luz projetada, o intruso ficou ainda mais invisível. Ele largou a lanterna sobre o cobertor e, com uma das mãos, empunhou uma seringa. Com a outra, o seu vulto apalpava o pescoço da vítima...

Poirot e eu saltamos no mesmo momento. A lanterna caiu no chão e lutamos com o intruso no escuro. A força dele era extraordinária. Por fim, conseguimos dominá-lo.

– Acenda a luz, por favor, Hastings. Preciso ver o rosto dele, embora eu tema já saber de quem se trata.

Foi o que pensei também quando me abaixei para procurar a lanterna. Até então, levado pela má impressão que a aparência dele secretamente me causara, eu achava que o bandido fosse o secretário, mas naquele momento tive certeza de que o monstro que tínhamos apanhado era o homem que se beneficiaria da morte dos seus dois primos pequenos.

Bati com o pé na lanterna. Juntei-a e liguei a luz. Ela brilhou em cheio no rosto de Hugo Lemesurier, o pai do garoto!

Quase deixei a lanterna cair.

– Impossível – murmurei estarrecido. – Impossível!

VII

Lemesurier tinha perdido os sentidos. Poirot e eu o carregamos até o quarto, colocando-o na cama. Poirot se inclinou e gentilmente tirou-lhe algo da mão direita, que me mostrou. Era uma seringa hipodérmica. Senti um calafrio.

– O que há nela? Veneno?
– Ácido fórmico, eu acho.
– Ácido fórmico?
– Sim. Obtido provavelmente pela destilação de formigas. Ele é químico, você se lembra? A morte seria atribuída à picada da abelha.
– Meu Deus! – murmurei. – É o filho dele! Você esperava por isso?

Poirot soltou um suspiro.

– Sim. Ele está louco, é claro. A lenda familiar tornou-se uma obsessão para ele. Sua ambição sempre foi herdar a propriedade, e isso o fez cometer uma série de crimes. A ideia deve ter lhe ocorrido pela primeira vez quando viajava com Vincent para o norte. Ele não podia admitir que a lenda fosse falsificada. Além disso, o filho de Ronald já estava morto, e o pai não viveria muito. Esses dois já não contavam. Naturalmente, Hugo está por trás do acidente com a arma que vitimou o estudante do Eton College, e também foi ele quem tramou a morte do próprio irmão, John, usando o mesmo método de injetar ácido fórmico na veia jugular. Dessa forma ele alcançou o seu objetivo e tornou-se o senhor das terras da família. Mas seu triunfo duraria pouco. Ele descobriu que sofria de uma doença incurável. E a maldição era para ele uma ideia fixa: nenhum primogênito pode herdar a propriedade dos Lemesurier. Em Cornwall, quando nadava com o filho e na tentativa de que o menino se afogasse, Hugo o encorajou a exceder os próprios limites. Como isso não deu certo, ele cortou a hera e depois pôs veneno na comida de Ronald.

— Diabólico! — disse eu, arrepiado. — E tudo planejado nos mínimos detalhes.

— Isso mesmo, *mon ami*, a lucidez dos loucos é por vezes assustadora! A menos que se trate da loucura dos lúcidos! Imagino que, nos últimos tempos, ele tenha perdido completamente o juízo. Há método na loucura dele.

— E pensar que eu desconfiei de Roger, um sujeito admirável!

— Era a hipótese mais natural, *mon ami*. Sabemos que ele viajou com Vincent para o norte naquela noite. Sabemos também que ele era o próximo herdeiro, depois de Hugo e dos dois meninos. Só que essa hipótese não tinha apoio nos fatos. A hera foi cortada num dia em que apenas Ronald estava em casa, e Roger teria interesse também na morte do outro menino. Da mesma forma, não foi a comida das duas crianças que envenenaram. Hoje, quando chegaram em casa, e eu descobri que a história da picada de abelha dependia apenas da palavra do pai, lembrei-me da outra morte por picada de vespa e então não tive mais dúvidas!

VIII

Hugo Lemesurier morreu alguns meses depois, num sanatório para onde havia sido mandado. A sua esposa casou-se novamente um ano mais tarde com John Gardiner, o secretário ruivo. Ronald herdou as terras do pai e é hoje um jovem com um futuro promissor.

— Bem... — disse eu a Poirot. — Mais uma ilusão perdida. Você solucionou o mistério da maldição dos Lemesuriers.

— É possível... Imagino que sim.

— Imagina?

— *Mon ami*, para responder à sua inquietação, basta uma palavra: *vermelho*!

— Sangue? — perguntei, com a voz embargada.

— Lá vem você com melodrama, Hastings! Refiro-me a algo muito mais simples: à cor de cabelo do pequeno Ronald Lemesurier.

A mina perdida

Larguei o meu extrato de banco com um suspiro.

– É curioso – observei –, nunca acabo com minhas dívidas.

– E isso o preocupa, não? Pois eu perderia até mesmo o sono se gastasse mais do que tenho – disse Poirot.

– Seu saldo deve ser mesmo bastante confortável! – retruquei.

– Quatrocentos e quarenta e quatro libras, quatro xelins e quatro *pence* – disse Poirot, imperturbável. – Um belo número, não é mesmo?

– O gerente da sua conta deve ser um homem de tato. Ele certamente conhece a sua obsessão por simetrias numéricas. Por que você não investe trezentas libras no petróleo da companhia Porcupine? Há um anúncio que foi publicado hoje em todos os jornais, dizendo que vão pagar cem por cento de dividendos no próximo ano.

– Eu não – disse Poirot, sacudindo negativamente a cabeça. – Não gosto desses investimentos sensacionais. Gosto dos que são previsíveis e seguros: *les rentes*, os fundos consolidados, câmbio.

– Você nunca fez um investimento especulativo?

– Não, *mon ami* – respondeu Poirot taxativamente. – Nunca fiz. As únicas ações que tenho que não são totalmente garantidas são quatorze mil cotas das Minas da Birmânia Ltda.

Poirot fez uma pausa, como se precisasse de um estímulo para continuar.

— Minas da Birmânia? — disse eu, para instigá-lo.

— Sim. Não tive de desembolsar nada para comprá-las. Foi uma recompensa que me deram pelo bom uso que fiz da minha massa cinzenta. Quer ouvir o resto da história?

— Claro.

— Essas minas ficam no interior da Birmânia, a cerca de trezentos quilômetros de Rangoon. Foram descobertas pelos chineses no século XV, exploradas até a época da rebelião maometana e, por fim, abandonadas em 1868. Os chineses extraíam o minério rico em chumbo e prata da camada superior, fundindo-o apenas para obter a prata e deixando grandes quantidades de escória rica em chumbo. Logo que começaram os trabalhos de prospecção mais recentes, isso foi descoberto. No entanto, as antigas galerias estavam tomadas de detrito e água, e não foi possível encontrar a fonte original do minério. Companhias de mineração enviaram representantes que escavaram uma vasta região, mas sem resultados. Um deles, entretanto, descobriu que os registros da situação da mina eram guardados por uma família chinesa, cujo chefe chamava-se Wu Ling.

— Que belo trecho de romance barato! — exclamei.

— E não é? *Mon ami*, nem todos os romances precisam de belas heroínas com cachos dourados. Quer dizer, estou enganado. São as ruivas que o fascinam, não? Você se lembra de quando...

— Por favor, continue com a história da mina — cortei eu, rapidamente.

— *Eh bien*, meu amigo. Wu Ling foi localizado. Ele era um comerciante muito conhecido e estimado na comunidade em que vivia. Ele logo admitiu que possuía os documentos em questão e se disponibilizou a negociá-los, desde que tratasse diretamente com os responsáveis pelo empreendimento. Ficou decidido que ele viajaria à Inglaterra para se encontrar com os diretores da companhia.

"Wu Ling fez a viagem no navio *Assunta*, que atracou em Southampton numa fria e enevoada manhã de novembro. Um dos diretores, o sr. Pearson, estaria lá para recebê-lo, mas se atrasou por causa do nevoeiro, e Wu Ling, depois de desembarcar, acabou tomando sozinho o trem especial para Londres. O sr. Pearson retornou para casa um tanto chateado, já que não se sabia onde o chinês planejava hospedar-se. Mais tarde, durante o dia, ligaram para os escritórios da companhia. Wu Ling ficaria no Russell Square Hotel. A longa viagem o deixara bastante cansado, mas isso não impediria a sua presença na reunião da diretoria marcada para o dia seguinte.

"A reunião teve início às onze da manhã. Depois de passada meia hora, como Wu Ling não aparecia, a secretária ligou ao Russell Hotel. Informaram a ela que o chinês saíra com um amigo por volta das dez e meia. A intenção dele só podia ser a de ir à reunião, mas a manhã chegou ao fim sem que ele aparecesse. Era possível que ele tivesse se perdido em Londres, cidade que não conhecia, mas mesmo já noite ele ainda não havia retornado ao hotel. Preocupado, o sr. Pearson procurou a polícia. Um dia se passou sem que pudessem descobrir qualquer pista do desaparecido. Somente na tarde seguinte encontraram o cadáver do pobre chinês no Tâmisa. Mas nem no corpo, nem na bagagem do hotel havia qualquer indício dos documentos relacionados à mina.

"Foi nesse momento, *mon ami*, que pediram minha ajuda. O sr. Pearson me ligou. Apesar de completamente chocado com a morte de Wu Ling, sua maior preocupação era recuperar os documentos que o chinês trouxera à Inglaterra. O objetivo principal da polícia era encontrar o assassino. A polícia só se ocuparia dos documentos num segundo momento, é claro. O sr. Pearson queria que eu colaborasse com a investigação, agindo no interesse da companhia. Aceitei o caso imediatamente. Eu tinha dois caminhos a seguir. De um lado, investigar os empregados da companhia que sabiam da vinda do chinês e, do outro, os passageiros do navio que podiam ter ficado sabendo o motivo de sua visita à Inglaterra. Comecei investigando os passageiros em questão, que deviam ser em número menor do que os empregados. Foi aí que conheci o inspetor Miller, encarregado do caso, um homem convencido e grosseiro, difícil de conviver e muito diferente do nosso amigo Japp. Entrevistamos juntos os empregados do navio, que pouco tinham a nos dizer. Wu Ling não interagiu muito com as pessoas a bordo durante a viagem e fez amizade apenas com dois passageiros: um europeu deplorável chamado Dyer, homem de péssima reputação, e um jovem funcionário de banco chamado Charles Lester, que estava retornando de Hong Kong. Tivemos sorte de conseguir duas pequenas fotos dos dois passageiros. Tudo indicava que Dyer seria o nosso homem, caso um dos dois estivesse mesmo envolvido. Sabia-se que ele tinha contato com uma gangue de criminosos chineses, o que o tornava ainda mais suspeito.

"Nosso próximo passo foi visitar o Russell Square Hotel. O pessoal do hotel reconheceu a foto de Wu Ling assim que a mostramos. Mas, ao contrário do que esperávamos, não reconheceram Dyer como o homem que fora ao hotel naquela manhã fatídica. Por desencargo de consciência, resolvi mostrar-lhes a fotografia de Lester, e, para minha surpresa, o recepcionista reconheceu-o imediatamente. 'Sim, senhor', disse ele. 'Esse é o homem que chegou aqui às dez e meia procurando o sr. Wu Ling, e depois os dois saíram juntos.'

"O caso estava progredindo. Nosso próximo passo era entrevistar o sr. Charles Lester. Ele foi absolutamente franco conosco. Estava desolado com a morte inesperada do chinês e colocou-se à nossa inteira disposição. A versão dele era a seguinte: conforme os dois haviam combinado, ele procurou Wu Ling no hotel às dez e meia. Wu Ling, entretanto, não apareceu. Quem apareceu no seu lugar foi o criado, explicando que o mestre já tinha saído e oferecendo-se para levar o jovem até onde o mestre estava. Sem suspeitar de nada, Lester concordou, e o chinês chamou um táxi. O carro ficou dando voltas na direção do cais. Desconfiado, Lester pediu que o táxi parasse e saiu do veículo, ignorando os protestos do criado. E essa foi a história que ele nos contou.

"Aparentemente satisfeitos, agradecemos e partimos. Mas a história contada por ele tinha alguns problemas. Para começar, Wu Ling não fora visto com nenhum criado, nem no navio e nem no hotel. Além disso, conseguimos localizar o motorista de táxi que conduzira os dois homens naquela manhã. Lester não deixara o carro na metade do caminho. Pelo contrário, ele e o chinês haviam descido juntos num endereço suspeito de Limehouse, no centro de Chinatown. O lugar em questão era conhecido como um antro da mais baixa categoria para consumo de ópio. Os dois homens teriam entrado na casa. Uma hora depois, o jovem inglês, que o motorista identificou pela foto, teria saído sozinho. Tonto e muito pálido, ele teria pedido para ser levado até a estação de metrô mais próxima.

"Investigamos a situação de Charles Lester e descobrimos que, apesar de ele ser um jovem de excelente caráter, estava devendo muito dinheiro e era obcecado por jogo. Não perdemos Dyer de vista, é claro. Havia uma pequena possibilidade de que ele tivesse representado o papel do outro, mas essa ideia se revelou completamente absurda. O álibi de Dyer para aquele dia não podia ser mais sólido. É claro que o proprietário da casa de ópio negou tudo com a impassibilidade de um oriental. Ele nunca teria visto Charles Lester. Ninguém tinha ido à sua casa naquela manhã. De qualquer forma, a polícia estava enganada. Não se consumia ópio naquele lugar.

"As mentiras do proprietário da casa não ajudaram Charles Lester. Ele foi preso pelo assassinato de Wu Ling. Procuraram os documentos relativos à mina entre os seus pertences, mas nada encontraram. O proprietário do antro de ópio também foi posto sob custódia, mas a busca que fizeram no seu estabelecimento revelou-se infrutífera. Não havia qualquer resquício da droga no lugar. Recebi uma visita do sr. Pearson, que estava muito agitado. Ele andava de um lado para o outro, lamentando o tempo todo. 'Não é possível que essa história termine assim, sr. Poirot!' Ele continuou insistindo. 'O senhor tem de ter alguma ideia!' 'Tenho muitas, esse é o problema', respondi, cauteloso. 'E cada uma delas aponta numa direção diferente.' 'Por exemplo?', perguntou ele. 'Por exemplo, o motorista do táxi', respondi. 'Além do depoimento dele, não temos nenhuma outra evidência de que ele de fato levou os dois homens até aquela casa. Além disso, é possível que os dois tenham entrado na casa e saído por outra porta, dirigindo-se a outro lugar.' A hipótese pareceu irritar ainda mais o sr. Pearson. 'Mas e o senhor não vai tomar nenhuma atitude? Não há nada que possamos fazer?' Ele tinha perdido a paciência. 'Monsieur', disse eu, mantendo a calma, 'não posso sair farejando pelas ruelas mais sórdidas de Limehouse como se fosse um vira-latas. Fique calmo. Há agentes encarregados da investigação.'

"No dia seguinte, eu tinha novidades para ele. Os dois homens haviam de fato entrado na casa em questão, mas com a intenção de chegar a um restaurantezinho perto do rio. Foram vistos indo até lá, mas Lester voltou sozinho. E então, imagine você, Hastings, uma ideia das mais absurdas ocorreu ao sr. Pearson! Ele queria a todo custo que fôssemos até o restaurantezinho investigar. Argumentei como pude, mas ele não se deixou convencer. Sugeriu que usássemos disfarces. Sugeriu algo que não gosto sequer de lembrar: que eu, Hercule Poirot, raspasse o meu bigode! Sim, *rien que ça*! Respondi a ele que a ideia era ridícula, objetos de rara beleza não devem ser destruídos a troco de nada. E por que, como qualquer outra pessoa, um belga respeitável e de bigodes não poderia querer fumar ópio, ter uma nova experiência de vida?

"Bem, ele abriu mão de que eu raspasse o bigode, mas continuou insistindo no projeto e voltou a me procurar à noite. *Mon dieu*, que sujeito insistente! Ele vestia uma velha japona de marinheiro e tinha deixado a barba por fazer. Seu rosto estava sujo, e ao redor do pescoço ele amarrara um lenço nojento que fedia. Acredite ou não, o homem parecia estar gostando daquilo! Os ingleses são mesmo loucos, e ele não pôde deixar de dar palpite na minha roupa. Tive de acatar as sugestões. É impossível argumentar com um maníaco. Por fim, saímos. Não podia deixar ele sozinho, se comportando como uma criança que vai atuar pela primeira vez num teatrinho do colégio.

– Realmente não podia – respondi.

– Bem, continuando a história, fomos até Limehouse. O sr. Pearson carregava no sotaque e se apresentava como um marinheiro. Usava termos dos mais estranhos como "safo", "onça", "voga larga" e não sei o que mais. O lugar era abafado e estava cheio de chineses. Comemos pratos peculiares. *Ah, Dieu, mon estomac!* – disse Poirot, apalpando o abdômen. – E então o proprietário do estabelecimento veio até nós, com um sorriso cínico estampado no rosto. Ele disse: "senhores não gostar comida daqui... Vir para algo melhor, hum?

Fumar um pouco?" O sr. Pearson reagiu com um chute na minha canela por debaixo da mesa, provando-me que não tinha esquecido sequer das botas da marinha! Ele disse: "Não é má ideia, John. Vamos lá."

"O chinês sorriu, levou-nos por uma porta até um cubículo, e depois para um alçapão. Descemos alguns degraus e subimos outros, saindo numa sala cheia de divãs e almofadas das mais confortáveis. Recostamo-nos num canto, e um menino chinês veio tirar nossas botas. Foi o melhor momento da noite. Trouxeram-nos os cachimbos de ópio, que prepararam e acenderam para nós. Fingimos que fumávamos, e depois que dormíamos e sonhávamos. Mas, logo que ficamos sozinhos, o senhor Pearson veio me chamar ao pé do ouvido e começou a se arrastar pelo chão. Esgueiramo-nos até outros quartos em que as pessoas estavam dormindo, até que ouvimos a voz de dois homens. Estavam falando de Wu Ling. 'E os documentos?', perguntou um deles. 'Ficaram com o sr. Lester', respondeu o outro, que era chinês. 'Ele disse botar tudo lugar seguro, onde polícia não olha.' 'Mas ele foi pego', disse o primeiro. 'Ele escapa. Polícia não ter certeza que ele culpado.' Falaram mais coisas nesse sentido, depois se dirigiram para onde estávamos. Escapulimos de volta para o quarto. 'É melhor irmos embora', disse Pearson, depois de alguns minutos. 'Esse lugar está me dando náuseas.' 'O senhor está certo', concordei. 'Essa nossa farsa já durou o suficiente.'

"Conseguimos sair sem dificuldade, pagando uma bela quantia pelo que teríamos fumado. Quando estávamos longe de Limehouse, Pearson deu um longo suspiro. 'Ainda bem que saímos daquele antro, disse ele, 'mas valeu a pena.' 'De fato', concordei. E acho que, depois da mascarada dessa noite, não será difícil encontrar o que procuramos.' E não foi difícil mesmo", concluiu Poirot, encerrando a história.

Arregalei os olhos para ele.

– Mas, onde? Onde estavam os documentos? – perguntei.

– No bolso dele, *tout simplement.*

– No bolso de quem?

– Do sr. Pearson, *parbleu*!

Vendo que eu continuava sem entender, Poirot explicou calmamente:

– Você se espanta? O sr. Pearson, assim como Charles Lester, tinha dívidas. O sr. Pearson, assim como Charles Lester, era um jogador inveterado. E ele teve a ideia de roubar os documentos do chinês. Para isso, encontrou com ele em Southampton, acompanhou-o até Londres e depois levou-o diretamente a Limehouse. Era um dia de nevoeiro. O chinês não conseguia ver para onde estava sendo levado. Acredito que o sr. Pearson tinha o hábito de ir lá fumar ópio, e por isso acabou fazendo amizade com aquela gente. Não creio que a intenção dele fosse cometer um assassinato. O plano dele era o de que algum dos chineses se passasse por Wu Ling e recebesse o dinheiro da venda dos documentos. Isso era o que ele pretendia fazer, mas os cúmplices do sr. Pearson tinham seus próprios métodos e acharam infinitamente mais simples matar Wu Ling e atirar o cadáver no rio. Imagine, então, o desespero do sr. Pearson. Alguém poderia tê-lo visto no trem com Wu Ling. Sequestro temporário é uma coisa, mas assassinato é outra.

"Sua salvação dependia do chinês que estava se fazendo passar por Wu Ling no Russell Square Hotel. Talvez o cadáver não fosse encontrado tão cedo! Wu Ling devia ter contado ao sr. Pearson sobre o seu compromisso com Charles Lester, que o procuraria mais tarde. Pearson decidiu se valer desse compromisso para desviar as suspeitas que podiam pairar sobre si. Charles Lester foi a última pessoa vista ao lado de Wu Ling. O impostor foi orientado a se apresentar a Lester como o criado de Wu Ling, e a levá-lo imediatamente a Limehouse. Lá, ofereceram a Lester alguma bebida, um narcótico dissolvido. Uma hora depois, quando acordou, Lester mal se lembrou do que aconteceu. Quando ele fica sabendo da morte de Wu Ling, é tomado de pânico e nega ter ido a Limehouse.

"Por causa dessa mentira, para a alegria do sr. Pearson, Lester fica ainda mais comprometido. Mas Pearson não estava satisfeito. Ele queria que Lester fosse considerado culpado de forma definitiva. E para isso planejou a mascarada, achando que podia me fazer de bobo. Mas essa foi uma atitude infantil. *Eh bien...* representei bem o meu papel! O sr. Pearson voltou para casa embevecido. E na manhã seguinte, sem que ele pudesse imaginar, o inspetor Miller bate à sua porta. Os documentos são encontrados na casa. A farsa termina, e Pearson se arrepende amargamente por brincar com Hercule Poirot! Restava apenas um único problema.

– Qual? – perguntei, curioso.

– Convencer o inspetor Miller! Que homem estúpido! Teimoso como uma mula. E no final ainda agiu como se o mérito pela solução do caso coubesse inteiramente a ele.

– Mas que desaforo! – exclamei.

– Bem, tive minhas compensações. Os outros diretores das Minas da Birmânia concederam-me quatorze mil cotas como uma pequena recompensa pelos meus serviços. Nada mal, hein? Mas quando você for investir dinheiro, Hastings, faça-me o favor de ser conservador. Não acredite no que lê nos jornais. Entre os diretores da Porcupine pode haver muitos homens da laia do sr. Pearson!

O Expresso de Plymouth

I

Saindo da plataforma da estação em Newton Abbot, o jovem Alec Simpson, da Marinha Real, entrou no vagão de primeira classe do Plymouth Express. Um carregador seguiu-o levando uma mala pesada. O carregador estava pronto para acomodá-la no compartimento acima do assento, quando o marinheiro o deteve.

– Pode deixá-la no chão. Mais tarde eu guardo. Tome aqui.

– Obrigado, senhor – disse o carregador, satisfeito com a generosa gorjeta.

Portas bateram. Uma voz gritou:

– Direto até Plymouth. Para Torquay, fazer baldeação. Próxima parada: Plymouth.

Um apito soou, e o trem deixou a estação devagar.

O tenente Simpson estava sozinho na cabina. Era um dia muito frio de inverno, e ele teve de fechar a janela. Sentiu então, dentro da cabine, um cheiro esquisito, que o fez franzir o cenho. O que era aquilo? Lembrava-lhe de quando estivera no hospital, operando a perna. Sim, era clorofórmio!

Ele foi obrigado a abrir a janela novamente e a mudar de banco. Tirou um cachimbo do bolso e o acendeu. Por um momento, ficou sentado sem fazer nada, apenas fumando e olhando a paisagem noturna.

Por fim levantou-se, abriu a mala e pegou alguns papéis e revistas. Depois fechou-a e tentou acomodá-la debaixo do banco da frente, mas sem sucesso. Alguma coisa estava presa ali embaixo, impedindo a passagem da mala. Impaciente, ele empurrou a mala com mais força, mas ela continuou atravancada, no meio do caminho.

– Mas que diabos! – disse ele.

Puxou-a totalmente para fora, inclinou-se e espiou debaixo do assento...

No momento seguinte, um grito varou a noite, e o trem foi obrigado a parar, depois de soado o alarme.

II

– *Mon ami* – disse Poirot –, sei o quanto você está interessado no mistério do Plymouth Express. Leia isso.

Apanhei o bilhete que ele despachou na minha direção sobre a mesa com um peteleco.

Caro senhor,
Ficarei agradecido se entrar em contato comigo assim que possível.

Cordialmente,
Ebenezer Halliday

Num primeiro momento, não percebi a conexão entre o bilhete e o mistério, e lancei a Poirot um olhar interrogativo.

Ele pegou o jornal e leu em voz alta:

– "Uma descoberta sensacional foi feita na noite passada. Um jovem oficial da marinha, que voltava a Plymouth, encontrou debaixo do assento da sua cabine o corpo de uma mulher, apunhalada no coração. O oficial soou imediatamente o alarme e o trem parou. A mulher, de cerca de trinta anos, muito bem-vestida, ainda não foi identificada." A edição seguinte vem com esta nota:

"A mulher encontrada morta no Plymouth Express foi identificada como a sra. Rupert Carrington." Você compreende agora? Se ainda não, devo acrescentar que a sra. Rupert Carrington chamava-se, antes de se casar, Flossie Halliday. Ela é filha do velho Halliday, o rei do aço americano.

– É ele que o está procurando? Esplêndido!

– Já trabalhei para ele uma vez, por ocasião de um desaparecimento de títulos ao portador. Numa visita que fiz a Paris, me mostraram quem era mademoiselle Flossie. *La jolie petite pensionnaire*! Ela tinha também um *joli dot*! Mas isso só lhe causava problemas. Ela quase deu um passo em falso.

– E como foi isso?

– Foi com um conde de la Rochefour. *Un bien mauvais sujet*! Um pilantra, como dizem. Um aventureiro, desses que passam a vida seduzindo menininhas românticas. A sorte dela é que o pai interveio a tempo. Levou-a de volta para a América, às pressas. Fiquei sabendo do casamento dela anos depois, mas não sei nada sobre o seu marido.

– Hum... – eu disse. – A fama de Rupert Carrington não é das melhores. Ele é conhecido por ter torrado toda a sua fortuna em corridas de cavalo. Imagino que os dólares do velho Halliday vieram bem a calhar. Rupert Carrington, esse patife consumado, sem nenhum escrúpulo, é considerado também um jovem bem relacionado e muito atraente!

– Ah, pobre menina! *Elle n'est pas bien tombée*!

– Imagino que ele tenha deixado claro, desde o início, que estava interessado no dinheiro e não nela. Parece que logo depois do casamento já começaram a se desentender. Havia rumores de que estavam por se separar.

– O velho Halliday não é bobo. Ele deve ter tomado medidas para que a fortuna dela não fosse espoliada.

— Provavelmente. Dizem que a situação financeira de Rupert não é nada confortável.

— Aha! Isso me faz pensar...

— Pensar no quê?

— Amigo, não me interrompa dessa maneira. Vejo que o caso despertou seu interesse. Não quer vir comigo ver o sr. Halliday? Há um ponto de táxi na esquina.

III

Em poucos minutos estávamos na magnífica casa alugada em Park Lane pelo magnata americano. Fomos conduzidos até a biblioteca, onde em seguida veio nos encontrar um homem alto e corpulento, de olhos penetrantes e uma poderosa mandíbula.

— Sr. Poirot — disse Halliday. — Acho que não é necessário dizer-lhe por que o chamei. O senhor deve ter lido nos jornais e sabe também que não sou homem de ficar parado de braços cruzados, esperando que as coisas se resolvam por si. Eu soube que o senhor estava em Londres e me lembrei do belo serviço que me prestou. Eu nunca esqueço o nome de quem já trabalhou para mim. Os melhores homens da Scotland Yard estão no caso, mas quero ter alguém da minha confiança diretamente envolvido na investigação. Dinheiro não é problema. Tudo o que construí foi pensando nessa menina, e agora ela se foi. Gastarei até o último centavo para pôr as mãos no pilantra responsável por isso! Tome as providências que achar necessárias.

Poirot fez uma leve mesura com a cabeça e disse:

— Aceito o caso, monsieur. Vi sua filha em Paris diversas vezes. Gostaria de saber mais a respeito da viagem dela a Plymouth. Por favor, conte-me em detalhes tudo o que possa estar relacionado à tragédia.

— Bem, na verdade – iniciou Halliday –, ela não estava viajando a Plymouth. Ela ia passar uma temporada em Avonmead Court, na casa da duquesa de Swansea. Ela deixou Londres no trem que saía de Paddington às 12h14 e chegava em Bristol (onde faria uma baldeação) às 14h50. A maioria dos expressos para Plymouth vai por Westbury e não passa nem perto de Bristol. Esse que sai às 12h14 vai diretamente a Bristol, e depois para em Weston, Taunton, Exeter e Newton Abbot. Minha filha viajava sozinha numa cabine reservada até Bristol. Sua criada viajava numa cabine de segunda classe no vagão seguinte.

Poirot moveu a cabeça em sinal de que estava entendendo, e o sr. Halliday continuou:

— A estadia em Avonmead Court prometia ser movimentada. Diversos bailes faziam parte do programa. Minha filha levava quase todas as suas joias, que valiam cerca de cem mil dólares.

— *Un moment* – interrompeu Poirot. – Quem carregava as joias, sua filha ou a criada?

— Minha filha sempre levava as joias consigo, num estojo azul de couro marroquino.

— Prossiga, monsieur.

— Em Bristol, a criada, Jane Mason, pegou a mala e os agasalhos da patroa que estavam consigo e foi até a porta da cabine de Flossie. Para sua completa surpresa, minha filha disse a ela que não desceria em Bristol, pois seguiria a viagem no trem até mais adiante. Ela pediu a Mason que descesse com a bagagem e esperasse por ela no restaurante da estação em Bristol, onde a procuraria mais tarde. A criada, apesar de intrigada, fez o que minha filha havia pedido. Deixou as malas no guarda-volumes da estação e foi até o restaurante, onde ficou tomando chá. Mas vários trens chegavam de volta à estação, e a patroa nunca aparecia. Depois da chegada do último trem, Mason deixou as malas onde estavam e foi passar a noite num hotelzinho próximo. Hoje pela manhã ela leu sobre a tragédia nos jornais e pegou o primeiro trem de volta a Londres.

– Há alguma explicação para a súbita mudança de planos da sua filha?

– Bem, de acordo com Jane Mason, quando chegaram a Bristol, Flossie não estava mais sozinha. Havia um homem dentro da cabine, que a criada não conseguiu identificar, pois ele estava de costas olhando pela janela.

– O corredor do trem ficava do lado da plataforma?

– Sim. Minha filha estava de pé no corredor enquanto falava com a criada.

– E o senhor acredita que... Desculpe-me! – Poirot levantou e ajeitou com cuidado o tinteiro que estava ligeiramente inclinado. – *Je vous demande pardon* – continuou ele, voltando a sentar. – Não posso ver nada que esteja mal apoiado! Estranho, não? Mas como eu dizia, o senhor acredita que a causa da mudança de planos da sua filha tenha sido esse encontro?

– Não vejo outra explicação.

– E o senhor não tem ideia de quem seria esse homem?

O milionário hesitou por um momento. Depois respondeu:

– Não. Realmente não tenho.

– E como descobriram o corpo?

– Foi descoberto por um jovem oficial da marinha, que imediatamente soou o alarme. Havia um médico no trem. Ele examinou o corpo. Primeiro a fizeram perder os sentidos, com clorofórmio, e só depois a apunhalaram. Segundo o médico, ela já devia estar morta há quatro horas, então o crime deve ter ocorrido logo que o trem saiu de Bristol. Provavelmente entre Bristol e Weston, possivelmente entre Weston e Taunton.

– E o estojo com as joias?

– Desapareceu.

– Uma última coisa, monsieur. Quem herda a fortuna da sua filha depois da morte dela?

– Flossie escreveu um testamento logo depois de casar, deixando tudo para o marido.

Ele hesitou por um momento, depois continuou:

– Tenho de lhe dizer, monsieur Poirot, que considero o meu genro um tremendo patife. Minha filha, seguindo o meu conselho, estava pronta para se livrar do marido pelos meios legais. Isso não seria difícil. Por causa das medidas que tomei, ele não poderia usufruir do dinheiro enquanto ela estivesse viva. Há anos eles viviam separados, e se ela às vezes dava dinheiro a ele, era para evitar escândalos. Mas eu estava determinado a pôr um ponto final nessa situação. Flossie concordou comigo e pedi a meus advogados que agissem.

– E onde anda o sr. Carrington?

– Está em Londres. Acredito que ontem estivesse em alguma cidadezinha próxima, mas retornou à noite.

Poirot refletiu por alguns instantes. Depois disse:

– Acho que isso é tudo, monsieur.

– Você não gostaria de falar com Jane Mason, a criada?

– Sim, por favor.

Halliday soou a campainha e deu ordens ao criado.

Minutos depois, Jane Mason entrou na sala. Era uma mulher severa e de aparência respeitável. Sua impassibilidade diante da tragédia dava provas da sua seriedade.

– Gostaria de fazer-lhe algumas perguntas. Antes da viagem, ontem pela manhã, sua patroa estava tranquila? Não parecia nervosa, preocupada?

– Não, não. De forma alguma.

— Mas em Bristol o estado de espírito dela era diferente?

— Sim, senhor. Ela não estava nada bem. Estava tão nervosa que não dizia coisa com coisa.

— E o que exatamente ela lhe disse?

— Bem, até onde lembro, ela disse: "Mason, tive de mudar de planos. Aconteceu uma coisa... Quer dizer, não vou poder descer aqui. Tenho de seguir no trem. Desça com a bagagem e leve-a até o guarda-volumes, depois vá tomar um chá no restaurante e me espere lá." "Devo esperar pela senhora na estação, madame?", perguntei. "Sim, sim. Não saia da estação. Voltarei no próximo trem. Não sei bem quando. Talvez eu só retorne bem mais tarde." "Está bem, madame", concordei. Achei tudo muito estranho, mas obviamente tive de ficar quieta.

— Ela parecia diferente?

— Sim, estava muito alterada.

— E você desconfiou de quê?

— Bem, achei que pudesse ter algo a ver com o cavalheiro que estava dentro da cabine. Ela não falou com ele, mas se virou uma ou duas vezes para checar se ele estava de acordo com o que ela dizia.

— E você não viu o rosto dele?

— Não, senhor. Ele estava de costas para mim o tempo todo.

— Você poderia descrevê-lo?

— Ele usava um sobretudo bege e um chapéu desses de viagem. Era alto e magro, e o cabelo parecia ser preto.

— Você não o conhecia?

— Acho que não, senhor.

— Não poderia ser o seu patrão, o sr. Carrington?

Ela pareceu ter ficado surpresa com a pergunta.

— Acho que não!

— Mas você não tem certeza?

– A estatura era a mesma, mas em nenhum momento me ocorreu que pudesse ser ele. Raramente o vemos. Mas não tenho como afirmar que *não era ele*.

Poirot juntou um alfinete do carpete e olhou para ele indignado. Depois disso, ele continuou:

– Seria possível que o homem tivesse entrado no trem em Bristol, antes de você chegar à cabine dela?

Mason refletiu.

– Sim, seria possível. Meu vagão estava lotado, e levei alguns minutos para conseguir sair. Mas do lado de fora, na plataforma, também havia muita gente. Se ele tivesse embarcado em Bristol, os dois não teriam tido muito tempo para conversar. Eu imaginei que ele já estivesse no trem.

– Sim, é o mais provável.

Poirot continuava pensativo.

– O senhor sabe como a patroa estava vestida?

– Os jornais deram alguns detalhes, mas gostaria que você os confirmasse.

– Ela vestia um chapéu branco de pele de raposa, um véu de bolinhas, branco também, casaco e saia de lã, num tom que chamam de azul elétrico.

– Com essa roupa ela devia chamar bastante atenção...

– Sim – disse o sr. Halliday. – O inspetor Japp pensa que isso pode ajudar a identificar o local do crime. As pessoas que a viram devem se lembrar dela.

– *Précisément*! Obrigado, mademoiselle.

A criada deixou a sala.

– Bem – disse Poirot, levantando-se. – Não há mais nada a fazer aqui, exceto pedir-lhe que me conte realmente tudo. Tudo o que sabe!

– Mas eu fiz isso.

– Tem certeza?

– Absoluta.

– Então não há o que eu possa fazer. Tenho de recusar o caso.
– Por quê?
– Porque o senhor não foi franco comigo.
– Mas juro que...
– Não. O senhor está escondendo algo.

Houve um momento de silêncio, depois do qual Halliday tirou do bolso um papel que entregou ao meu amigo.

– Acho que é a isso que o senhor se refere. Só não faço ideia de como descobriu.

Poirot esboçou um sorriso e desdobrou a folha. Era uma carta escrita numa caligrafia fina e elegante. Ele leu em voz alta:

Cara madame,
É com infinita alegria que espero pelo nosso feliz reencontro. Depois da sua resposta tão receptiva, mal consigo conter a minha ansiedade. Jamais me esqueci daqueles dias em Paris. É terrível que você esteja saindo de Londres amanhã. Entretanto, sem demora e antes mesmo do que você possa imaginar, terei o prazer de rever em meus braços aquela mulher cuja imagem jamais saiu do meu coração.
Acredite em mim, madame.

Com eterna devoção,
Armand de la Rochefour

Poirot devolveu a carta a Halliday.
– O senhor não sabia que a sua filha pretendia reatar com o conde de la Rochefour?
– Eu nunca poderia imaginar! Encontrei essa carta na bolsa da minha filha. Como o senhor deve saber, esse suposto conde é um aventureiro da pior espécie.

Poirot moveu a cabeça afirmativamente.

– Mas como o senhor sabia da existência dessa carta?

Poirot sorriu.

– Ora, eu não sabia. Mas um bom detetive não pode se limitar a examinar pegadas e cinza de cigarro. Ele tem de ser também um excelente psicólogo! Sei que o senhor não gostava do seu genro, não confiava nele. Além disso, ele é o primeiro a se beneficiar com a morte de sua filha. E a descrição fornecida pela criada, do tal homem misterioso, é compatível com ele. Ainda assim o senhor não me pareceu muito empenhado na prisão do seu genro! Por quê? Porque o senhor seguia também outra pista e devia estar, portanto, me escondendo alguma coisa. Um raciocínio simples.

– O senhor está certo. Eu tinha certeza de que Rupert era o culpado até encontrar essa carta. Ela me deixou completamente confuso.

– Sim. As palavras do conde são "sem demora e antes mesmo do que você possa imaginar". Obviamente ele queria agir antes que o senhor soubesse do reaparecimento dele. Teria sido ele quem partiu de Londres no trem das 12h14, entrando mais tarde na cabine da sua filha? Se me lembro bem, o conde de la Rochefour também é alto e moreno.

O milionário concordou.

– Bem, monsieur, desejo-lhe um bom dia. A Scotland Yard tem uma lista das joias?

– Sim. O inspetor Japp deve estar por aqui, caso queira falar com ele.

IV

Japp era um velho amigo nosso, e cumprimentou Poirot num tom jocoso:

– E como vai o senhor? E a massa cinzenta? Funcionando bem? Espero que não esteja ofendido comigo, apesar das nossas diferenças...

Poirot abriu um largo sorriso.

– Estão funcionando perfeitamente! Perfeitamente, meu caro!

– Então está tudo certo. De quem você suspeita? Rupert ou outro salafrário conhecido? Estamos de olhos bem abertos, é claro. Quem roubou essas joias não vai ficar admirando o brilho delas para sempre. E assim que tentarem se desfazer delas, ficaremos sabendo. Estou tentando descobrir onde Rupert Carrington estava ontem. Parece haver um mistério em torno disso. Tenho um homem na cola dele.

– Um procedimento admirável, mas que vem com um dia de atraso – sugeriu Poirot, malicioso.

– Você não perde uma, certo, monsieur Poirot? Bem, estou indo até Paddington. E depois a Bristol, Weston, Taunton. Esse é o meu itinerário. Até mais!

– Você poderia nos fazer uma visita à noite, para nos contar o que descobriu.

– Claro, se eu voltar.

– O inspetor Japp acredita que a melhor maneira de solucionar o caso é pela ação – murmurou Poirot, depois que nosso amigo foi embora. – Ele viaja, examina pegadas, resíduos e cinza de cigarro. É extremamente meticuloso e despende uma grande energia com todos esses procedimentos! Mas, se eu falasse com ele de psicologia, você sabe o que ele faria? Iria rir da minha cara. Pensaria consigo mesmo: "pobre Poirot... deve ser a idade, está ficando gagá". Japp representa bem essa geração mais jovem, acostumada a fazer barulho para conseguir as coisas. E *ma foi*! Ficam tão exaltados que nem percebem quando obtêm aquilo que estavam buscando.

– E o que nós vamos fazer?

— Como nos deram *carte blanche*, devo gastar três *pence* indo até o Ritz. Não sei se você sabe, mas nosso conde está hospedado lá. Depois disso, como sinto meus pés um pouco úmidos, e já espirrei duas vezes, devo voltar para casa e preparar para mim uma *tisane*.

V

Só vi Poirot de novo na manhã seguinte. Encontrei-o terminando tranquilamente o café.

— E então? – perguntei, ansioso. – O que aconteceu?

— Nada.

— Mas e Japp?

— Não cheguei a vê-lo.

— E o conde?

— Ele deixou o Ritz anteontem.

— No dia do assassinato?

— Sim.

— Mas então está resolvido! Rupert Carrington é inocente.

— Por que o conde de la Rochefour deixou o Ritz? Você está indo depressa demais, meu amigo!

— De qualquer forma, é preciso que o encontrem, que o prendam! Mas que motivo ele teria para matá-la?

— Joias no valor de cem mil dólares são um bom motivo para qualquer pessoa. A questão, na verdade, é que ele não precisaria matá-la. Poderia apenas roubar as joias. E ela sequer daria queixa.

— Por que não daria queixa?

— Porque ela é mulher, *mon ami*. Ela já foi apaixonada por ele. Ela se resignaria a sofrer calada. O conde, que é um excelente psicólogo quando se trata de mulheres (essa é a razão do sucesso dele), sabia muito bem disso! Por outro lado, se Rupert Carrington a matou, por que ele levaria consigo as joias, correndo o risco de ser incriminado por causa delas?

– Para despistar a polícia.

– Talvez você esteja certo. Ah, aí está Japp. Conheço a batida dele na porta.

– O inspetor estava sorridente e bem-humorado.

– Bom dia, Poirot. Acabo de chegar. Fiz um bom trabalho! E você?

– Coloquei minhas ideias em ordem – respondeu Poirot com toda a calma.

Japp deu uma gargalhada.

– É assim que faz a velha guarda – cochichou ele para mim. – Conosco isso não funciona – disse ele em voz alta.

– *Quel dommage*! – disse Poirot.

– Bem, você quer que eu lhe conte o que andei fazendo?

– Você me permite adivinhar? Você encontrou, ao lado dos trilhos, entre Weston e Taunton, o punhal com o qual o crime foi cometido e interrogou o jornaleiro que falou com a sra. Carrington em Weston!

O queixo de Japp caiu.

– Por mil diabos! Onde está a sua bola de cristal? Ou teria sido sua superpoderosa massa cinzenta?

– Fico feliz por você admitir que ela é mesmo muito potente! Mas me diga... Ela deu ao jornaleiro um xelim de gorjeta?

– Não, ela deu meia coroa! – Japp tinha recuperado o bom humor e exibia um sorriso amarelo. – Esses milionários americanos gostam mesmo de aparecer...

– Mas foi por isso que o rapaz não se esqueceu dela.

– Claro. Ele não ganha esse tipo de gorjeta todos os dias. Ela o chamou e comprou duas revistas. Uma tinha a foto de uma moça vestida de azul na capa. "Essa combina comigo", ela disse. O rapaz se lembrava dela muito bem. Seu depoimento me convenceu. Conforme a evidência médica, o crime teria sido cometido antes de Taunton. Imaginei que teriam jogado o punhal fora imediatamente. Caminhei ao longo dos trilhos e não tive dificuldades em encontrá-lo. Em Taunton perguntei pelo nosso homem, mas a estação é enorme e era improvável que tivessem prestado atenção nele. Ele deve ter voltado a Londres em outro trem.

Poirot concordou com a cabeça.

– É o mais provável.

– Mas descobri outra informação quando retornei. Estão se desfazendo das joias. A grande esmeralda foi penhorada ontem à noite, por um patife bem conhecido. Você faz alguma ideia de quem seja?

– Sei apenas que é um homem de baixa estatura.

Japp arregalou os olhos.

– Você está certo. É mesmo um baixinho. Red Narky.

– Quem é Red Narky? – perguntei.

– Um ladrão de joias. Nunca esteve envolvido em assassinato. Normalmente ele trabalha com uma mulher, Gracie Kidd, mas parece que não dessa última vez. A não ser que ela tenha fugido para a Holanda com as outras joias.

– Vocês prenderam Narky?

– Claro. Só que ainda estamos procurando o outro homem. O homem que estava no trem com a sra. Carrington. Foi ele quem planejou o roubo, isso é certo. Mas Narky não vai entregar o parceiro.

O verde dos olhos de Poirot se intensificou.

– Acho que posso localizar o parceiro de Narky.

– Outra das suas ideias, hein? – Japp cravou os olhos em Poirot. – É surpreendente como, apesar da idade, você sempre nos fornece o que precisamos. Dizem que o diabo nunca envelhece.

— Sim, quem sabe... — murmurou Poirot consigo mesmo. — Hastings, meu chapéu! E a escova para os bigodes. Ah! E minhas galochas, se ainda estiver chovendo. Não quero comprometer o efeito benéfico da *tisane*. *Au revoir*, Japp!

— Boa sorte, Poirot.

Ele chamou o primeiro táxi que encontramos e pediu ao motorista que nos levasse a Park Lane.

Quando chegamos na frente da casa do sr. Halliday, num gesto ágil e desenvolto, Poirot pagou o motorista, desceu do carro e, quando dei por mim, já estava tocando a campainha. Ao criado que atendeu a porta, ele disse algo em voz baixa, e fomos imediatamente conduzidos até um quarto pequeno e bem-arrumado, no andar superior.

Os olhos de Poirot percorreram o quarto até que se fixaram sobre um pequeno baú preto. Ele se ajoelhou diante do baú, examinou as etiquetas que estavam coladas nele, e tirou um aramezinho retorcido do bolso.

— Pergunte ao sr. Halliday se ele pode fazer a gentileza de vir até aqui — disse ele por cima do ombro para o criado.

O homem saiu e, gentilmente, com a mão hábil de um perito, Poirot forçou o cadeado do baú. Em poucos minutos o cadeado cedeu, e Poirot levantou a tampa. Sem demora, ele começou a revistar o conteúdo, lançando no chão as roupas que estavam dentro.

Ouvimos passos pesados vindo da escada, até que o sr. Halliday entrou no quarto.

— Mas que diabos você está fazendo aqui? — perguntou ele, indignado.

— Eu estava procurando, monsieur, *isto aqui*! — Poirot tirou de dentro do baú um casaco e uma saia de lã, de um azul intenso e chamativo, e um chapeuzinho branco de pele de raposa.

– O que você está fazendo com o meu baú? – exclamou Jane Mason, que acabava de entrar no quarto.
– Faça-me o favor de fechar a porta, Hastings. Obrigado. Sim, e fique encostado de costas sobre ela. Agora, sr. Halliday, permita-me apresentar-lhe Gracie Kidd, conhecida pelo senhor como Jane Mason. Escoltada gentilmente pelo inspetor Japp, ela deve em breve se reunir ao cúmplice, Red Narky.

VI

Depois de servir-se de mais caviar, Poirot fez um gesto protestando contra os elogios que lhe prestavam e disse:
– Foi tudo muito simples. O que primeiro me chamou a atenção foi a importância dada pela criada às roupas que a patroa estava vestindo. Por que ela fazia questão de nos informar sobre isso? Refleti que a única prova que tínhamos da presença do homem na cabine vinha do depoimento dela. Conforme a evidência médica, a sra. Carrington poderia muito bem ter sido morta antes de o trem chegar a Bristol. Nesse caso, a criada estaria envolvida. E ela precisaria corroborar de alguma forma a mentira que iria contar para encobrir a sua participação no crime. As roupas usadas pela sra. Carrington eram chamativas. Criadas sempre têm alguma influência na escolha das roupas usadas pelas patroas. Depois de Bristol, qualquer um que visse uma jovem vestindo azul berrante e usando um chapéu branco de pele de raposa iria jurar ter visto a sra. Carrington.

"Comecei então a reconstituir a história. A criada compraria para ela mesma uma roupa parecida. Durante a passagem por algum túnel, entre Londres e Bristol, ela e o cúmplice teriam cloroformizado e apunhalado a sra. Carrington. Depois de empurrar o corpo para debaixo do assento, a criada toma o lugar da patroa. Em Weston, ela quer ser notada. Como? Nada mais fácil do que fazer contato com um jornaleiro. E ela dá a ele uma generosa gorjeta, que definitivamente não será esquecida. Ela também chama a atenção do rapaz para a cor da roupa que está vestindo, ao comentar sobre a capa de uma das revistas. Depois que o trem sai da estação de Weston, ela atira o punhal pela janela, a fim de que a polícia pense que o crime foi cometido por ali. Ela troca de roupa, ou simplesmente veste uma capa por cima da roupa que estava usando. Em Taunton, ela desembarca do trem e volta assim que possível para a estação de Bristol, onde está a bagagem da sra. Carrington, deixada pelo cúmplice no guarda-volumes. Ele entrega o tíquete das malas para ela e volta sozinho para Londres. Ela fica esperando na estação, representando o seu papel. À noite vai para um hotel, e retorna na manhã seguinte, exatamente como disse em seu depoimento.

– Ao retornar da sua expedição, Japp pôde confirmar todas as minhas deduções. Ele contou que um conhecido ladrão de joias havia tentado negociar uma das esmeraldas da sra. Carrington. Eu sabia que esse sujeito deveria ter uma aparência oposta àquela descrita por Jane Mason. Quando Japp nos disse que o homem em questão era Red Narky, que normalmente trabalhava com Gracie Kidd, bem... não tive dúvidas de onde eu poderia encontrá-la!

– E o conde?

– Quanto mais eu pensava a respeito, mais me convencia de que ele não tinha nada a ver com a história. Ele é precavido demais para se deixar envolver num assassinato. Não condiz com a personalidade dele.

– Bem, monsieur Poirot – disse Halliday –, minha dívida com o senhor é enorme. E o cheque que vou preencher depois do almoço será insuficiente para cobri-la.

Poirot sorriu modestamente e murmurou para mim:

– Muito bem. O reconhecimento oficial pela prisão de Gracie Kidd vai para o Japp... Mas o prêmio quem vai receber sou eu!

A CAIXA DE CHOCOLATES

Era uma noite de tempestade. Do lado de fora, o vento uivava, terrível, enquanto a chuva castigava as vidraças em rajadas violentas.

Poirot e eu sentávamos virados para a lareira, com as pernas esticadas para o calor agradável do fogo. Entre nós, havia uma mesinha. Do meu lado, fumegava uma caneca de *toddy*.* Do lado de Poirot, um chocolate quente, forte e encorpado, que eu não beberia nem que me dessem cem libras! Ele tomava aquela mistura repugnante numa xícara rosa de porcelana, suspirando de satisfação a cada gole.

– *Quelle belle vie*! – ele murmurou.

– Sim, bela e generosa – concordei. – Aqui estou eu, com o meu empreguinho de sempre! E você, aproveitando a fama!

– Oh, *mon ami*! – protestou Poirot.

– Mas está certo. O seu sucesso é merecido. Quando penso em todos os casos que você solucionou, é impossível não ficar admirado. Você sabe o que significa fracassar?

– Só um idiota não saberia.

– Falo sério. Você já fracassou alguma vez?

– Inúmeras vezes, meu amigo! O que vai se fazer? *La bonne chance*... nem sempre é possível que ela esteja do nosso lado. Já aconteceu de pedirem a minha ajuda tarde demais. Ou de outra pessoa, que trabalhava no

---

* Bebida feita de destilados, especialmente uísque, com água quente, açúcar e, em geral, suco de limão. (N.T.)

mesmo caso, descobrir a solução antes de mim. Duas vezes tive problemas de saúde que literalmente me derrubaram, quando eu estava a ponto de resolver um caso. É preciso estar preparado tanto para o sucesso quanto para o fracasso.

– Não é a isso que me refiro – eu disse. – Quero saber é se você já deixou de resolver um caso por ter cometido um erro.

– Ah, entendi! Você quer saber se eu já me enganei completamente, se já fiz papel de bobo, é isso? Uma vez... – um sorriso maroto passou pelos lábios de Poirot. – Uma vez eu errei feio.

Ele se endireitou subitamente na cadeira.

– Veja bem, meu amigo. Sei que você tem tomado nota de todos os meus sucessos. Você deve agora acrescentar outra história à sua coleção, a história de um fracasso!

Poirot inclinou-se e colocou mais lenha no fogo. Então, depois de limpar cuidadosamente as mãos na flanela que ficava dependurada num prego ao lado da lareira, voltou a sentar-se e começou a história.

– Aconteceu na Bélgica, anos atrás. Foi na época da luta terrível entre a Igreja e o governo na França. O sr. Paul Déroulard era um eminente deputado francês. Corria o boato de que ele seria nomeado ministro. Ele era um dos membros mais radicais do partido anticatólico, e é certo que, se ascendesse ao poder, teria de enfrentar uma violenta oposição. Era um homem peculiar. Embora não bebesse nem fumasse, nem por isso tinha hábitos de monge. Sabe, Hastings, *c'était des femmes... toujours des femmes*!

"Anos antes ele tinha casado com uma jovem de Bruxelas, herdeira de uma grande fortuna. O dinheiro foi útil para a carreira dele, porque Paul Déroulard não vinha de uma família rica, apesar de ter à sua disposição um título de barão. O casal não teve filhos, e a esposa morreu dois anos mais tarde, depois de uma queda da escada. Entre as propriedades que ela lhe deixou havia uma casa na Avenue Louise, em Bruxelas.

"Foi nessa casa que a morte inesperada do deputado aconteceu. O evento coincidiu com a demissão do ministro que ele deveria substituir. Todos os jornais publicaram matérias extensas sobre a carreira de Paul Déroulard. A morte, que ocorreu subitamente numa noite depois do jantar, foi atribuída a um problema cardíaco.

"Na época, como você sabe, eu fazia parte da força de polícia da Bélgica. A morte de Paul Déroulard pouco me interessou. Sou um *bon catholique* e estava feliz por ele não ter assumido o ministério. Três dias depois, quando eu entrava de férias, recebi a visita de uma mulher em meu apartamento. O vestido e o chapéu de luto davam-lhe um ar pesado, mas era evidentemente muito jovem. Logo percebi que se tratava de uma *jeune fille tout à fait comme il faut*. 'Monsieur Hercule Poirot?', perguntou ela, num tom de voz baixo e melodioso. Confirmei com a cabeça. 'Detetive da polícia?' Mais uma vez concordei com um gesto. 'Por favor, sente-se, mademoiselle.' Ela aceitou a cadeira e ergueu o véu. Tinha um rosto bonito, apesar de descomposto pelo choro e assombrado por uma ansiedade cortante. 'Monsieur', disse ela, 'sei que está entrando de férias, mas gostaria de contratar os seus serviços como detetive particular. Não quero envolver a polícia nesse assunto.'

"Balancei a cabeça numa negativa. 'Não posso fazer o que a senhorita me pede. Mesmo de férias, continuo sendo da polícia.' Ela se inclinou na minha direção. '*Écoutez, monsieur*. Tudo o que peço é que investigue o caso. O senhor tem a liberdade de contar à polícia o que descobrir. Se for mesmo verdade o que eu penso, vamos precisar ter ao nosso lado as engrenagens da lei.'

A declaração dela apresentava o caso sob uma nova ótica, e me dispus imediatamente a ajudá-la.

"As bochechas dela coraram um pouco. 'Muito obrigada, monsieur. É a morte do sr. Paul Déroulard que quero que investigue.' '*Comment?*', perguntei eu, surpreso. 'Monsieur, não tenho provas, só o meu instinto feminino, mas estou convencida, realmente *convencida*, de que o sr. Déroulard não sofreu uma morte natural!' 'Mas os médicos...' 'Médicos às vezes se enganam. Ele era muito forte, robusto. Ah, monsieur Poirot, eu preciso da sua ajuda!' A pobre moça estava desesperada. Ela teria se ajoelhado a meus pés. Procurei acalmá-la como pude. 'Está bem. Vou ajudá-la, mademoiselle. Tenho certeza de que seus medos são infundados, mas vamos investigar. Em primeiro lugar, gostaria que me descrevesse as pessoas que moram na casa.' 'Há os empregados, é claro. Jeannette, Félice e Denise, a cozinheira. Ela está lá há vários anos, as outras são moças simples, que vieram do interior. Além delas, François, que também é empregado antigo. A mãe do sr. Déroulard também morava com ele, além de mim. Me chamo Virginie Mesnard. Sou uma prima da falecida sra. Déroulard, esposa de Paul, e moro com a família há mais de três anos. Essas são as pessoas que residem na casa, mas há também dois hóspedes.'

"'E quem são eles?', perguntei. 'O sr. de Saint Alard, um vizinho do sr. Déroulard na França. E também um amigo inglês, o sr. John Wilson.' 'E eles ainda estão lá, com vocês?' 'O sr. Wilson, sim. O sr. de Saint Alard partiu ontem.' 'E a senhora tem algum plano, mademoiselle Mesnard?' 'Daqui meia hora, o senhor vai até a casa, e já terei arranjado uma desculpa para justificar a sua presença. O melhor é eu dizer que o senhor é jornalista ou algo parecido. Digo que o senhor veio de Paris e que trouxe uma carta de apresentação do sr. de Saint Alard. Madame Déroulard tem uma saúde muito fraca, não vai querer saber de detalhes.'

"Com aquela desculpa engenhosa forjada pela jovem, fui recebido na casa. Depois de uma breve conversa com a mãe do falecido deputado, que era uma figura imponente e aristocrática, apesar da saúde visivelmente debilitada, fui liberado para fazer o meu trabalho. Eu não sei, meu amigo, se você percebe a dificuldade da minha tarefa. O deputado havia morrido há três dias. Caso ele tivesse sido assassinado, só uma hipótese seria possível: *envenenamento*! Eu não tivera acesso ao corpo, nem poderia examinar o instrumento através do qual o veneno teria sido administrado. Não havia pista, verdadeira ou falsa, que eu pudesse seguir. Seria um caso de envenenamento ou de morte natural? Eu teria de decidir por mim mesmo, sem nada no que me basear.

"Primeiro interroguei os empregados da casa e, com a ajuda deles, reconstituí o que havia acontecido naquela noite. Dei atenção especial à comida do jantar e ao modo como foi servida. O próprio Déroulard serviu-se da sopa de uma terrina. O prato seguinte foi costeleta, seguida de frango. Na sobremesa, salada de frutas. Tudo era posto sobre a mesa e as pessoas se serviam. O café foi trazido num bule. Seria impossível envenenar alguém sem envenenar os outros junto!

"Depois do jantar, madame Déroulard se retirou aos seus aposentos, e mademoiselle Virginie a acompanhou. Os três homens foram até o escritório do sr. Déroulard. Lá, eles conversaram por um tempo, até que, de repente, o deputado caiu no chão. O sr. de Saint Alard gritou a François que chamasse um médico. Ele tinha certeza de que se tratava de uma apoplexia. Mas quando o doutor chegou, já não havia o que fazer.

"O sr. John Wilson, a quem fui apresentado por mademoiselle Virginie, era um típico inglês de meia-idade, corpulento e um pouco barrigudo. O relato dele, narrado num francês britânico, não acrescentou muito ao que eu já sabia: 'O rosto de Déroulard ficou muito vermelho e, quando vimos, ele já estava caído no chão.' A história parecia clara e convincente. O meu próximo passo foi ir à cena da tragédia, o escritório, onde pedi que me deixassem sozinho. Até então, nada havia que pudesse corroborar a teoria de mademoiselle Mesnard. Eu considerava a ideia de ela estar fantasiando. A paixão que ela tinha por Déroulard impedia que ela aceitasse a morte dele como algo natural. Independente disso, revistei todo o escritório meticulosamente. Era possível, por exemplo, que uma seringa hipodérmica tivesse sido escondida na poltrona do morto de forma a injetar-lhe uma dose letal de veneno. A rápida picada não seria sequer percebida. Mas não havia sinais disso. Deixei-me cair na poltrona, sentindo-me derrotado.

"'Vou abandonar o caso', disse eu por fim, em voz alta. 'Não há pistas! Nada de anormal!' Nem bem eu pronunciei essas palavras e meus olhos se fixaram numa caixa de chocolates que estava em cima de uma mesa próxima. Meu coração deu um pulo. Talvez a caixa não tivesse relação com a morte de Déroulard, mas era estranho que estivesse ali. Levantei a tampa. Ela estava cheia, não tinha sido tocada, nenhum chocolate estava faltando. Isso tornava a presença dela no escritório ainda mais suspeita. A caixa tinha uma peculiaridade, Hastings. Ela era rosa, mas com a tampa azul. É comum amarrarem uma fita azul numa caixa rosa, ou vice-versa, mas naquele caso a tampa era de cor diferente. Não, decididamente, *ça ne se voit jamais!*

"Eu ainda não conseguia perceber a utilidade daquela descoberta para o caso, mas estava determinado a seguir investigando aquele fato fora do comum. Toquei a campainha para que François aparecesse e perguntei a ele se o falecido patrão gostava de doces. Um sorriso melancólico passou pelos seus lábios. 'Ele adorava doces, monsieur. Havia sempre uma caixa de chocolates na casa. Apesar de que nem vinho ele bebia.' 'Mas essa caixa não foi sequer tocada...', disse eu, erguendo a tampa para mostrar-lhe o conteúdo. 'Sim, mas é uma caixa nova, comprada no dia da morte dele. Havia outra.' 'E essa outra foi consumida no dia da morte dele?', perguntei calmamente. 'Sim, monsieur. Na manhã seguinte, encontrei-a vazia e joguei no lixo.'

"Refleti por um momento, depois continuei. 'O sr. Déroulard comia doces a qualquer hora do dia?' 'Normalmente depois do jantar, monsieur.' As coisas começavam a fazer sentido para mim. 'François', disse eu, 'posso confiar em você?' 'Sim, monsieur.' '*Bon*! Fique sabendo, então, que sou da polícia. Você tem como encontrar a outra caixa?' 'Sem dúvida, monsieur. Ela está na lixeira.' François partiu e retornou em poucos minutos com um objeto coberto de poeira. Era uma caixa exatamente igual àquela que eu tinha, exceto que a tampa dessa vez era rosa, e a caixa, azul. Agradeci a François, recomendei-lhe uma vez mais que fosse discreto e deixei a casa.

"Em seguida entrei em contato com o médico que tinha examinado o corpo do sr. Déroulard. Minha dificuldade com ele foi de outra ordem. O tempo todo durante a conversa ele se manteve protegido com o uso de um pedante jargão, mas isso não impediu que eu percebesse a sua insegurança sobre o caso. 'Há muitos incidentes curiosos como esse', observou ele. 'Um acesso de raiva ou outra emoção violenta, depois do jantar, *c'est entendu*... O sangue sobe imediatamente à cabeça e pst! O estrago está feito.' 'Mas o sr. Déroulard não teve nenhum acesso de raiva.' 'Não? Que eu saiba ele estava no meio de uma terrível discussão com o sr. de Saint Alard!' 'O senhor tem certeza disso?' '*C'est évident*!' O doutor deu de ombros. 'O sr. de Saint Alard é um católico dos mais fanáticos! A amizade deles estava sendo arruinada por essa disputa entre a Igreja e o Estado. Eles brigavam todos os dias. Aos olhos do sr. de Saint Alard, Déroulard era quase um anticristo!'

"Eu não sabia nada daquilo, e me deu o que pensar. 'Outra coisa, doutor', perguntei, 'seria possível introduzir uma dose fatal de veneno em um chocolate?' 'Acredito que sim', disse o médico pensativo. 'Acido prússico, por exemplo, desde que se evitasse a evaporação. Como outras substâncias, em pequena quantidade, não seria sequer percebido durante a ingestão. Mas essa não me parece uma hipótese plausível... Um chocolate de morfina, um chocolate de estricnina?' O médico fez uma careta. 'Bem, sr. Poirot, uma mordida seria o suficiente! O desavisado desabaria antes mesmo de se dar conta.'

"Agradeci ao médico e fui embora. Consultei farmacêuticos, especialmente os que trabalhavam na vizinhança da Avenue Louise. Era uma vantagem eu ser da polícia. Eu conseguia as informações de que precisava sem grande dificuldade. Só havia um caso de substância venenosa entregue na casa. Um colírio de sulfato de atropina preparado para o uso de Madame Déroulard. Atropina é um veneno poderoso e por um momento fiquei eufórico, mas os sintomas do envenenamento por atropina são semelhantes aos de uma intoxicação alimentar e não condiziam com o caso em questão. Além disso, a receita era antiga. Madame Déroulard sofria de catarata em ambos os olhos havia anos.

"Eu estava saindo da farmácia, desestimulado, quando o farmacêutico me chamou de volta. '*Un moment, monsieur Poirot*. Lembro-me da moça que trouxe essa receita. Ela comentou que teria de pegar outra coisa com um farmacêutico inglês. Acho que é nesse endereço...' Fui até o local indicado por ele. Valendo-me mais uma vez das minhas prerrogativas oficiais, consegui obter a informação que eu queria. No dia anterior à morte do sr. Déroulard, uma receita fora aviada para o sr. John Wilson. Nada demais. Simples comprimidos de trinitrina. Perguntei ao farmacêutico se ele poderia me mostrar alguns. Ao vê-los, meu coração disparou. Eram feitos de *chocolate*! 'São venenosos?', perguntei. 'Não, monsieur.' 'Que efeito eles têm?' 'Abaixam a pressão sanguínea. São recomendados para certos problemas cardíacos, *angina pectoris*, por exemplo. Alivia a pressão arterial. Em casos de arteriosclerose...'

"Eu o interrompi. '*Ma foi*! Essa lenga-lenga não está me ajudando. Me diga uma coisa... Esse remédio pode fazer o sangue subir à cabeça?' 'Certamente que sim.' 'E se eu ingerir dez... vinte dos seus pequenos comprimidos?' 'Eu não lhe recomendaria fazer isso...', ponderou o farmacêutico, desconfiado. 'Mas você disse que não são venenosos.' 'Muitas substâncias que não são ditas venenosas podem matar', respondeu ele com a mesma cautela. Saí da farmácia exultante. As coisas estavam se encaminhando! Agora eu sabia que John Wilson tivera meios de cometer o crime. Mas e quanto ao motivo? Ele conhecia o sr. Déroulard apenas superficialmente. Tinha vindo à Bélgica a trabalho e pedira que o deputado o hospedasse. Aparentemente, a morte de Déroulard não lhe traria qualquer benefício. Além disso, recebi informações da Inglaterra confirmando que ele havia anos sofria de angina, doença cardíaca dolorosa. Isso explicava perfeitamente a encomenda dos comprimidos. Ainda assim, eu estava convencido de que alguém mexera nas caixas de chocolate. Deviam ter aberto primeiro a nova, por engano, depois a outra, e substituído o recheio dos últimos chocolates com o máximo possível de comprimidos de trinitrina. Os chocolates eram grandes. Vinte ou trinta comprimidos poderiam ter sido inseridos. Mas quem teria feito isso?

"Duas pessoas estavam hospedadas na casa. John Wilson tinha meios de cometer o crime. Saint Alard, o motivo. Ele era um fanático, e um fanático religioso, que em geral são os mais radicais. Teria ele se apossado da trinitrina de John Wilson? Mas tive outra ideia. Ah, você acha graça das minhas ideias, *mon ami*? Preste bem atenção. Por que o suprimento de Wilson teria acabado? Ele devia ter trazido uma boa quantidade do remédio da Inglaterra. Fui novamente até a casa na Avenue Louise. Wilson tinha saído, mas consegui falar com a moça que limpava o quarto dele, Félice. Perguntei a ela se era verdade que um frasco de remédio do sr. Wilson desaparecera do banheiro. Ela confirmou imediatamente a minha suposição. Era verdade. Mas, ao contrário do que pensava o inglês, não fora ela quem o tinha quebrado. Ela sequer tocara no frasco. A culpa devia ser de Jeannette, que sempre fuçava nas coisas quando estava desocupada.

"Fiz com que ela se acalmasse e depois fui embora. Eu tinha todas as informações de que precisava. Só me faltavam as provas. Sabia que não seria fácil obtê-las. Não bastava eu ter certeza de que Saint Alard roubara o frasco de trinitrina do armário do banheiro de John Wilson. Para convencer os outros, eu precisaria de evidências. E eu não tinha evidência alguma! Mas o principal é que eu *sabia*. Você se lembra de como para mim foi difícil resolver o caso Styles, Hastings? Naquela época eu também *sabia*, mas demorei para descobrir a evidência decisiva, a minha prova contra o assassino.

"Entrei novamente em contato com mademoiselle Mesnard. Ela se prontificou a me receber imediatamente. Pedi a ela o endereço do sr. de Saint Alard. Ela me olhou, constrangida. 'Para quê, monsieur?' 'Mademoiselle, é muito importante.' Ela hesitou. Estava confusa. 'Não vejo no que ele pode ser útil. Assuntos mundanos não são do interesse dele. Ele vive no mundo da lua.'

'Talvez, mademoiselle. Mas ele era um velho amigo do sr. Déroulard. Ele pode me passar informações sobre a vida pregressa do falecido deputado, antigas rivalidades, casos amorosos.' A moça ficou roxa e mordeu o lábio. 'Como o senhor quiser... Mas creio que eu estava errada. Foi muito bom que o senhor se encarregasse do caso... Fiquei realmente muito preocupada, abalada na época. Mas agora percebo que não há mistério. Monsieur, por favor, deixe as coisas como estão.' Olhei firme nos olhos dela. 'Mademoiselle', disse eu, 'às vezes um cão tem dificuldade de encontrar um rastro, mas depois que o fareja ele não o abandona por nada nesse mundo! Pelo menos se ele for um bom cão. E eu, mademoiselle, Hercule Poirot, sou um ótimo cão!'

"Sem mais uma palavra, ela me virou as costas e deixou a sala. Minutos depois ela retornou com o endereço anotado em uma folha de papel. Saí da casa. François me esperava do lado de fora e olhou para mim ansioso. 'Alguma novidade, monsieur?' 'Por enquanto nada, meu amigo.' 'Ah! Pobre monsieur Déroulard!', ele suspirou. 'Eu também pensava como ele. Não gosto de padres. É claro que não digo isso na casa. As mulheres são muito religiosas, o que talvez seja bom. *Madame est très pieuse, et mademoiselle Virginie aussi.*' Mademoiselle Virginie? Seria ela *très pieuse*? Lembrei-me do rosto apaixonado, sujo de lágrimas, que eu vira no primeiro dia em que ela fora me procurar.

"Com o endereço do sr. de Saint Alard em mãos, não perdi mais tempo. Consegui me hospedar nos arredores do seu castelo nas Ardenas, mas precisei de alguns dias para descobrir um pretexto que me permitisse entrar na casa. Disfarcei-me, imagine você, de encanador! Em poucos minutos, dei um jeito de provocar também um pequeno vazamento de gás no quarto dele. Saí para buscar ferramentas, e tomei o cuidado de retornar no momento em que sabia que o terreno estaria livre para mim. O que eu procurava? Dificilmente, acharia algo. Ele não guardaria consigo nada que pudesse incriminá-lo. Mas quando descobri que o armário em cima da pia do banheiro estava trancado, não pude resistir à tentação de arrombá-lo. A fechadura não era complicada. Abri a porta e deparei-me com velhos frascos de remédio. Examinei um por um, com as mãos trêmulas. De repente, deixei escapar um grito. Imagine que eu tinha em minhas mãos um vidrinho com um rótulo escrito em inglês. *Comprimidos de trinitrina. Tomar um quando necessário. Sr. John Wilson.*

"Procurei me controlar, fechei o armário, guardei o vidrinho no bolso e continuei a consertar o vazamento de gás! As coisas tinham de ser feitas passo a passo. Deixei o castelo e peguei um trem de volta assim que possível. Cheguei a Bruxelas tarde da noite. Eu estava escrevendo um relatório para apresentar ao chefe de polícia naquela manhã, quando me entregaram um bilhete. Era da velha madame Déroulard, e pedia que eu fosse até a casa na Avenue Louise sem demora.

"François abriu a porta para mim. 'A baronesa está esperando pelo senhor.' Ele levou-me até os aposentos dela. Ela estava sentada numa cadeira e parecia agitada. Não havia sinal de mademoiselle Virginie. 'Sr. Poirot', disse a velha senhora, 'acabo de descobrir que o senhor não é o que dizia ser. O senhor é da polícia.' 'É verdade, madame.' 'O senhor veio aqui para investigar as circunstâncias da morte do meu filho?' 'Exatamente, madame', foi o que respondi. 'Agradeceria se o senhor me contasse o que descobriu.' Hesitei por um momento. 'Primeiro gostaria de saber como a senhora soube de tudo.' 'Por alguém que não está mais entre nós.' A seriedade com que ela disse aquelas palavras chocantes arrepiou-me. Fiquei sem saber o que responder. 'É por isso que estou lhe pedindo para contar-me o que descobriu', continuou ela. 'Madame, descobri que seu filho foi assassinado.' 'Assassinado?' 'Sim, assassinado.' 'E por quem, o senhor sabe?' 'Sim, madame.' 'Por quem, então?' 'Pelo sr. de Saint Alard.' 'Não pode ser. O sr. de Saint Alard seria incapaz de um crime desses.' 'Mas eu posso provar.' 'Peço uma vez mais que me conte tudo.'

"Obedeci e relatei a ela todos os meus passos até a descoberta da verdade. Ela me escutou atentamente. No final, balançou a cabeça. 'Sim, sim, é tudo como o senhor diz, exceto por um detalhe. Não foi o sr. de Saint Alard quem matou meu filho. Fui eu mesma, a mãe dele.' Arregalei os olhos para ela. Ela continuava a balançar a cabeça calmamente. 'Foi bom eu tê-lo chamado. Foi a providência divina que fez Virginie me contar, antes de partir para o convento, o que ela tinha feito. Escute, sr. Poirot! Meu filho era um homem mau. Ele perseguia a Igreja. Levava uma vida de pecados. Arrastava consigo outras almas. E isso não é tudo. Quando saí do meu quarto, nesta casa, certa manhã, vi minha nora parada no topo das escadas. Ela lia uma carta. Vi meu filho esgueirar-se por trás dela. Um rápido empurrão. Minha nora caiu e bateu de cabeça nos degraus de mármore. Quando foram levantá-la, estava morta. Meu filho era um assassino, e apenas eu, sua mãe, sabia disso.'

"Ela fechou os olhos por um momento. 'O senhor não pode imaginar a minha agonia, o meu desespero. O que eu podia fazer? Denunciá-lo à polícia? Eu não era capaz de fazer isso. Era o meu dever, mas eu não tinha coragem. E depois, será que acreditariam em mim? Faz tempo que meus olhos já não funcionam direito. Diriam que eu me enganara. Fiquei quieta. Mas não tive paz de espírito. Era como se eu também fosse uma assassina. Meu filho herdou a herança da mulher e teve um grande êxito profissional graças a sua impiedade e prepotência.

Ele estava a ponto de ser nomeado ministro. A perseguição que ele fazia à igreja seria redobrada. A bela Virginie, pobre criança, estava fascinada por ele, apesar de sua inclinação natural para a religião. Déroulard tinha um poder estranho e terrível sobre as mulheres. Vi o que estava prestes a acontecer. Eu não tinha como impedir. Ele não iria casar com ela. E havia chegado o momento em que ela não conseguiria mais resistir.'

"'Foi então que vi com clareza o que eu devia fazer', continuou ela. 'Ele era meu filho. Eu tinha lhe dado a vida. Eu era responsável por ele. Ele tinha matado uma mulher e iria destruir a alma de outra! Fui até o quarto do sr. Wilson e peguei o frasco de comprimidos. Ele uma vez comentara brincando que havia o suficiente para matar um homem! Fui até o escritório e abri a caixa de chocolates que sempre ficava na mesa. Eu abri a caixa nova por engano, mas a outra também estava lá. Sobrara nela apenas um chocolate. Isso simplificava as coisas. Só meu filho e Virginie comem chocolate. Eu a manteria junto de mim aquela noite. As coisas aconteceram conforme eu planejara.' Ela fez uma pausa, fechando os olhos por um momento. Depois os abriu e disse: 'Sr. Poirot, estou em suas mãos. Não tenho muitos dias de vida. Quero responder pelos meus atos diante de Deus. Será necessário que eu responda por eles também na terra?' Hesitei por um momento. 'Mas e o frasco vazio, madame?, disse eu, para ganhar tempo. 'Como ele foi parar nas mãos do sr. de Saint Alard?'

"'Quando ele veio se despedir de mim', explicou ela, 'eu dei um jeito de colocar o frasco no bolso dele. Eu não sabia como me livrar daquilo. Minha saúde é tão precária que preciso de ajuda para me locomover. Se o frasco vazio fosse encontrado no meu quarto, geraria suspeitas. O senhor compreende?', perguntou ela, endireitando-se na cadeira e olhando firmemente na minha direção. 'Meu objetivo não era incriminar o sr. de Saint Alard! Nunca imaginei que algo assim pudesse acontecer. Imaginei que um criado fosse encontrar o frasco vazio no bolso do casaco dele e depois jogar fora.' Movi a cabeça, concordando com ela. 'Eu compreendo, madame.' 'E qual é a sua decisão, monsieur?' Ela perguntou aquilo em alto e bom-tom, erguendo a cabeça com grande dignidade. Levantei-me. 'Madame, quero desejar-lhe um bom dia. Investiguei o crime e fracassei! O caso está encerrado.'"

Poirot ficou em silêncio por um momento, depois disse, numa voz calma e pausada:

— Ela morreu uma semana depois. Mademoiselle Virginie completou o noviciado e professou os votos perpétuos. E esse é o final da história, meu amigo. Devo admitir que não me orgulho do papel que fiz nela.

— Mas isso não chega a ser um fracasso! – protestei.

— As circunstâncias eram mesmo complicadas. O que é que você poderia fazer?

— *Ah, sacré, mon ami!* – exclamou Poirot, subitamente animado. – Será que você não vê? Agi como um completo idiota! Foi como se meu cérebro deixasse de funcionar. A chave para a solução do caso estava em minhas mãos e eu não vi.

— Que chave?

— *A caixa de chocolates*! Você não percebe? Só uma pessoa com problemas de visão se enganaria daquela forma. Eu sabia que madame Déroulard sofria de catarata. Ela usava colírio de atropina. Ela era a única pessoa na casa que poderia ter trocado a tampa das caixas sem se dar conta. A caixa de chocolates foi a primeira pista que encontrei e ainda assim não fui capaz, no final, de perceber o seu verdadeiro significado!

— Também cometi erros de psicologia. Se o sr. de Saint Alard fosse o criminoso, ele jamais guardaria consigo o frasco. Encontrá-lo no armário dele era a prova da sua inocência. Mademoiselle Virginie já tinha me dito que ele vivia no mundo da lua. Esse foi realmente um caso em que fiz papel de bobo! É primeira vez que conto essa história para alguém. Ela me constrange. Uma velha senhora comete um crime, de uma forma tão simples e engenhosa, e eu, Hercule Poirot, faço papel de bobo! *Sapristi*! Tenho vergonha só de lembrar. Esqueça essa história. Ou melhor, guarde-a bem na memória, e se algum dia você desconfiar que me tornei presunçoso...

Tive de conter um sorriso.

– *Eh bien*, meu amigo, se um dia isso acontecer, por mais improvável que seja, você vai sussurrar no meu ouvido: "caixa de chocolates". Combinado?

– Combinado!

– Mas de qualquer forma valeu pela experiência. Até mesmo eu, o detetive mais perspicaz da Europa, posso me enganar...

– Caixa de chocolates – murmurei eu, gentilmente.

– *Pardon, mon ami*?

Ao dizer aquilo, Poirot se inclinou na minha direção com uma expressão tão inocente, que imediatamente me compadeci. Eu também podia aprender com meus erros, mesmo não sendo o detetive mais perspicaz da Europa, e Poirot era quem mais me ajudava nesse sentido, pela maneira implacável como costumava me criticar.

– Não foi nada – menti, e acendi outro cachimbo, sorrindo para mim mesmo.

Os planos do submarino

I

Os olhos de Poirot brilhavam de satisfação enquanto ele lia o recado entregue pelo mensageiro. Ele dispensou o rapaz rapidamente e virou-se para mim.

– Arrume a mala, meu amigo. Estamos indo para Sharples.

Tomei um susto com aquela menção à famosa casa de campo de lorde Alloway. Alloway era um político importante, que estava à frente do novo Ministério da Defesa. Ainda como sir Ralph Curtis, diretor de uma grande empresa de engenharia, ele tinha deixado sua marca na Câmara dos Deputados. Agora, ele era considerado o homem do momento, e provavelmente seria indicado para assumir o ministério, caso os rumores sobre a saúde do sr. David MacAdams se revelassem verdadeiros.

Um Rolls-Royce esperava por nós do lado de fora, e enquanto varávamos de carro pela escuridão da noite, enchi Poirot de perguntas.

– Mas que diabos querem de nós a essa hora da noite? – perguntei. Já passava das onze.

Poirot sacudiu a cabeça.

– Deve ser um caso urgente.

– Lembro-me – disse eu – de um terrível escândalo em que Ralph Curtis, anos atrás, esteve envolvido. Uma trapaça com ações. Mas ele foi inocentado. Será que estão nos chamando por causa de algum outro escândalo?

– Ele não mandaria me chamar no meio da noite por causa disso.

Tive de concordar, e o restante da viagem decorreu em silêncio. Depois que saímos de Londres, o carro disparou e chegamos em Sharples em menos de uma hora.

Um mordomo vestindo um uniforme impecável levou-nos imediatamente a um pequeno gabinete onde lorde Alloway nos aguardava. Assim que nos viu, ele levantou-se da cadeira. Era um homem alto e elegante, que irradiava força e vitalidade.

– Sr. Poirot, que bom. É a segunda vez que o governo precisa dos seus serviços. Lembro-me muito bem da ajuda que nos prestou durante a guerra, quando tiveram a ousadia de raptar o primeiro-ministro. Suas brilhantes deduções, aliadas à sua discrição, devo acrescentar, salvaram a situação.

– Será que estou entendendo bem, milorde? É de discrição novamente que precisam?

– Mais do que nunca. O sr. Harry e eu... Oh, deixe-me apresentá-los. Esse é o almirante Harry Weardale, o primeiro-comandante da marinha real. Monsieur Poirot e capitão... deixe-me lembrar...

– Hastings – completei.

– Tenho ouvido muito falar do senhor – disse o almirante Harry, cumprimentando Poirot. – O caso em questão parece inexplicável, e se o senhor for capaz de resolvê-lo, ficaremos infinitamente agradecidos.

O primeiro-comandante da marinha real causou-me uma excelente impressão, com sua aparência sólida de velho marinheiro e o jeito franco de se expressar.

Poirot lançou a eles um olhar interrogativo e Alloway tomou a palavra:

– O que vou lhe contar é mesmo confidencial. Tivemos uma perda muito séria. Roubaram os nossos planos para um novo tipo de submarino.

— E quando foi isso?

— Esta noite, há menos de três horas. Acredito que o senhor possa imaginar a gravidade da situação. É de suma importância que essa perda não seja divulgada para o público. Vou relatar-lhe os fatos em poucas palavras. Meus hóspedes para o final de semana eram o almirante, a esposa e o filho dele, e também a sra. Conrad, uma dama bem conhecida da alta sociedade londrina. As mulheres recolheram-se cedo, em torno das dez horas. O sr. Leonard Weardale também. O sr. Harry está aqui em parte para discutir comigo a construção desse novo submarino. Por isso, pedi ao sr. Fitzroy, meu secretário, que tirasse os planos daquele cofre ali no canto e os organizasse para mim junto a outros documentos relacionados a esse projeto. Enquanto ele fazia isso, o almirante e eu resolvemos dar uma volta pelo terraço para fumar um charuto e aproveitar o ar agradável de junho. Assim que terminamos o charuto, decidimos entrar para começar o trabalho. Quando, do outro lado do terraço, nos viramos para voltar, pensei ter visto uma sombra escapar por essa porta envidraçada aqui, atravessar o terraço e desaparecer. Mas não dei muita atenção a isso. Sabia que Fitzroy estava aqui no gabinete, e nunca me passou pela cabeça que algo pudesse não estar bem. Foi uma estupidez minha, é claro.

"Bem — continuou ele —, viemos caminhando ao longo do terraço e entramos no gabinete pela porta no mesmo momento em que Fitzroy entrava pelo corredor. 'Você conseguiu organizar todo o material?', perguntei. 'Acho que sim, lorde Alloway. Os documentos estão na sua mesa', ele respondeu, e nos desejou boa noite. 'Só um momento', eu disse, aproximando-me da mesa. 'Deixe-me conferir se não vou precisar de mais nada.' Dei uma olhada rápida nos papéis sobre a mesa. 'Você se esqueceu do mais importante, Fitzroy', observei.

'Dos planos do submarino!' 'Os planos estão no topo da mesa, lorde Alloway.' 'Não, não estão', disse eu, debruçando-me sobre a mesa. 'Mas acabo de colocá-los aí, não faz um minuto!' 'Bem, aqui eles não estão.' Fitzroy avançou na minha direção, como se não pudesse acreditar no que eu dizia. Reviramos os papéis sobre a mesa. Verificamos o cofre. No final, tivemos de admitir que os planos haviam desaparecido, e desaparecido no curto espaço de tempo, cerca de três minutos, em que Fitzroy deixara o gabinete."

– E por que motivo ele saiu do gabinete? – quis saber Poirot.

– Foi exatamente o que perguntei a ele! – exclamou o sr. Harry.

– Parece que logo depois de organizar os papéis sobre a mesa – disse lorde Alloway –, Fitzroy ouviu o grito de uma mulher. Ele correu até o corredor. A criada francesa da sra. Conrad estava na escada. Muito branca e assustada, ela declarou ter visto um fantasma, uma figura alta vestida de branco que se movia sem fazer barulho. Fitzroy riu e disse a ela, educadamente, que deixasse de ser boba. Ele retornou então ao gabinete, no mesmo momento em que entrávamos pela porta de vidro do terraço.

– Tudo parece muito claro – disse Poirot, pensativo. – A única dúvida diz respeito ao comportamento da criada. Teria ela sido cúmplice de alguém que espreitava do lado de fora da porta, pronto para entrar? Ou será que o ladrão simplesmente se valeu da oportunidade propiciada pelo grito? Imagino que seja um homem. Foi um homem ou uma mulher que o senhor viu no terraço?

– Não sei, sr. Poirot. O que vi foi uma sombra.

O almirante resfolegou de tal forma que não podia deixar de chamar a atenção.

– Eu acho que o sr. Harry tem algo a dizer – observou Poirot em voz baixa, com um leve sorriso. – O senhor também viu essa sombra, almirante?

– Não, eu não a vi – respondeu o outro. – E acho que o que Alloway viu foi o ramo de uma árvore que se agitou, ou algo do gênero. Só depois, quando descobrimos o roubo, ele chegou à conclusão de que era uma pessoa passando pelo terraço. Ele foi enganado pela própria imaginação, só isso.

– No geral, dizem que tenho uma imaginação embotada – disse lorde Alloway com um sorrisinho.

– Bobagem, todos nós imaginamos coisas. Qualquer pessoa pode ser levada a acreditar em algo que na verdade não viu. Tenho uma vida toda dedicada à navegação e confio nos meus olhos. Eu estava olhando bem à frente, na direção da porta e, se alguém tivesse passado por ali, eu também teria visto.

Aquele parecia ser um ponto de honra para o almirante. Poirot levantou-se e caminhou até a porta de vidro.

– O senhor me permite? – perguntou ele. – Podemos tentar resolver essa questão.

Ele saiu para o terraço e nós o acompanhamos. Poirot tinha tirado do bolso uma lanterna e examinava com o facho de luz a grama que contornava o terraço.

– Por onde foi exatamente que ele passou, milorde? – perguntou ele.

– Veio da porta e saiu logo por ali, eu diria.

Poirot continuou examinando a grama por alguns minutos, indo e vindo ao longo do terraço. Por fim desligou a lanterna e aprumou-se.

– É o sr. Harry quem está com a razão, milorde – disse ele, calmamente. – Com a quantidade de chuva que caiu mais cedo durante a noite, qualquer pessoa que pisasse nessa grama deixaria pegadas. Mas não há pegada alguma.

Poirot olhou primeiro para um, depois para o outro. Lorde Alloway parecia surpreso e pouco convencido. O almirante estava exultante.

– Sabia que eu estava certo! – disse ele. – Confio totalmente nos meus olhos.

O primeiro-comandante da marinha real parecia mesmo um velho lobo do mar, e não pude deixar de sorrir diante da sua franqueza.

– Isso nos leva de novo às pessoas que estão na casa – disse Poirot, calmamente. – É melhor voltarmos para dentro. Me diga uma coisa, milorde, é possível que alguém tivesse entrado no escritório pelo corredor no momento em que o sr. Fitzroy falava com a criada na escada?

Lorde Alloway sacudiu a cabeça negativamente.

– Impossível. Teriam de ter passado por ele.

– E o sr. Fitzroy é alguém da sua total confiança?

Lorde Alloway corou.

– Sim. Eu respondo por ele sem qualquer receio. É impossível que ele tenha algo a ver com isso.

– Muita coisa parece impossível nesse caso – respondeu Poirot secamente. – Talvez os planos tenham criado asas e voado... *comme ça*! – disse ele, imitando com as mãos as asas de um passarinho.

– Realmente, nada faz sentido – declarou lorde Alloway, impaciente. – Mas espero que nem por isso o senhor imagine que Fitzroy seja culpado. Pense comigo um momento. Mesmo que ele tivesse algum interesse nos planos, por que iria roubá-los? Seria muito mais fácil, para ele, fazer uma cópia.

– Realmente! – concordou Poirot. – A sua observação é *bien juste*... O senhor raciocina com método. Feliz da Inglaterra que pode contar com a sua dedicação.

Os elogios deixaram lorde Alloway sem jeito. Poirot voltou ao caso.

— A sala para onde vocês se retiraram depois do jantar...

— Sim, a sala de estar...

— Ela também tem uma porta que dá para o terraço. Foi por onde vocês saíram inicialmente, não? Seria possível que alguém saísse pela porta da sala de estar e entrasse por essa aqui, no momento em que o sr. Fitzroy falava com a criada, retornando depois pelo mesmo caminho?

— Mas teríamos visto a movimentação – objetou o almirante.

— Não se vocês estivessem de costas, caminhando para o outro lado.

— Fitzroy saiu do gabinete por apenas alguns minutos. Era o tempo que precisávamos para ir e voltar do final do terraço.

— Sim. É uma possibilidade. Na verdade, a única que se mantém de pé até agora.

— Mas não havia ninguém na sala de estar quando saímos – disse o almirante.

— A pessoa pode ter aparecido depois.

— O senhor quer dizer – ponderou lorde Alloway com calma – que, quando Fitzroy ouviu a criada gritar e saiu, alguém já estava escondido na sala de estar? Que essa pessoa entrou e saiu daqui rapidamente pela porta do terraço, voltando para a sala de estar e só saindo de lá depois que Fitzroy tinha retornado do corredor?

— Mais um exemplo de raciocínio metódico – disse Poirot, concordando com a cabeça. – A sua explicação da ação é perfeita.

— Um dos empregados, quem sabe?

— Ou um dos hóspedes. Foi a criada da sra. Conrad quem gritou. O que o senhor pode me dizer da sra. Conrad?

Lorde Alloway refletiu por alguns minutos.

– Bem, eu lhe disse que ela é uma mulher bem conhecida da alta sociedade londrina. Ou seja, ela dá muitas festas e é recebida por todo mundo. Mas quase nada se sabe sobre o seu passado ou de onde ela veio. Ela costuma frequentar ambientes diplomáticos e recepções do Ministério do Exterior. O Serviço Secreto gostaria de saber por quê...

– Compreendo. E foi o senhor que a convidou para vir aqui esse final de semana?

– Seria uma oportunidade de observá-la mais de perto, digamos assim.

– *Parfaitement*! E é possível que ela tenha invertido o jogo com grande habilidade.

Lorde Alloway parecia desconcertado. Poirot continuou:

– Diga-me, milorde, por acaso fizeram algum comentário na frente dela a respeito do motivo pelo qual o senhor e o almirante iriam se reunir?

– Sim – admitiu Alloway. – O sr. Harry disse: "E agora mãos à obra! Ao nosso submarino!", ou algo do gênero. Os outros tinham deixado a sala, mas ela tinha voltado para buscar um livro.

– Entendo – disse Poirot, pensativo. – Milorde, sei que é muito tarde, mas esse é um assunto urgente. Eu gostaria de interrogar os hóspedes da casa imediatamente se possível.

– Podemos providenciar isso, é claro – disse lorde Alloway. – O problema é que não queremos que essa história se espalhe. Podemos confiar em lady Juliet Weardale e no jovem Leonard, mas o caso da sra. Conrad, independentemente de ela ser ou não culpada, é diferente. Talvez o senhor possa falar do desaparecimento de um documento importante, sem entrar em detalhes sobre o seu conteúdo e a situação como ele desapareceu...

— Era exatamente o que eu iria propor — disse Poirot, abrindo um largo sorriso. — E digo isso em relação às três pessoas. Peço desculpas ao sr. almirante por dizer isso, mas mesmo as melhores esposas...

— Sem ofensa — disse o sr. Harry. — Mulheres sempre acabam dando com a língua nos dentes. No caso de Juliet, eu até gostaria que ela conversasse um pouco mais e jogasse bridge um pouco menos. Mas esse parece ser o problema de muitas mulheres hoje. Só estão felizes dançando ou jogando. Quer que eu vá acordá-los, Alloway?

— Por favor. Vou chamar a criada francesa. O sr. Poirot certamente vai querer falar com ela, e ela pode acordar a patroa. Vou cuidar disso agora mesmo, e nesse meio-tempo peço a Fitzroy que venha até aqui.

II

O sr. Fitzroy era um jovem pálido e magro, que usava um pincenê e tinha uma expressão glacial. Ele praticamente repetiu palavra por palavra do que lorde Alloway já nos havia contado.

— O que o senhor acha que aconteceu?

O sr. Fitzroy deu de ombros.

— Sem dúvida, alguém que estava a par da situação esperava por uma oportunidade do lado de fora. Alguém que podia ver o que acontecia através da porta, e entrou furtivamente no gabinete quando eu o deixei. É uma pena que lorde Alloway não tenha ido atrás dele quando viu o vulto escapar pelo terraço.

Em vez de objetar que aquela hipótese não se sustentava, Poirot perguntou a ele:

— Você acredita na história da criada francesa? Acredita que ela tenha visto um fantasma?

— Bem... Acho improvável.

— O que pergunto é se o senhor acha que ela estava sendo sincera quando disse ter visto um.

— Ah! Quanto a isso é difícil dizer. Ela parecia mesmo abalada. Estava com as mãos na cabeça.

— Muito interessante! — exclamou Poirot, como se tivesse feito uma grande descoberta. — E ela é mesmo uma mocinha bonita, não?

— Não prestei muita atenção nisso — disse o sr. Fitzroy, constrangido.

— O senhor não viu a patroa dela?

— Na verdade, eu a vi sim. Ela estava na galeria, na parte de cima da escada, chamando pela criada: "Léonie!". Mas quando me viu, ela obviamente se retirou.

— Na parte de cima... — repetiu Poirot, franzindo o cenho.

— Isso tudo é muito desagradável para mim. Seria ainda pior caso lorde Alloway não tivesse visto o ladrão fugindo pelo terraço. De qualquer forma, me sentiria aliviado se me revistassem e fizessem uma busca no meu quarto.

— O senhor quer mesmo que isso seja feito?

— Sim, com certeza.

Não sei o que Poirot teria respondido a ele, mas naquele exato momento lorde Alloway reapareceu, informando que as duas mulheres e o sr. Leonard Weardale estavam esperando na sala de estar.

As mulheres vestiam *négligés* apropriados. A sra. Conrad era uma bela mulher de 35 anos, cabelos dourados e um pouco gordinha. Lady Juliet Weardale devia ter cerca de 40 anos. Era alta e morena, muito magra. A beleza dos seus pés e mãos chamava a atenção, e o ar cansado que ela tinha parecia acentuar ainda mais a sua elegância. A aparência afeminada do seu filho contrastava extraordinariamente com a figura robusta do pai.

Como havia sido combinado, Poirot explicou a situação de forma mais geral e sem entrar em detalhes. Em seguida, perguntou se alguém tinha ouvido ou visto, naquela noite, algo fora do comum, que pudesse ser relevante para nós.

Dirigindo-se primeiro à sra. Conrad, ele pediu a ela que fizesse a gentileza de descrever o que tinha feito durante a noite.

– Deixe me ver... Eu subi para o quarto. Toquei a campainha. Como minha criada não apareceu, fui até o corredor, onde chamei por ela. Vi que ela estava conversando na escada. Depois que escovou meus cabelos, eu a dispensei. Ela estava muito nervosa. Li um pouco, e então fui para a cama.

– E a senhora, lady Juliet?

– Subi e fui direto para a cama. Eu estava muito cansada.

– Mas e o seu livro, querida? – perguntou a sra. Conrad com um sorriso malicioso.

– Meu livro?

– Sim. Quando dispensei Léonie, você estava subindo as escadas. Você disse que tinha descido até a sala de estar para buscar um livro.

– Ah, sim! É verdade. Nem lembrava mais...

Lady Juliet retorceu os dedos, agitada.

– A senhora ouviu o grito da criada da sra. Conrad, milady?

– Não, não ouvi.

– Que estranho... A senhora devia estar na sala de estar naquele momento.

– Eu não ouvi coisa alguma – disse lady Juliet, num tom mais firme.

Poirot se dirigiu ao jovem Leonard.

– E o senhor?

– Não fiz nada. Subi para o meu quarto e fiquei lá.

Poirot coçou o queixo.

– Bem, não vejo no que vocês possam me ajudar. Madames, monsieur, lamento muitíssimo tê-los tirado da cama por tão pouco. Aceitem as minhas desculpas, por favor.

Sempre se desculpando, Poirot conduziu-os até a porta. Ele retornou com a criada francesa, uma jovem tão bela quanto insolente. Alloway e Weardale acompanharam as mulheres.

– E agora, mademoiselle, por favor, a verdade. Nada de histórias de fantasmas. Por que a senhorita gritou nas escadas?

– Ah, sr. Poirot, vi uma figura alta, de branco!

Poirot balançou energicamente o indicador.

– Nada de histórias de fantasmas, eu lhe disse. Vou arriscar um palpite. Ele a beijou? O sr. Leonard Weardale?

– *Eh bien, monsieur*... não fizemos nada demais.

– Entendo, é natural – disse Poirot, galante. – Eu mesmo, ou Hastings aqui do lado... mas diga-me, mademoiselle, o que foi exatamente que aconteceu?

– Ele veio por trás de mim e me agarrou. Levei um susto e gritei. Não teria gritado se estivesse prevenida, mas ele se aproximou como um gato. Não ouvi nenhum passo! Depois, *monsieur le sécrétaire* apareceu. O sr. Leonard voou escada acima. E o que eu iria dizer? Ainda mais a um *jeune homme comme ça... tellement comme il faut? Ma foi!* Inventei que tinha visto um fantasma.

– Então está tudo explicado! – exclamou Poirot, satisfeito. – Depois disso, a senhora subiu até o quarto da sua patroa. Qual dos quartos é o dela, aliás?

– No final do corredor, naquela direção.

– Justo em cima do gabinete... *Bien*, mademoiselle, não vou tomar mais do seu tempo. E *la prochaine fois*, não grite!

Depois de conduzi-la até a porta, Poirot retornou com um sorriso.

– Um caso interessante, não é mesmo, Hastings? Estou começando a entendê-lo... *Et vous*?

– O que Leonard Weardale estava fazendo nas escadas? Não gosto desse rapaz, Poirot. É um jovem completamente degenerado, eu diria.

– Concordo com você, *mon ami*.

– Fitzroy parece estar sendo sincero.

– Lorde Alloway parece bastante convencido disso.

– Ainda assim, algo no jeito dele não me agrada...

– A mim também não. É como se ele fosse correto demais. Por outro lado, nossa amiga sra. Conrad certamente não é flor que se cheire.

– E o quarto dela fica bem acima do gabinete – disse eu, sem tirar o olho de Poirot.

Ele sacudiu a cabeça com um leve sorriso.

– Não, *mon ami*. Não consigo imaginar aquela mulher de aparência impecável dependurando-se pela sacada ou escalando a chaminé.

Enquanto ele falava, a porta se abriu, e, para minha surpresa, lady Juliet Weardale entrou.

– Sr. Poirot – disse ela, quase sem fôlego. – Posso trocar uma palavrinha com o senhor em particular?

– Milady, o capitão Hastings é como se fosse meu duplo. A senhora pode falar na frente dele sem medo; finja que ele não está aqui. Sente-se, por favor.

Ela sentou, com os olhos ainda fixos em Poirot.

– O que vou lhe dizer é um tanto constrangedor. O senhor é o encarregado do caso. Se os documentos fossem devolvidos... a investigação seria encerrada? O que quero saber é se vão fazer mais perguntas...

Poirot arregalou os olhos para ela.

– Deixe-me ver se entendi, madame. Os documentos seriam entregues a mim, correto? E eu deveria devolvê-los a lorde Alloway sob a condição de não precisar revelar como os consegui?

Ela concordou com a cabeça.

– É isso mesmo. Mas tenho de ter certeza de que o fato não será comentado mais tarde.

– Pelo que sei, lorde Alloway faz questão de que tudo se resolva o mais discretamente possível.

– Estamos combinados, então? – exclamou ela, agitada.

– Um momento, madame. Isso depende de quanto tempo a senhora precisa para me entregar os documentos.

– Ah, não vai demorar nada.

Poirot deu uma olhada no relógio.

– Quanto tempo?

– Dez minutos, digamos – sussurrou ela.

– Está bem, milady. Combinado.

Ela saiu correndo do quarto. Arredondei os lábios, como se fosse soltar um assobio.

– Você é capaz de me fazer um apanhado do caso, Hastings?

Minha resposta foi sucinta:

– Bridge.

– Ah! Você se lembra do comentário displicente do almirante? Que memória! Parabéns, Hastings.

Não dissemos mais nada porque lorde Alloway entrou na sala e lançou a Poirot um olhar inquisitivo.

– O senhor descobriu algo? Receio que não tenham lhe dito nada de relevante.

– Pelo contrário, milorde. Os depoimentos foram muito esclarecedores. Não vai ser mais necessário que eu permaneça aqui, e peço a sua licença para retornar a Londres.

Lorde Alloway ficou pasmo.

– Mas... o que o senhor descobriu? O senhor sabe quem roubou os planos?

– Sim, eu sei. Mas diga-me... no caso de os planos serem devolvidos anonimamente, o senhor daria prosseguimento às investigações?

Lorde Alloway arregalou os olhos.

– O senhor quer dizer no caso de pedirem dinheiro em troca?

– Não. Os documentos seriam devolvidos espontaneamente.

– Tudo o que quero é recuperar os documentos – disse lorde Alloway, calmamente.

Ele parecia confuso e desconfiado.

– Nesse caso, eu lhe aconselharia a proceder da forma como sugeri. Somente o senhor, o almirante e o seu secretário sabem da perda dos documentos. Somente vocês vão ficar sabendo da sua restituição. E o senhor pode contar com o meu apoio. Pode responsabilizar a mim pelo mistério. Fui contatado para recuperar os documentos e os recuperei. O senhor não sabe de mais nada.

Poirot levantou-se e estendeu a mão.

– Milorde, foi um grande prazer conhecê-lo. Tenho fé no senhor e na sua dedicação à Inglaterra. Em suas mãos, estaremos seguros e protegidos.

– Sr. Poirot, posso prometer que farei sempre o meu melhor. Não sei se isso é uma qualidade ou um defeito, mas acredito em mim mesmo.

– Como todo grande homem. Comigo também é assim! – disse Poirot, eloquente.

III

Em poucos minutos o carro veio nos apanhar na porta. Cordial, lorde Alloway acompanhou-nos até as escadas, onde se despediu de nós.

— Ele é um grande homem, Hastings – disse Poirot, depois que o carro partiu. – Ele tem cérebro, é empreendedor e decidido. É de homens fortes assim que a Inglaterra precisa nesses dias difíceis de reconstrução.

— Concordo com tudo o que diz, Poirot, mas e quanto a lady Juliet? Por acaso ela vai devolver os documentos diretamente a Alloway? O que ela vai pensar quando souber que você foi embora sem falar com ela?

— Hastings, vou lhe fazer apenas uma pergunta. Por que ela não me entregou os planos quando estava conversando comigo?

— Porque ela não estava com eles em mãos.

— Perfeitamente. Quanto tempo ela precisaria para ir buscá-los no quarto? Ou em outro ponto escondido da casa? Deixe que eu mesmo reponho. Dois minutos! Mas ela me pede dez minutos. Por quê? Porque ela precisa obtê-los de outra pessoa, e precisa argumentar com a outra pessoa para convencê-la a entregá-los. Que pessoa seria essa? É impossível que fosse a sra. Conrad. Tem de ser um membro da família da própria lady Juliet, o marido ou o filho dela. Qual deles? Leonard Weardale alegou ter ido diretamente para o quarto. Sabemos que isso é mentira. Digamos que lady Juliet tenha ido até o quarto do filho, que estava vazio. Ela sai de lá agitada. O filho dela não é nenhum anjinho! Ela vai atrás dele, não o encontra, e mais tarde ela o escuta dizer que passara a noite toda no quarto. Bingo! Na cabeça dela, foi ele quem roubou os planos, e por isso ela vem me procurar.

"Mas, *mon ami*! – continuou Poirot. – Sabemos de algo que lady Juliet não sabe. Sabemos que o filho dela não podia estar no gabinete, porque ele estava atrás da bela criada francesa. Leonard Weardale tem um álibi."

— Muito bem, mas então... quem roubou os planos? – perguntei. – Parece que eliminamos todo mundo: lady Juliet, o filho dela, a sra. Conrad, a criada francesa.

– Exatamente! Use o cérebro, meu amigo. A solução está diante do seu nariz!

Sacudi a cabeça desorientado.

– Não desista. Basta você seguir adiante com o raciocínio! Fitzroy sai do gabinete e deixa os planos na mesa. Poucos minutos depois, lorde Alloway entra no cômodo, vai até a mesa, e os planos não estão mais lá. Só há duas possibilidades. Digamos que Fitzroy tenha colocado os planos no bolso em vez de organizá-los sobre a mesa. Essa hipótese não é plausível, porque, como lembrou lorde Alloway, seria mais fácil para o secretário fazer uma cópia em outro momento. Mas digamos que os planos estivessem de fato na mesa, quando lorde Alloway se dirige até ela. Nesse caso, é no bolso de Alloway que eles vão parar!

– Lorde Alloway é o ladrão? – perguntei, apalermado. – Mas como? Por quê?

– Não foi você quem me contou sobre o escândalo em que ele esteve envolvido no passado? Você disse que ele foi inocentado. Mas e se ele fosse mesmo o culpado? Na Inglaterra, escândalos políticos são muito malvistos. Se essa confusão viesse à tona de novo e fosse levantada contra ele, sua carreira seria profundamente abalada. Digamos que o estivessem chantageando, e o preço da chantagem fossem os planos do submarino.

– Mas então esse homem não passa de um maldito traidor! – exclamei.

– Claro que não, meu amigo, acalme-se. Ele é um sujeito inteligente e empreendedor. Não se esqueça de que ele é engenheiro, de que pode ter copiado os planos fazendo alterações mínimas a fim de comprometer os resultados. É assim que ele os entrega ao agente inimigo, que não deve ser outra pessoa senão a sra. Conrad. Toda essa história de roubo foi bolada para convencê-la de que os planos são mesmo genuínos. Lorde Alloway também faz o possível para que não suspeitem de ninguém da casa, alegando ter visto um homem escapar pelo terraço. Mas aí ele tem de enfrentar a teimosia do almirante, que começa a suspeitar de Fitzroy.

– Tudo o que você está dizendo não passa de especulação – objetei.

– Especulação não, *mon ami*. Isso é psicologia. Um homem capaz de entregar os planos originais não teria tantos escrúpulos em defender o secretário. E por que ele insistiu tanto para que não contássemos nada dos detalhes do roubo a sra. Conrad? Porque ele já tinha entregue, mais cedo durante a noite, os planos falsos para ela. E ele não queria que ela soubesse que investigávamos um suposto roubo acontecido depois.

– Fico me perguntando se você está mesmo com a razão.

– É claro que estou. E lorde Alloway também deve ter entendido que descobri tudo. Os grandes homens sempre se compreendem!

IV

De uma coisa eu podia ter certeza. Quando chegou o dia em que lorde Alloway assumiu o cargo de primeiro-ministro, um cheque e uma fotografia autografada nos foram entregues. Na fotografia estava escrito *Ao meu discreto amigo, Hercule Poirot. Lorde Alloway.*

Acredito que o novo submarino esteja causando grande sensação nos círculos da marinha. Dizem que ele deve revolucionar a guerra naval. Ouvi também que uma nação estrangeira tentou recentemente construir algo semelhante e que o resultado foi um completo vexame. Mas ainda desconfio que Poirot estivesse no máximo arriscando um palpite. E é possível que uma hora dessas ele venha a errar!

O APARTAMENTO DO TERCEIRO ANDAR

I

– É inútil! – disse Pat, franzindo completamente o cenho e revirando pela última vez o saco desajeitado de seda que ela tinha coragem de chamar de bolsa.

Dois rapazes e outra moça olhavam impacientes para ela. Estavam todos do lado de fora do apartamento de Patricia Garnett.

– Não adianta – disse Pat. – Não está aqui. E agora, o que vamos fazer?

– De que vale a vida sem uma chave? – murmurou bem-humorado Jimmy Faulkener, um rapaz baixo de ombros largos e olhos muito azuis.

Pat virou furiosa para ele:

– Não é hora para piadinhas, Jimmy. Isso é sério.

– Procure mais uma vez, Pat – disse Donovan Bailey. – Tem de estar aí em algum lugar.

A voz melodiosa e pausada do rapaz combinava bem com a sua figura esguia e os belos cabelos escuros.

– Se você não esqueceu lá dentro... – disse a outra jovem, Mildred Hope.

– É claro que não esqueci. Acho que eu entreguei essa chave a um de vocês dois – disse Pat, virando-se subitamente para os rapazes. – Pedi a Donovan que guardasse ela para mim.

Mas não ia ser tão fácil encontrar um bode expiatório. Donovan negou firmemente a acusação, e Jimmy o defendeu.

– Eu vi quando você a colocou dentro da sua bolsa – disse Jimmy.

– Bem, então vai ver vocês deixaram a chave cair de dentro dela na hora em que juntaram a minha bolsa. Eu derrubei a bolsa no chão uma ou duas vezes, vocês não lembram?

– Uma ou duas vezes?! – exclamou Donovan. – Você deixou a bolsa cair umas dez vezes pelo menos, fora quando não a esquecia em algum lugar.

– Eu não sei como ainda tem alguma coisa dentro dessa bolsa! – disse Jimmy.

– Deve ter outra forma de entrarmos... – disse Mildred.

Apesar de sensível e prática, ela estava longe de ser tão atraente quanto Pat, impulsiva e estabanada.

Os quatro ficaram parados olhando para a porta, sem saber o que fazer.

– Será que o porteiro não pode nos ajudar? – sugeriu Jimmy. – Ele deve ter uma chave mestra ou algo do gênero...

Pat sacudiu a cabeça negativamente. Só havia duas chaves. Uma ficava dependurada na parede da cozinha do apartamento, e a outra deveria estar naquela bolsa.

– Se o apartamento fosse no primeiro andar – lamentou Pat –, poderíamos arrombar uma janela. Você não teria coragem de escalar pelas sacadas, teria Donovan?

Educadamente, o rapaz confirmou que não.

– Para chegar ao quarto andar subindo pelas paredes, só mesmo um profissional... – comentou Jimmy.

– Do lado de fora não tem uma escada de emergência ou algo parecido?

– Não.

– Mas tem de ter! Esse é um edifício de cinco andares...

– Eu que o diga...

– E uma dessas engenhocas que utilizam para entregar mercadorias?

– O monta-cargas... – disse Pat. – Mas é apenas uma cesta de metal. Ah, mas espere aí! E o ascensor de carvão?

– Acho que pode funcionar – concordou Donovan.

Mildred fez um comentário desencorajador:

– Vai estar trancado. Pela parte de dentro, na cozinha de Pat...

– Não creio! – disse Donovan.

– Não na cozinha de Pat! – disse Jimmy. – Ela deixa tudo aberto.

– Eu não acho que esteja trancado – confirmou Pat. – Eu recolhi as cinzas hoje de manhã e não me lembro de ter trancado. Acho que nunca tranco mesmo.

– Bem, e isso vai nos facilitar a vida hoje. Mas sou obrigado a dizer que esse seu comportamento desleixado deixa a sua casa a mercê de ladrões. Podem entrar no seu apartamento a hora que bem entenderem, e não precisam nem escalar as sacadas!

Pat ignorou o comentário.

– Vamos de uma vez! – exclamou ela, e começou a descer as escadas.

Os outros a seguiram. Pat os conduziu por um corredor escuro, atulhado do que pareciam ser carrinhos de bebê, e depois por outra passagem até o poço do edifício. O ascensor era logo à direita. Donovan retirou o contêiner e pisou com cautela na plataforma. Ele franziu o nariz.

– Que cheiro! – exclamou ele. – Ninguém me acompanha?

– Vou com você – disse Jimmy, subindo na plataforma ao seu lado. – Espero que o ascensor aguente o nosso peso – acrescentou ele, receoso.

– Vocês não podem pesar mais do que uma tonelada de carvão – disse Pat, incapaz de medir até mesmo as quantidades da receita de um bolo.

– É o que logo vamos descobrir – disse Donovan, puxando a corda com cuidado.

Conforme as engrenagens iam chiando, eles desapareciam de vista.

– Isso está fazendo um barulho medonho! – observou Jimmy, quando ficaram no escuro. – O que vão pensar nos apartamentos?

– Vão achar que somos ladrões ou fantasmas. Não é nada fácil puxar essa corda! O porteiro desse prédio trabalha mais duro do que eu imaginava. Jimmy, por acaso você está contando os andares?

– Ah, não! Me esqueci disso.

– Ainda bem que estou contando. Esse que estamos passando agora é o terceiro, o nosso é o próximo.

– Só falta Pat ter inventado de trancar a porta! – resmungou Jimmy.

Mas o medo dele se revelou infundado. A porta de madeira se abriu com um toque, e Donovan e Jimmy saltaram na cozinha escura de Pat.

– Devíamos ter trazido uma lanterna – lembrou-se Donovan. – Imagine a bagunça disso aqui. Vamos quebrar metade da louça antes de achar o interruptor. Fique onde está até eu acender a luz.

Ele foi tateando pelo chão, até que soltou um gemido ao dar com uma das costelas na quina da mesa da cozinha. Finalmente ele encontrou o interruptor, mas o que se ouviu foi outro gemido e uma exclamação:

– Mas que droga!

– O que foi? – perguntou Jimmy.

– A luz não quer acender. A lâmpada só pode estar queimada! Espere um pouco, vou ver a da sala.

A sala ficava do outro lado do corredor. Jimmy ouviu Donovan abrir a porta e passar por ela. Novos xingamentos abafados chegaram aos seus ouvidos. Ele resolveu seguir o amigo e atravessou a cozinha.

– Qual é o problema?

– Eu não sei. No escuro da noite, o apartamento parece ter ganhado vida própria. É como se as coisas tivessem mudado de lugar. Cadeiras e mesas estão onde menos se espera encontrá-las. Raios! Outra bem aqui!

Jimmy finalmente encontrou o interruptor e o apertou. No minuto seguinte, os dois jovens olhavam um para o outro, apavorados.

Aquela não era a sala de estar de Pat. Eles estavam no apartamento errado.

Para começar, a sala estava abarrotada de móveis. Isso explicava por que Donovan a todo o momento batia em cadeiras e outros objetos. A mesa no centro da sala era enorme, redonda, e estava coberta com um pano felpudo de lã. Perto da janela, uma planta ornamental. Não seria fácil explicar ao dono daquele apartamento o que os dois estavam fazendo ali. Sobre a mesa, uma pilha de cartas que os dois contemplaram num silêncio constrangido.

– Sra. Ernestine Grant – sussurrou Donovan, pegando uma delas, na qual leu o destinatário. – Meu Deus! Você acha que ela pode ter nos ouvido?

– É um milagre que ela não tenha ouvido você – disse Jimmy. – Além de entrar batendo em tudo quanto é canto, até agora você não parou de praguejar. Cale-se e vamos embora, antes que seja tarde!

Eles apagaram a luz e voltaram depressa, na ponta dos pés, até o ascensor. Ao fecharem a porta, isolados novamente na escuridão do poço, Jimmy soltou um suspiro de alívio.

– Eu gosto mesmo de mulheres que têm sono pesado – disse ele, num tom de aprovação. – A sra. Ernestine Grant tem seus méritos.

– Agora eu entendo por que nos enganamos de andar – disse Donovan. – É que partimos do subsolo.

II

Donovan puxou a corda com força, e o ascensor subiu.

– Agora estamos certos.

– Espero que sim – disse Jimmy, enquanto saltava numa cozinha tão escura quanto a anterior. – Meus nervos não vão aguentar outro susto.

Mas os nervos deles foram poupados. Ao primeiro clique do interruptor, a cozinha de Pat se iluminou, e em menos de um minuto eles estavam abrindo a porta da rua para as duas moças que esperavam do lado de fora.

– Nossa, mas que demora! Ficamos esperando horas aqui fora – resmungou Pat.

– Vocês não vão acreditar no que aconteceu – disse Donovan. – Quase fomos entregues à polícia como bandidos perigosos.

Eles tinham passado para a sala de estar, onde Pat acendeu a luz e largou o casaco sobre uma poltrona, antes de sentar-se para ouvir com atenção a aventura relatada por Donovan.

– Ainda bem que a velha rabugenta não os apanhou – comentou Pat. – Recebi um aviso essa manhã de que ela queria falar comigo. Só pode ser para reclamar do piano. Quem quer viver em completo silêncio não devia morar em apartamento. E você, Donovan, é melhor ir lavar essa mão. Não vê que está machucada e suja de sangue?

Surpreso, Donovan olhou para a mão e foi até o banheiro. Não demorou muito para que ele chamasse Jimmy.

– O que foi? – perguntou o amigo. – O corte é muito fundo?

– Na verdade, eu não me cortei.

Donovan exibiu a mão lavada, e Jimmy constatou, surpreso, que nela não havia ferimento algum.

– Que estranho – disse Jimmy, franzindo o cenho. – Mas então de onde veio todo aquele sangue? – perguntou ele, e no mesmo momento se deu conta de algo que seu amigo já tinha concluído. – Meu Deus! – exclamou. – Só pode ter sido do apartamento... você tem certeza de que era mesmo sangue? Não seria tinta ou algo parecido?

Donovan sacudiu a cabeça numa negativa.

– Era sangue mesmo – disse ele, estremecendo.

Olharam um para o outro. Eles pensavam a mesma coisa. Foi Jimmy quem quebrou o silêncio:

– Você não acha – disse ele, fazendo uma careta – que deveríamos voltar lá? Digo, para dar uma olhada, ver se está tudo bem?

– Mas e as duas?

– Não diremos nada a elas. Pat está procurando o avental para nos fazer uma omelete. Voltaremos antes que elas se deem conta da nossa saída.

– Oh, você acha mesmo necessário fazermos isso? – protestou Donovan. – Talvez não seja nada demais.

Mas ele mesmo não estava convencido. Resolveram voltar ao ascensor e descer até o andar de baixo. Atravessaram a cozinha sem grandes dificuldades e acenderam mais uma vez a luz da sala de estar.

– Deve ter sido aqui que me sujei – disse Donovan. – Não toquei em nada na cozinha.

Ele olhou ao redor, Jimmy fez o mesmo, e ambos franziram o cenho. Não havia nada fora de ordem. Nenhum sinal de violência ou sangue.

De repente, Jimmy levou um susto e agarrou o braço do amigo.

– Ali!

Donovan olhou para onde ele indicava e também ficou estarrecido. Por debaixo da pesada cortina vermelha, e apontando imóvel na direção deles, estava o pé de uma mulher. Um pé num sapato de verniz.

Jimmy caminhou decidido até a janela, abrindo completamente a cortina. Ao lado de uma poça escura e pegajosa de sangue, o corpo de uma mulher jazia amontoado no chão. Como Jimmy fez um gesto de que ia tentar levantá-la, Donovan interveio:

– Não faça isso! Até a polícia chegar, ninguém pode tocar nela.

– A polícia, é claro... Mas que confusão, meu Deus! Você acha que ela é a sra. Ernestine Grant?

– Só pode ser. De qualquer forma, se houvesse mais alguém nesse apartamento, acho que já teria aparecido.

– O que vamos fazer? – perguntou Jimmy. – Procurar algum policial na rua ou ligar do apartamento de Pat?

– Acho que é melhor ligarmos. Venha, acho que podemos sair pela porta da frente. Não vamos perder a noite toda subindo e descendo naquele elevadorzinho fedorento.

Jimmy concordou. Quando estava passando pela porta, ele hesitou.

– Será que não é melhor um de nós ficar de guarda, até a polícia chegar?

– Sim. Acho que sim. Nesse caso, fique de guarda que eu faço a ligação.

Ele subiu rapidamente as escadas e tocou a campainha do apartamento de cima. Quem atendeu a porta foi a bela Pat, de rosto corado e trajando um avental. Os olhos delas se arregalaram.

– Você? Mas como! Donovan, o que é que há?

Ele segurou as mãos dela e disse:

– Fique calma. Não é nada, exceto que descobrimos uma coisa desagradável no apartamento de baixo. Uma mulher... morta.

– Quê! – disse ela se virando. – Mas que horror! O que ela teve? Algum tipo de ataque?

– Não, não. Parece que... Bem, acho que ela foi assassinada.

– Oh, Donovan!

– Eu sei, eu sei. É horrível.

Ele continuava a segurar as mãos dela, que agora subiam pelos seus braços. Pobre Pat, como ele a amava. Será que ela realmente se importava com ele? Às vezes, parecia que sim. Em outros momentos, ele suspeitava que Jimmy Faulkener... Ao lembrar do amigo que esperava sozinho no andar de baixo, Donovan teve um arrepio.

– Pat, meu bem, temos de ligar para a polícia.

– Você está certo, meu rapaz – disse uma voz atrás dele. – E nesse meio-tempo, enquanto esperamos por eles, acho que posso ajudá-los.

Os dois não tinham saído da soleira da porta, e agora espiavam para o corredor. Um vulto estava parado nas escadas, um pouco acima do raio de visão deles. Ele desceu alguns degraus e puderam ver-lhe com nitidez.

Era um homem baixinho, com um bigode muito bem aparado e uma cabeça de ovo, redonda e reluzente. Ele vestia um magnífico robe, chinelos bordados, e cumprimentou Patricia fazendo uma mesura galante.

– Mademoiselle – disse ele –, não sei se sabe, mas sou o inquilino do apartamento de cima. Gosto de lugares altos, que me permitem ver Londres de uma perspectiva mais elevada. Aluguei o apartamento no nome do sr. O'Connor. Mas não sou irlandês. Meu nome é outro. E é por isso que imagino que eu possa lhes ser útil. Permita-me – e com um gesto rebuscado tirou do bolso um cartão que entregou a Pat.

Ela o leu.

— Monsieur Hercule Poirot? Oh! — exclamou ela, quase se engasgando. — Hercule Poirot, o grande detetive? E o senhor quer mesmo nos ajudar?

— Essa é a minha intenção, mademoiselle. Por pouco não me prontifiquei a ajudá-los mais cedo durante a noite.

Pat olhou para ele confusa.

— Ouvi vocês discutindo sobre como iriam entrar no apartamento. Eu tenho uma grande habilidade com fechaduras. Poderia certamente ter aberto a porta para vocês, mas hesitei em sugerir. Vocês ficariam desconfiados de mim.

Pat riu.

— Mas agora, monsieur — disse Poirot para Donovan —, entre, por favor, e ligue para a polícia. Enquanto isso, vou descer até o apartamento de baixo.

Pat desceu as escadas com ele. Encontraram Jimmy de guarda, e Pat explicou ao amigo o motivo da presença de Poirot. Jimmy, por sua vez, contou a Poirot a aventura dele e de Donovan. O detetive ouviu a história com atenção.

— A porta do ascensor estava aberta, correto? Vocês saltaram na cozinha, mas a luz não acendia...

Enquanto ia falando, Poirot caminhava na direção da cozinha. Os dedos dele apertaram o interruptor.

— *Tiens! Voilà ce qui est curieux!* — disse ele, quando a luz acendeu. — Agora está funcionando perfeitamente. O que será que... — antes de completar a frase, Poirot ergueu o dedo em sinal de silêncio e aguçou o ouvido.

Um ruído quase indistinto insistia em quebrar o silêncio imperturbável da noite. Parecia um ronco.

— Ah! — disse Poirot. — *La chambre de domestique.*

Ele atravessou a cozinha na ponta dos pés até uma pequena despensa, dentro da qual havia uma porta. Ele a abriu e acendeu a luz. A peça era um desses cubículos horrorosos que os construtores de edifício costumam designar como quartos de empregada. O chão era quase todo ocupado pela cama. Na cama, de boca aberta e roncando placidamente, estava uma moça de bochechas coradas.

Poirot apagou a luz e saiu dali.

– Ela não vai acordar – disse ele. – Vamos deixá-la dormir até a polícia chegar.

Ele voltou até a sala de estar. Donovan tinha se juntado a eles.

– A polícia não vai demorar. Pelo menos foi o que disseram. Não devemos tocar em nada.

Poirot concordou com a cabeça.

– Não tocaremos em nada. Vamos apenas olhar.

Poirot circulou pela sala. Mildred tinha descido com Donovan, e os quatro jovens seguiam com atenção os movimentos do detetive.

– Tem uma coisa que não consigo entender, senhor – disse Donovan. – Eu não me aproximei da janela nenhuma vez. Como aquele sangue veio parar na minha mão?

– Meu jovem, a resposta para essa pergunta está bem na frente do seu nariz. De que cor é o pano que cobre a mesa? Vermelho, não? Você deve ter posto a mão na mesa, sem dúvida.

– Sim, eu pus. É isso? – disse ele, inclinando-se sobre a mesa.

Poirot confirmou com a cabeça. Ele indicou com a mão uma mancha mais escura no vermelho.

– O crime foi cometido aí – disse ele, solenemente. – Depois levaram o corpo até a janela.

Poirot deteve-se num ponto da sala e olhou calmamente ao redor. Sem que precisasse mexer em nada, ele dava a impressão de descobrir o segredo de cada móvel daquele lugar estranho.

Hercule Poirot balançou a cabeça como se estivesse satisfeito. Ele deixou escapar um suspiro e disse:
– Realmente...
– Realmente? – repetiu Donovan, curioso.
– Realmente, como vocês podem notar, esses móveis dão à sala um ar pesado.

Donovan sorriu constrangido.
– A primeira vez que entramos, eu saí batendo nas coisas. Era como se tudo estivesse fora do lugar, pelo menos em relação ao apartamento de Pat.
– Tudo não – disse Poirot.

Donovan olhou para ele, esperando uma explicação.
– O que eu quero dizer é que algumas coisas são fixas. A disposição das portas, das janelas, da lareira, é a mesma nesse apartamento e no de cima.
– Que diferença faz isso? – perguntou Mildred. Ela olhava desconfiada para Poirot.
– É preciso pensar de forma metódica. Essa pelo menos é a minha mania, como vocês dizem.

Ouviram-se passos pesados nas escadas do lado de fora. Três homens entraram no apartamento: um inspetor de polícia, um guarda e um médico-legista. O inspetor reconheceu Poirot e o cumprimentou, reverente. Depois ele se virou para os outros e disse:
– Preciso do depoimento de vocês, mas para começar...

Poirot o interrompeu:
– Uma sugestão. Que tal nós cinco voltarmos ao apartamento do andar de cima, onde mademoiselle pode dar prosseguimento ao que ela estava fazendo: uma omelete para nós? Adoro omeletes. Enquanto isso, o senhor termina o que tem de fazer aqui embaixo, e depois estaremos à sua disposição para perguntas.

Tudo combinado, e Poirot subiu com os jovens.

– O senhor é um amor – disse Pat para ele –, adorei a sua sugestão. Faço uma omelete formidável, o senhor não vai se arrepender.

– Que ótimo. Uma vez, mademoiselle, me apaixonei por uma bela jovem inglesa, que se parecia muito com a senhorita, mas ah! Ela cozinhava muito mal. Se tivesse me casado com ela, talvez não viesse a conhecer a senhorita.

Havia uma melancolia em sua voz, e Jimmy olhou para ele, curioso.

Depois de entrarem no apartamento, o rapaz deu o máximo de si para divertir todo mundo com suas piadas, a ponto de a tragédia do andar de baixo ter sido quase esquecida.

Depois de comerem e elogiarem a deliciosa omelete, ouviram os passos do inspetor Rice, que vinha acompanhado do médico. O guarda ficara tomando conta do apartamento.

– Bem, monsieur Poirot – disse o inspetor –, tudo parece muito claro. O caso é bem simples, diferente daqueles que o senhor costuma investigar. Apesar de que não vai ser fácil pôr as mãos no bandido. Gostaria de saber como descobriram o corpo.

Donovan e Jimmy contaram mais uma vez a história.

O inspetor repreendeu Pat.

– A senhorita não deve deixar aberta a porta do ascensor. Está correndo um grande risco.

– Não vai mais acontecer – disse ela, estremecendo.
– Não quero ser morta como essa pobre mulher.

– Ah, mas não foi pelo ascensor que eles entraram!
– disse o inspetor.

– O senhor pode nos contar o que descobriu? – perguntou Poirot.

— Não sei se deveria, mas como é o senhor quem está pedindo...

— *Précisément* – disse Poirot. — E quanto a esses jovens, eles serão discretos.

— Bem, de qualquer forma não vai demorar muito para que os jornais fiquem sabendo de tudo. Não há mistério. O cadáver foi identificado pelo porteiro como da sra. Grant. Ela tinha cerca de 35 anos. Estava sentada na mesa quando lhe deram um tiro com uma pistola automática de pequeno calibre. O assassino provavelmente estava sentado à frente dela na mesa. A mancha na toalha foi causada porque ela caiu para a frente.

— Mas ninguém ouviu o tiro? – perguntou Mildred.

— A pistola tinha um silenciador. Ninguém ouviria nada. Falando nisso, vocês não ouviram o grito dado pela empregada quando ela descobriu que a patroa estava morta? Não? Bem, isso mostra o quanto é improvável que alguém pudesse ter ouvido o tiro.

— O que a empregada disse? Algo relevante?

— Era a tarde de folga dela. Ela tinha uma chave própria, e retornou cerca das dez horas. Tudo estava calmo e ela concluiu que a patroa estivesse dormindo.

— Ela não chegou a entrar na sala de estar?

— Sim, ela colocou sobre a mesa as cartas que apanhou na caixa de correspondência, mas não notou nada de errado. O assassino escondeu bem o corpo atrás da cortina. O sr. Faulkener e o sr. Bailey também não o viram da primeira vez.

— Foi um procedimento curioso, o senhor não acha? – perguntou Poirot gentilmente.

O inspetor pareceu refletir sobre a questão.

— Ele não queria que o crime fosse descoberto antes de ele estar longe daqui.

— É possível... Mas prossiga com o seu relato, por favor.

– A empregada saiu do apartamento às cinco horas. A evidência médica indica que a morte ocorreu há cerca de quatro ou cinco horas, não é isso, doutor?

O médico, que era um homem de poucas palavras, limitou-se a concordar com a cabeça.

– Agora são 23h45. É fácil calcular a hora em que a morte ocorreu. E achamos esse bilhete no bolso do vestido da morta – disse ele, entregando a Poirot um papel amassado. – Pode tocá-lo sem medo. Não há impressões digitais.

Poirot desdobrou o papel. Nele estava escrita a seguinte mensagem em letras de forma:

Vou fazer-lhe uma visita essa tarde às sete e meia.
J. F.

– Um documento bem comprometedor para ser esquecido – comentou Poirot ao devolvê-lo.

– Bem, ele não sabia que ela trazia o bilhete no bolso – disse o inspetor. – Ele provavelmente achou que ela o tivesse destruído. Temos evidências de que ele é um sujeito cuidadoso. A pistola com que ela foi morta estava debaixo do corpo, mas também sem nenhuma impressão digital. Elas foram apagadas com todo o cuidado, utilizando um lenço de seda.

– Um lenço de seda? – perguntou Poirot.

– Sim. Encontramos um! – disse o inspetor exultante. – O assassino deve tê-lo deixado cair ao fechar as cortinas.

Ele exibiu um lenço branco de seda. Um lenço de excelente qualidade, no centro do qual estava bordado *John Fraser*.

– É isso – disse o inspetor. – John Fraser é o nosso J. F. do bilhete. Ele é o homem que devemos procurar. Assim que soubermos um pouco mais sobre a mulher morta, devemos descobrir facilmente qual era a relação entre eles, e depois será fácil encontrá-lo.

— Não, *mon cher*, tenho a impressão de que não será nada fácil encontrar esse seu John Fraser. Ele é um homem estranho, cuidadoso o suficiente para personalizar os lenços e limpar as impressões digitais da pistola, mas descuidado a ponto de deixar o lenço cair e se esquecer de procurar o bilhete que o incrimina.

— Ele devia estar nervoso — disse o inspetor.

— É possível — disse Poirot. — Sim, é mesmo possível. E ninguém o viu entrar no prédio?

— O prédio é grande. Muita gente entra e sai. Por acaso algum de vocês — perguntou ele, olhando para os quatro — viu alguém entrando no prédio?

Pat sacudiu a cabeça negativamente.

— Às sete horas, nós já tínhamos saído.

— Ah, sim — disse o inspetor se levantando.

Poirot o acompanhou até a porta.

— O senhor me permite examinar o apartamento onde ocorreu o crime?

— Oh! Mas é claro, sr. Poirot. Conheço a sua fama. Vou deixar-lhe uma das chaves, temos duas. O apartamento vai estar vazio. A empregada não teve coragem de ficar lá sozinha e foi para a casa de parentes.

Poirot agradeceu e voltou para dentro pensativo.

— O senhor não está convencido? — perguntou Jimmy.

— Não, não estou.

Donovan olhou para ele desconfiado:

— O que o preocupa?

Poirot não respondeu. Ele ficou em silêncio por um minuto ou dois, refletindo. De repente, impaciente, ele deu de ombros.

— Bem, mademoiselle, tenho de lhe dar boa noite. Deve estar cansada depois de tanto tempo na cozinha.

Pat riu.

— Mas fiz apenas a omelete. Não tive de fazer jantar. Donovan e Jimmy vieram nos chamar e saímos para comer num restaurantezinho no Soho.

— E depois disso foram ao teatro, sem dúvida?

— Sim. Fomos ver *Os olhos castanhos de Caroline*.

— Ah! — disse Poirot. — Mas deveriam ser os azuis, os azuis da senhorita.

Ele fez um gesto galante e então desejou novamente boa noite a Pat, e também a Mildred, que ficaria para fazer companhia à amiga. Pat não podia suportar a ideia de dormir sozinha no apartamento naquela noite.

Os dois jovens foram embora com Poirot. Depois de fechada a porta, quando estavam no corredor e se preparavam para se despedir, Poirot os deteve.

— Meus jovens, vocês me ouviram reclamar que não estava satisfeito, não? *Eh bien*, é verdade, não estou. Vou descer ao apartamento para examinar algumas coisinhas eu mesmo. Vocês gostariam de me acompanhar?

Os dois concordaram imediatamente. Poirot seguiu na frente até o andar de baixo e abriu a porta com a chave que o inspetor havia lhe dado. Ao entrar, em vez de se dirigir à sala de estar, como os dois provavelmente esperavam, ele foi direto à cozinha. No pequeno recanto que servia de área de serviço, havia uma enorme lixeira de metal. Poirot abriu a tampa e curvando-se para dentro, começou a revolver o seu conteúdo com a fúria de um terrier.

Jimmy e Donovan olhavam para ele espantados.

De repente, com um grito de triunfo, Poirot emergiu de volta. Em suas mãos ele exibia uma garrafinha com uma rolha.

— *Voilà*! Encontrei o que procurava.

Ele cheirou ao redor dela delicadamente, e acrescentou:

– Mas que pena! Estou gripado.

Donovan tirou-lhe a garrafa da mão e também a cheirou, sem sentir nada. Depois, antes que Poirot pudesse detê-lo, Donovan removeu a rolha e levou a garrafa ao nariz.

O jovem caiu imediatamente no chão. Poirot ainda tentou amortecer a queda estendendo o braço.

– Mas que imbecil! – Poirot gritou. – Como foi tirar a rolha dessa maneira? Por acaso não viu o cuidado que eu tive? Monsieur... Faulkener, não é mesmo? Você pode me trazer um pouco de brandy? Há uma garrafa na sala.

Jimmy saiu às pressas, mas quando retornou Donovan já estava sentado e parecia voltar a si. Poirot passava-lhe um sermão sobre o cuidado que se devia ter ao cheirar substâncias possivelmente venenosas.

– Acho melhor eu ir para casa – disse Donovan, que se pôs de pé, ainda trêmulo. – Se não precisam mais de mim... Me sinto um pouco esquisito...

– Certamente – disse Poirot. – É o melhor que você tem a fazer. Sr. Faulkener, espere por mim aqui um minuto. Já volto.

Ele acompanhou Donovan até o corredor, onde ficaram conversando por algum tempo. Quando Poirot finalmente voltou ao apartamento, Jimmy estava parado no meio da sala de estar, lançando um olhar perdido para as coisas ao seu redor.

– Bem, sr. Poirot... o que faremos agora?
– Nada. O caso está encerrado.
– O quê?
– Já sei de tudo.

Jimmy arregalou os olhos para ele.
– Por causa dessa garrafinha?
– Exatamente!

Jimmy sacudiu a cabeça.

– Que coisa mais sem pé nem cabeça. Entendo que o senhor não esteja satisfeito com a evidência contra esse John Fraser, seja lá quem ele for...
– Seja lá quem ele for – repetiu Poirot calmamente. – Se ele realmente for alguém, o que me surpreenderia muito!
– Como assim?
– Ele é apenas um nome. Um nome em um lenço.
– E o bilhete?
– Você não reparou que esse bilhete foi escrito em letra de forma? E por que motivo? Vou lhe explicar. Não é difícil reconhecer uma caligrafia, e também não é difícil, ao contrário do que possa parecer, identificar a máquina em que um texto foi datilografado. Mas se o suposto John Fraser tivesse realmente escrito aquele bilhete, essas questões seriam para ele irrelevantes. Esse bilhete foi escrito por outra pessoa e colocado de propósito no bolso da mulher morta, para que o encontrássemos. John Fraser nem sequer existe.

Jimmy lançou a ele um olhar interrogativo.

– E sendo assim, meu amigo – continuou Poirot –, voltei ao ponto que tinha chamado a minha atenção em primeiro lugar. Eu disse a vocês que a disposição de certas coisas em apartamentos um em cima do outro é sempre a mesma. Dei três exemplos. Poderia ter mencionado um quarto: o interruptor de luz.

Jimmy continuava perplexo, e Poirot foi adiante.

– O seu amigo Donovan não se aproximou da janela. Foi ao apoiar a mão sobre a mesa que ele a sujou de sangue! Fiquei me perguntando por que ele apoiaria a mão na mesa... E por que ele saiu tateando pela sala no escuro? O interruptor de luz está sempre no mesmo lugar, ao lado da porta. Por que ele não ligou a luz assim que entrou? Esse seria o procedimento natural. Ele também teria tentando ligar a luz da cozinha, mas sem sucesso. Mas, quando eu usei o interruptor, tudo estava funcionando. Talvez ele não quisesse que a luz acendesse naquele momento. Se ela tivesse acendido, vocês veriam imediatamente que estavam no apartamento errado e não teriam seguido para a sala.

– Onde o senhor quer chegar? Não estou entendendo. O que o senhor quer dizer?

– Quero dizer isso aqui!

Poirot exibiu uma chave Yale.

– A chave desse apartamento?

– Não, *mon ami*, a chave do apartamento de cima. A chave da srta. Patricia, que o sr. Donovan Bailey surrupiou da bolsa dela em algum momento durante a noite.

– Mas por quê? Por quê?

– *Parbleu*! Para que ele pudesse pôr em prática o seu plano. Entrar nesse apartamento sem levantar suspeitas. Mais cedo, durante a tarde, ele já tinha deixado aberta a porta do ascensor de carvão.

– Onde o senhor conseguiu essa chave?

Poirot abriu um largo sorriso.

– Acabei de encontrá-la, no mesmo lugar em que eu achei que ela estaria: no bolso do sr. Donovan. Encontrei-a com a ajuda daquela garrafinha que fingi ter tirado da lata de lixo. Ele agiu exatamente como eu esperava, tirou a rolha e cheirou. Na garrafinha havia cloreto de etila, um poderoso anestésico. Deixou ele sem sentidos pelo tempo que eu precisava para pegar do bolso dele as duas coisas que eu sabia que estavam lá. Uma era essa chave. A outra...

Poirot ficou em silêncio, depois retomou o fio da meada por um ângulo diferente:

– Eu não fiquei satisfeito com a explicação dada pelo inspetor sobre o motivo de esconderem o corpo atrás da cortina. Ganhar tempo? Não, devia haver algo mais além disso. E assim me lembrei do seguinte: da correspondência, meu amigo. O carteiro da noite chega por volta das nove e meia... digamos que aquilo que o assassino procurava só fosse ser entregue mais tarde. Nesse caso, ele teria de voltar. E seria preciso evitar que a empregada descobrisse o crime e avisasse a polícia logo que voltasse. Por isso que o corpo foi escondido atrás da cortina. A empregada não suspeita de nada e deixa a correspondência sobre a mesa como costuma fazer.

– As cartas?

– Sim, as cartas – respondeu Poirot, tirando um envelope do bolso. – Esse foi o segundo item que tirei do sr. Donovan quando ele estava inconsciente. Mas antes de abrirmos essa carta, quero perguntar-lhe uma coisa, sr. Faulkener. Você está apaixonado por mademoiselle Patricia?

– Gosto muito dela, mas nunca achei que ela pudesse me corresponder.

– Você acha que ela gosta de Donovan? Pode ser que ela já tenha começado a se interessar por ele, mas superficialmente. Cabe a você apoiá-la nesse momento de dificuldade e ajudá-la a esquecê-lo.

– Momento de dificuldade?

– Sim. Faremos o possível para preservar o nome dela, mas isso vai ser difícil. Ela foi a causa do crime.

Poirot rasgou o envelope e retirou de dentro o conteúdo. Além de um documento, havia uma carta de apresentação de um escritório de advocacia:

Cara madame,
O documento que a senhora nos enviou é legítimo, e o fato de o casamento ter ocorrido num país estrangeiro não o invalida.

Cordialmente...

Poirot desdobrou o documento. Era a certidão de casamento de Donovan Bailey e Ernestine Grant, realizado há oito anos.

– Oh, meu Deus! – exclamou Jimmy. – Pat contou-nos que recebera uma carta da vizinha, pedindo para vê-la, mas Pat jamais imaginou que pudesse ser algo importante.

Poirot inclinou a cabeça num gesto de compreensão.

– Donovan sabia muito bem a importância desse encontro e passou no apartamento da mulher antes de sair com vocês essa noite. Uma estranha ironia do destino fez a sra. Grant vir morar no mesmo prédio da rival. Antes que fosse tarde demais, Donovan quis pôr um fim a essa situação e matou a mulher a sangue-frio. Ela devia ter dito a ele que enviara a certidão de casamento para os advogados e que esperava uma resposta. Sem dúvida, ele mesmo havia tentado convencê-la de que a certidão não era válida.

– Mas ele parecia tão bem-humorado a noite toda! Que frieza... Por que o senhor o deixou escapar?

– Para ele, não há escapatória. Fique tranquilo.

– Mas é com Pat que estou mais preocupado – disse Jimmy. – Acho que ela estava mesmo envolvida...

– *Mon ami*, é você que terá de cuidar disso agora – disse Poirot, gentilmente. – Cabe a você ajudá-la a tirar Donovan da cabeça, e tenho a impressão de que essa não será uma tarefa das mais difíceis.

O DUPLO DELITO

Fui procurar meu amigo Poirot nos seus aposentos e encontrei-o sobrecarregado de trabalho. A fama dele era tal que qualquer senhora rica que perdesse um bracelete ou seu gatinho de estimação imediatamente entrava em contato, a fim de garantir a disponibilidade dos serviços de detetive. Meu amigo encarava o seu trabalho com um fervor artístico, mas tinha também o espírito econômico e previdente dos belgas. Isso o fazia aceitar muitos casos sem interesse, desde que fossem bem pagos.

Além disso, ele também aceitava muitos casos em que a recompensa financeira era irrisória pelo simples fato de que eles o interessavam. Como resultado disso tudo, ele acabava sobrecarregado. Ele mesmo admitia o fato e, por isso, convenci-o a passar uma semana de férias comigo num hotel em Ebermouth, o famoso balneário do sul da Inglaterra.

Tínhamos aproveitado já quatro dias do nosso agradável retiro, quando Poirot veio até mim com uma carta que acabara de abrir em mãos.

– *Mon ami*, você se lembra do meu amigo Joseph Aarons, o empresário teatral?

Eu disse que sim, depois de pensar um pouco. Os amigos de Poirot são muitos e eles vão de lixeiros a lordes aristocratas.

– *Eh bien*, Hastings, Joseph Aarons está em Charlock Bay. Ele não está bem de saúde, e parece que além disso algo o preocupa. Ele gostaria muito que eu fosse até lá. Acho que devo atender ao pedido dele, *mon ami*. Ele é um amigo fiel, o bom Joseph Aarons, e já fez muito por mim.

– Certamente – disse eu. – Charlock Bay é um lugar bonito, e nunca estive lá.

– Dessa forma, unimos o útil ao agradável – concluiu Poirot. – Por favor, se informe sobre o horário dos trens.

– Não deve ter linha direta – comentei, com um sorriso amarelo. – Você sabe como são os trens nessa região. Para ir do sul ao norte de Devon, às vezes leva-se um dia de viagem.

Entretanto, quando fui buscar as informações, descobri que a viagem podia ser feita com uma única baldeação em Exeter e que os trens eram bons. Eu estava voltando para dar a boa notícia a Poirot quando passei pela frente do escritório da companhia Speedy de transportes e li o seguinte aviso:

Amanhã. Dia de excursão a Charlock Bay. Saída às 8:30, por um dos percursos mais belos de Devon.

Perguntei alguns detalhes sobre a viagem e voltei ao hotel entusiasmado. Infelizmente, Poirot não se deixou contaminar pela minha animação.

– Meu amigo, de onde surgiu essa sua paixão por viagens de ônibus? Indo de trem, evitamos problemas com pneus furados e acidentes. Além do mais, se o ônibus for aberto, ficamos expostos ao vento, enquanto no trem basta fechar a janela.

Com certo tato, eu dei a entender que o que mais me agradava na viagem de ônibus era justamente poder aproveitar o ar puro da região.

– Mas e se chover? O clima na Inglaterra é imprevisível.

— O ônibus deve ter uma capota. E se chover muito, a excursão não sai.

— Bom, então tomara que chova — disse Poirot.

— Se é isso que você prefere...

— Está bem, meu amigo. Estou percebendo o quanto a oportunidade de sair nessa excursão o deixou animado. Felizmente eu trouxe minha japona e dois cachecóis.

Poirot suspirou, depois perguntou:

— Mas quanto tempo teremos disponível para ficar em Charlock Bay?

— Bem, o melhor seria fazermos só o trajeto de ida e depois dormirmos por lá. A excursão vai primeiro até Dartmoor. O almoço é em Monkhampton. O horário previsto para a chegada em Charlock Bay é às quatro horas, e o ônibus começa a voltar às cinco, chegando aqui às dez da noite.

— Ora! — exclamou Poirot. — E quem se diverte com um passeio assim? Acho que podemos conseguir um bom desconto no preço da passagem, já que vamos fazer só o trajeto de ida.

— Acho difícil.

— Mas é preciso insistir.

— Ah, por favor, Poirot, não complique. Você está nadando em dinheiro.

— Não estou complicando, estou sendo razoável. Mesmo que eu fosse um milionário só pagaria o preço justo.

Mas como eu havia previsto, Poirot fracassou na sua tentativa de negociar. O vendedor de passagens do escritório da Speedy era um senhor calmo e desapaixonado, que se manteve impassível na sua posição. O argumento dele era que tínhamos de voltar com a companhia. Ele chegou até mesmo a sugerir que devíamos pagar a mais por deixar o ônibus em Charlock Bay.

Derrotado, Poirot pagou o valor exigido e deixou o escritório.

– Os ingleses não têm noção de dinheiro – resmungou ele. – Você não reparou, Hastings, em um jovem que chegou no guichê já com o valor integral da passagem, declarando ao mesmo tempo que iria descer em Monkhampton?

– Não reparei. Para falar a verdade...

– Você estava observando a bela jovem que reservou o assento número 5, ao lado dos nossos. Não negue, eu vi! E esse foi o motivo por que você se atravessou na minha frente e disse que os assentos 3 e 4 seriam os melhores, quando eu estava para pedir os assentos 13 e 14, localizados no meio do ônibus e mais protegidos.

– É mesmo? – disse eu, corando.

– Cabelos castanho-avermelhados... Esse é o seu fraco!

– De qualquer forma, era natural que eu reparasse mais nela do que no tal rapaz.

– Isso depende do ponto de vista. O rapaz me pareceu interessante.

Algo estranho no tom de voz de Poirot me fez olhar imediatamente para ele e perguntar:

– Por quê? O que você quer dizer?

– Acalme-se, não é nada. Digamos que ele esteja tentando deixar o bigode crescer e o resultado seja, por enquanto, lastimável.

Poirot acariciou gentilmente o seu próprio magnífico bigode.

– Deixar crescer o bigode é uma arte. Qualquer um que se arrisque a fazê-lo pode contar com a minha simpatia.

Como em outras ocasiões, era difícil saber se Poirot falava sério ou se estava se divertindo às minhas custas. Achei melhor ficar quieto.

O dia seguinte amanheceu limpo e ensolarado. Um dia maravilhoso! Poirot, entretanto, não estava disposto a correr riscos. Além do seu terno mais grosso, ele vestia um colete de lã, uma capa impermeável, e carregava consigo uma japona grossa e dois cachecóis. Antes de sairmos do hotel, ele tomou dois comprimidos antigripais, guardando consigo o restante do frasco.

Levávamos apenas duas maletas. A bela jovem que observáramos no dia anterior trazia outra, bem como o jovem que havia conquistado a simpatia de Poirot. Ninguém mais havia levado bagagem, e as quatro maletas foram guardadas pelo motorista enquanto sentávamos nos nossos lugares.

Provavelmente por provocação, Poirot disse-me para sentar na janela, já que eu gostava tanto de ar fresco, e sentou-se ele mesmo ao lado da nossa bela companheira de viagem. Mas não demorou muito e ele deu um jeito de que a moça ficasse também do meu lado. O homem sentado no número 6 era um sujeito barulhento e falastrão. Poirot, discretamente, se ofereceu para trocar de lugar com a moça. Ela logo concordou, sentou entre nós, e em pouco tempo conversávamos os três animadamente.

Ela era muito jovem. Tinha menos de dezenove anos. Ingênua como uma criança, logo nos contou o que parecia ser o motivo da sua viagem. Viajava a serviço da tia, que era dona de uma curiosa lojinha de antiguidades em Ebermouth.

Depois da morte do pai, essa tia se viu numa situação financeira precária, mas abriu um negócio próprio com as poucas economias que tinha e os belos objetos que herdara junto com a casa. O empreendimento alcançou um grande sucesso, e ela tornou-se conhecida no ramo. A jovem, nossa companheira de viagem, que se chamava Mary Durrant, estava vivendo com a tia, que lhe ensinava os segredos do ofício. A moça parecia bastante entusiasmada com a perspectiva de trabalhar na loja, que preferia à ideia de se tornar governanta ou dama de companhia.

Poirot concordou com a cabeça, em sinal de aprovação a tudo o que ela estava dizendo.

– Tenho certeza de que mademoiselle será bem-sucedida – disse ele. – Mas gostaria de lhe dar um conselho. Não seja tão aberta com estranhos. O mundo está cheio de trapaceiros e vagabundos. Até mesmo nesse ônibus pode haver algum. Fique sempre com um pé atrás quando conversar com quem não conhece.

De boca aberta, ela arregalou os olhos para Poirot, enquanto meu amigo continuava a balançar a cabeça afirmativamente.

– Sim, é como eu digo. Como se vai saber? Até eu, que agora estou lhe falando, poderia ser um malfeitor da pior espécie.

Diante da cara dela de espanto, os olhos de Poirot brilhavam com intensidade.

Paramos para almoçar em Monkhampton, e depois de trocar algumas palavras com o garçom, Poirot conseguiu para nós uma pequena mesa próxima da janela num recanto mais tranquilo. Do lado de fora, no pátio, cerca de vinte ônibus estavam estacionados, vindos das mais diversas localidades. O restaurante do hotel estava cheio, e o barulho era considerável.

– Chega uma hora que feriados se tornam cansativos – disse eu, com um sorriso amarelo.

Mary Durrant concordou.

– Ebermouth, no verão, está ficando insuportável. Minha tia diz que no passado não era assim. Agora, mal se pode circular pelas ruas de tanta gente.

– Para os negócios isso deve ser bom, mademoiselle.

– Não para o nosso. Vendemos pouco, e apenas coisas de valor. Não vendemos bugigangas. Minha tia tem clientes por toda a Inglaterra. Se algum deles quer uma mesa ou cadeira de um determinado período, ou algum objeto de porcelana, ele escreve diretamente para ela, que dá um jeito de conseguir a mercadoria mais cedo ou mais tarde. É o que está acontecendo agora.

Olhamos interessados para ela, que continuou a explicação. O sr. J. Baker Wood era um americano *connaisseur* e colecionador de miniaturas. Um conjunto valioso de miniaturas fora disponibilizado há pouco no mercado, e a srta. Elizabeth Penn (a tia de Mary) o adquirira. Elizabeth então escreveu ao sr. Wood, descrevendo as miniaturas e oferecendo-as por certo valor. Ele respondeu imediatamente, dizendo que compraria as miniaturas se fossem mesmo conforme ela as descrevera. Ele pediu que alguém as levasse até ele em Charlock Bay, onde estava passando uma temporada. A srta. Durrant fazia a viagem como representante da loja.

– São miniaturas belíssimas, é verdade – disse ela –, mas eu não consigo imaginar que alguém pague por elas esse valor. Quinhentas libras! O senhor já pensou? Foram pintadas por Cosway. É assim que se diz, não? Ainda me atrapalho um pouco com os nomes...

Poirot sorriu.

– Falta-lhe experiência, não é mesmo, mademoiselle?

– Não fui educada para isso – desculpou-se Mary. – Não nos ensinam nada sobre antiguidades. Tenho muito o que aprender.

Ela suspirou. De repente, vi os olhos dela se arregalarem. Ela estava sentada de frente para a janela e olhava para fora, na direção do pátio. Murmurando alguma coisa que não entendemos, ela ergueu-se rapidamente da cadeira e saiu voando do restaurante. Retornou ofegante depois de alguns minutos.

– Peço desculpas por sair dessa maneira, mas pensei ter visto um homem retirar a minha maleta do ônibus. Fui correndo falar com ele, e descobri que a maleta era realmente sua. São tão parecidas! Que vergonha! Foi como se eu o acusasse de estar me roubando...

Ela deu uma risada.

Poirot permaneceu calado. Depois de um momento ele perguntou:

– Quem era esse homem, mademoiselle? Como ele era?

– Vestia um terno marrom. Um jovem magro, com um bigodinho ralo.

– Ah! – disse Poirot. – Nosso amigo de ontem, Hastings. A senhorita conhece esse rapaz? Já o viu antes?

– Não, nunca. Por quê?

– Por nada. Mas é curioso...

Poirot calou-se novamente e não participou mais da conversa, até o momento em que Mary Durrant disse algo que lhe chamou a atenção.

– O que foi mesmo que disse, mademoiselle?

– Disse que na viagem de volta terei de estar atenta a "malfeitores", como o senhor diz. Acredito que o sr. Wood vai pagar em dinheiro pelas miniaturas, como ele sempre faz. É possível que algum malfeitor se interesse pelas quinhentas libras que estarei carregando.

Ela riu pela segunda vez, e Poirot novamente não a acompanhou na risada. Em vez disso, ele perguntou em que hotel ela pretendia se hospedar em Charlock Bay.

– Fico no Anchor Hotel. É um hotel pequeno, não muito caro, mas de qualidade.

– É mesmo? Precisamente onde o meu amigo Hastings estava planejando ficar. Que estranho! – disse Poirot, piscando o olho para mim.

– Quanto tempo os senhores ficam em Charlock Bay?

– Apenas uma noite. Também estou indo a trabalho. A senhorita por acaso imagina qual é a minha profissão?

Mary parecia considerar diversas possibilidades sem conseguir se decidir por nenhuma. Por fim, acabou arriscando que Poirot era mágico. Meu amigo divertiu-se a valer com a ideia.

– Oh, mas que ideia a sua! Tenho cara de quem tira coelhos da cartola? Não, mademoiselle. Eu sou o oposto disso. Mágicos fazem as coisas desaparecerem. Eu as faço reaparecer – disse ele, com uma mesura, para dar maior dramaticidade às palavras. – Vou lhe confessar um segredo, mademoiselle: sou um detetive!

Poirot recostou-se novamente na cadeira, satisfeito com a impressão que a revelação tinha causado na jovem. Mary Durrant olhava para ele embasbacada. Mas a conversa que poderíamos ter a partir de então foi interrompida pelas buzinadas do lado de fora, anunciando a partida dos ônibus.

Ao sair do restaurante ao lado de Poirot, comentei com ele sobre o charme da nossa companheira de viagem. Meu amigo concordou.

– Sim, ela é mesmo encantadora, mas também bobinha.

– Bobinha?

– Não se ofenda. Uma garota pode ser bonita, ter cabelos castanho-avermelhados e ainda assim ser bobinha. Não pode haver ingenuidade maior do que se abrir com dois estranhos da maneira como ela se abriu conosco.

– Bem, mas ela deve ter visto que éramos de confiança.

– O que você diz, meu amigo, é uma tolice. Qualquer pilantra que saiba bem o ofício vai parecer uma pessoa "de bem". Além disso, parece que ela ainda não percebeu que corre o risco de perder suas quinhentas libras tanto na ida quanto na volta.

– Se roubarem as miniaturas?

– Exatamente. Se roubarem as miniaturas ou o dinheiro, o prejuízo será o mesmo, *mon ami*.

– Mas quem, além de nós, saberia da existência dessas miniaturas?

– O garçom e as pessoas da mesa ao lado. Além deles, muita gente em Ebermouth, sem dúvida! Mademoiselle Durrant é realmente encantadora, mas está precisando de algumas lições de bom senso. A srta. Elizabeth Penn, que a contratou como assistente, devia se dar conta disso.

Ele fez uma pausa, depois comentou num tom de voz mais ponderado:

– Nada seria mais fácil, meu amigo, do que roubar uma daquelas maletas do ônibus durante o almoço.

– Ah, não exagere Poirot... As pessoas estariam olhando.

– E o que elas veriam? Alguém retirar a própria bagagem do ônibus. Seria uma ação acima de qualquer suspeita, na qual ninguém se daria ao trabalho de interferir.

– Você não está querendo dizer... Poirot, você não está imaginando que aquele rapaz... Bem, o rapaz com o terno marrom! A maleta era dele, não?

Poirot ergueu as sobrancelhas.

– É o que parece. De qualquer forma, Hastings, é curioso que ele não tenha pego a maleta assim que chegamos. Ele nem mesmo almoçou por aqui.

– Se a srta. Durrant não estivesse sentada de frente para a janela, ela sequer o teria visto – disse eu, com calma.

– Mas, como a maleta era dele, isso não tem mais importância – considerou Poirot. – É melhor esquecermos essa história, *mon ami*.

Mesmo assim, quando prosseguíamos viagem, de volta aos nossos assentos, Poirot não deixou de dar a Mary Durrant uma última lição sobre os perigos de tagarelar com estranhos. Ela ouviu o discurso de cabeça baixa, mas sem parecer levá-lo muito a sério.

Chegamos a Charlock Bay às quatro horas, e tivemos sorte de conseguir quartos no Anchor Hotel, uma encantadora pousada de estilo antigo que ficava numa ruazinha secundária.

Poirot acabara de tirar da mala alguns artigos de primeira necessidade, e estava aplicando uma pomada nos bigodes, antes de sair para procurar por Joseph Aarons, quando vieram bater à nossa porta com certa insistência. Para minha surpresa, era Mary Durrant, muito pálida e com os olhos cheios de lágrimas.

– Me desculpem, por favor, mas é que aconteceu uma coisa muito séria. O senhor é mesmo um detetive, certo?

– O que aconteceu, mademoiselle?

– Abri minha bagagem. As miniaturas estavam num estojo de pele de crocodilo, fechado a chave, é claro. Mas olhem!

Ela exibia um pequeno estojo quadrado de pele de crocodilo, com a tampa solta, caída para o lado. Poirot examinou-o. Não devia ter sido fácil arrombá-lo, como evidenciavam as marcas nas laterais.

– E as miniaturas? – perguntou Poirot, balançando a cabeça, apesar de a resposta ser óbvia.

– Sumiram. Alguém as roubou! Meu Deus, o que eu vou fazer agora?

– Não se preocupe – eu disse. – Meu amigo chama-se Hercule Poirot. A senhorita com certeza já ouviu falar dele. Ele vai recuperar as miniaturas para a senhorita.

– Monsieur Poirot. O grande detetive!

Poirot envaideceu-se diante da admiração dela.

— Exatamente, minha jovem – disse ele. – Sou Hercule Poirot. E a senhorita pode deixar o caso em minhas mãos. Vou fazer o possível, apesar de que, infelizmente, creio ser tarde demais. Diga-me, o cadeado da sua mala também foi forçado?

Ela balançou a cabeça negativamente.

— Gostaria de dar uma olhada.

Fomos até o quarto dela, e Poirot examinou cuidadosamente a mala. Ela tinha sido aberta com uma chave.

— Bem, isso não me espanta. Esses cadeados de malas são todos iguais. *Eh bien*, temos de comunicar o furto à polícia, e também ao sr. Baker Wood, assim que possível. Pode deixar que me encarrego disso.

Quando estávamos a sós, perguntei a Poirot o que ele queria dizer com "tarde demais".

— *Mon cher*, como eu disse hoje, trabalho na contramão dos mágicos. Eu faço reaparecer o que desapareceu. Mas e se alguém se antecipou a mim hoje? Você não está compreendendo? Tenha um pouco de paciência.

Poirot desapareceu na cabine telefônica. Ele emergiu dela cinco minutos mais tarde com uma expressão muito séria.

— Ocorreu o que eu temia. Uma senhora com as miniaturas contatou o sr. Wood há cerca de meia hora. Ela disse estar a serviço da srta. Elizabeth Penn. O sr. Wood ficou encantado com as miniaturas e pagou por elas o combinado.

— Mas meia hora atrás foi ainda antes de chegarmos!

Poirot sorriu.

— Os ônibus da Speedy são rápidos, mas um carro que tivesse partido de Monkhampton poderia chegar aqui uma hora antes de nós.

— E o que faremos agora?

— O velho bom Hastings, sempre prático. Bem, nós informamos à polícia, consolamos a srta. Durrant e...

Sim, acho que é importante termos uma conversa com o sr. J. Baker Wood.

Seguimos o programa de Poirot. A pobre Mary Durrant estava muito preocupada e temia que a tia a responsabilizasse pelo incidente.

– O que seria uma atitude perfeitamente justa – disse Poirot, quando nos dirigíamos ao Seaside Hotel, onde o sr. Wood estava hospedado. – Que ideia! Sair para almoçar e deixar mercadorias no valor de quinhentas libras dentro da mala em um ônibus. Mas esse caso não deixa de ter um ou dois aspectos interessantes, *mon ami*. Por que arrombaram aquele estojo, por exemplo?

– Para pegar as miniaturas.

– Mas isso não faz sentido. Digamos que o ladrão estivesse mexendo nas malas na hora do almoço, valendo-se da desculpa de que estava procurando a sua própria. É muito mais simples transferir o estojo fechado de uma mala para a outra do que perder tempo arrombando-o ali mesmo.

– Mas ele queria se certificar de que as miniaturas estavam mesmo dentro do estojo.

Poirot não pareceu convencido com o meu argumento, mas nossa discussão teve de ser adiada, pois naquele instante nos conduziam à suíte do sr. Wood.

O sr. Baker Wood não me causou boa impressão.

Era um homem muito grande, de aparência vulgar, que se vestia de forma espalhafatosa e usava um anel de diamantes. Além disso, falava alto demais, num tom prepotente.

– Mas é óbvio que não desconfiei de nada, e por que deveria? A mulher disse que tinha as miniaturas consigo. E eram realmente belíssimas.

Se ele tinha o número das notas? Não, ele não tinha. E quem era o sr. Poirot, afinal, para interrogá-lo daquela maneira?

– Não vou mais incomodá-lo, monsieur, mas gostaria de fazer-lhe uma última pergunta. Como era a mulher que o procurou? Jovem e bela?

– Não, de forma alguma. O oposto disso. Era uma mulher alta, de meia-idade, cabelos grisalhos, a pele cheia de manchas e ainda por cima não fizera o buço! O senhor imaginava algum tipo de sereia, suponho?

– Poirot! – exclamei assim que saímos do apartamento. – Você ouviu o que ele falou sobre o buço?

– Eu não sou surdo, Hastings!

– Mas que homem mais desagradável.

– Ele realmente não é um exemplo de boa educação.

– Bem, temos de pôr as mãos no bandido. Podemos identificá-lo.

– Mas como você é ingênuo, Hastings. Não passou pela sua cabeça que ele pode ter um álibi?

– É isso o que você pensa? Que ele tem um álibi?

Poirot deu à minha pergunta uma resposta surpreendente:

– É o que eu sinceramente espero.

– O seu problema é sempre querer complicar as coisas.

– Exatamente, *mon ami*. Eu desconfio de tudo o que parece muito fácil.

Poirot tinha razão. O nosso companheiro de viagem, o jovem de terno marrom, chamava-se Norton Kane. Ao chegar em Monkhampton, ele fora direto ao George Hotel, onde permanecera a tarde toda. A única evidência que existia contra ele era ter retirado a própria mala do ônibus enquanto os outros passageiros estavam almoçando, conforme o depoimento da srta. Durrant.

– Essa não é uma ação que o incrimine – ponderou Poirot.

Depois desse comentário, Poirot ficou em silêncio e se recusou a seguir discutindo o assunto. Quando insisti para que me desse uma explicação, ele respondeu dizendo que estava refletindo sobre a natureza dos bigodes e me recomendava fazer o mesmo.

Descobri, entretanto, que Poirot buscou mais informações a respeito do sr. Baker Wood, durante a visita que ele fez à noite a Joseph Aarons. Como os dois homens estavam hospedados no mesmo hotel, havia uma chance de que o sr. Aarons pudesse lhe revelar algo importante. Seja lá o que ficou sabendo, Poirot não me contou.

Mary Durrant, depois de prestar depoimento à polícia, retornou de trem a Ebermouth, logo cedo na manhã seguinte. Depois de almoçarmos com Joseph Aarons, Poirot me comunicou que ele já conseguira resolver o problema do empresário teatral e que podíamos retornar a Ebermouth logo que quiséssemos.

– Mas não de ônibus, *mon ami*. Dessa vez, vamos de trem.

– Do que você tem medo? De encontrar algum batedor de carteiras ou outra donzela em perigo?

– Posso encontrar tanto um quanto o outro no trem. É que tenho pressa de chegar em Ebermouth, pois quero levar o nosso caso adiante.

– Nosso caso?

– Sim, meu amigo. Mademoiselle Durrant pediu minha ajuda. Não é porque o caso está agora nas mãos da polícia que vou lavar as minhas próprias mãos. Vim aqui para atender o chamado de um velho amigo, mas ninguém poderá acusar Hercule Poirot de ter abandonado um estranho em perigo! – completou ele, grandiloquente.

– Pois eu acho que você já estava interessado nesse caso muito antes – disse eu, arriscando um palpite que me pareceu sagaz. – Ainda quando fomos comprar as passagens, aquele jovem chamou a sua atenção, embora eu não saiba o porquê.

– Mas você deveria! Bem, esse vai continuar sendo o meu segredo.

Antes de irmos embora, tivemos uma breve conversa com o inspetor de polícia responsável pelo caso. Ele interrogara o sr. Norton Kane, e confessou a Poirot que o jovem não lhe causara boa impressão. Ele negou o roubo, mas foi arrogante e prestou um depoimento contraditório.

– O que eu não sei é como ele agiu. Ele pode ter entregado o material a um cúmplice que imediatamente partiu num carro veloz. Mas essa é apenas uma teoria. Teríamos de encontrar o carro e o cúmplice para provar essa hipótese.

Poirot balançou a cabeça, pensativo.

Quando entramos no trem, perguntei a ele:

– Você acha que a hipótese do inspetor é correta?

– Não, meu amigo. O ladrão foi muito mais esperto.

– E você não vai me contar o que sabe?

– Ainda não. Essa é a minha fraqueza. Gosto de guardar meus segredos até o último momento.

– E quando vai ser esse último momento?

– Muito em breve.

Chegamos a Ebermouth um pouco depois das seis, e Poirot se dirigiu imediatamente à loja de Elizabeth Penn. O estabelecimento estava fechado, mas Poirot tocou a campainha, e a própria Mary veio abrir a porta, surpresa e contente por nos ver.

– Por favor, entrem. Vou lhes apresentar a minha tia.

Ela nos conduziu até um quarto nos fundos. Uma senhora de idade levantou-se e se dirigiu até nós. Tinha cabelos brancos e parecia uma miniatura, com a pele rosada e os olhos azuis. Ao redor dos ombros, ela vestia uma antiga mantilha de renda, a qual devia ser uma das suas preciosidades.

– O senhor é mesmo o grande Hercule Poirot? – perguntou ela numa voz baixa e sedutora. – Quando Mary me contou, mal pude acreditar. E o senhor vai mesmo nos ajudar? Dar-nos algum conselho?

Poirot olhou para ela por um momento, depois fez uma mesura.

– Mademoiselle Penn, o efeito é encantador. Mas a senhora devia realmente deixar crescer o bigode.

A srta. Penn engoliu em seco e recuou.

– A senhorita não trabalhou ontem, trabalhou?

– Trabalhei durante a manhã. À tarde, tive uma dor de cabeça e fui para casa.

– Para a casa não, mademoiselle. A senhora tentou curar a dor de cabeça com uma mudança de ares, não foi? O ar de Charlock Bay é muito saudável, eu acredito.

Poirot me pegou pelo braço e levou-me até a porta. Ficou ali parado e falou por cima do ombro:

– A senhorita está me entendendo? Eu sei de tudo. Essa farsa não vai poder continuar.

Seu tom de voz tinha algo de ameaçador. A srta. Penn, muito pálida, fez um sinal com a cabeça de que entendia.

Poirot se dirigiu à jovem:

– Mademoiselle – disse ele, gentilmente –, você é jovem e encantadora. Mas vai acabar desperdiçando boa parte da sua beleza e juventude atrás das grades, se continuar participando de tramoias como essa. E eu, Hercule Poirot, digo que isso seria uma pena.

Poirot saiu da casa, e fui atrás dele, perplexo.

– Desde o início, *mon ami*, eu estava interessado. Quando aquele jovem reservou um lugar apenas até Monkhampton, vi a atenção da jovem se voltar subitamente para ele. Mas por quê? Ele não era um tipo atraente. Quando partimos no ônibus, tive a impressão de que algo aconteceria. Quem viu o jovem mexer no bagageiro? Somente mademoiselle, e lembre-se de que, no restaurante, foi ela quem escolheu sentar de frente para a janela. Essa não é uma escolha muito feminina. Depois, ela aparece com aquela história de roubo, exibindo um estojo arrombado, que eu lhe disse não fazer o menor sentido.

"E qual é o resultado de tudo isso? – continuou Poirot. – O sr. Baker Wood pagou uma boa quantia por miniaturas roubadas. As miniaturas têm agora de ser devolvidas à srta. Penn. Ela vai vendê-las de novo, obtendo uma quantia de mil libras em vez de quinhentas. Fiz algumas perguntas e descobri que o negócio dela vai de mal a pior. Não tive dúvidas de que a tia e a sobrinha estavam agindo juntas."

– Então você nunca desconfiou de Norton Kane?

– *Mon ami*! Com um bigode daqueles? Um criminoso tem de estar muito bem barbeado ou usar um bigode decente, que mais tarde ele possa raspar se quiser. Aquele jovem não representava nada senão uma excelente oportunidade para a srta. Penn – essa mulher idosa e encurvada, de pele rosada, que acabamos de ver. Ela endireitou a postura, calçou umas botas, acrescentou ao rosto algumas manchas e, como toque final, fiapos lamentáveis acima do lábio superior. Qual foi o resultado? Uma mulher masculinizada, disse o sr. Wood, e com base nas palavras dele concluímos que o suspeito era *um homem disfarçado de mulher.*

– Ela foi mesmo a Charlock ontem?

– É claro que sim. O trem, como você deve se lembrar, saía daqui às onze horas e chegava em Charlock Bay às duas da tarde. A viagem de retorno é ainda mais rápida, a mesma que fizemos. O trem sai de Charlock às 4h05 e chega aqui às 6h15. As miniaturas nunca estiveram dentro daquele estojo. Ele foi arrombado, com certo exagero, antes mesmo da viagem. A única coisa que mademoiselle Mary precisava fazer era encontrar uma dupla de idiotas dispostos a bancar os heróis e salvar a beldade em perigo. O problema é que um dos idiotas não era idiota, ele era Hercule Poirot!

Ofendido, eu respondi apressado:

— Mas então, quando você disse que ia ajudar uma pessoa estranha, na verdade o que você fez foi passar a perna em um amigo. Você me enganou!

— Não. Eu nunca lhe enganei, Hastings. Apenas permiti que você enganasse a si mesmo. E o estranho a que eu me referia era o sr. Baker Wood, que não é daqui.

Uma sombra passou pelo rosto de Poirot.

— Ah! Quando me recordo daquela imposição absurda, de cobrarem o mesmo valor quando se faz a viagem sem retorno, meu sangue ferve! O sr. Baker Wood está longe de ser um homem agradável. Mas ele estava visitando a região. E nós que somos de fora, Hastings, temos de nos manter unidos. Sempre defendo os estrangeiros!

O MISTÉRIO DE MARKET BASING

I

– Nada como uma temporada no campo, não é verdade? – disse o inspetor Japp, inspirando profundamente pelo nariz e soltando o ar pela boca, com a habilidade de um iogue.

Poirot e eu aplaudimos admirados. A ideia de passarmos o final de semana em Market Basing, uma cidadezinha do interior, fora do inspetor da Scotland Yard. Nas horas de folga, Japp era um botânico apaixonado. Ele conversava em detalhes sobre flores minúsculas de nomes enormes em latim (pronunciados por ele da forma mais estranha), e tudo com um entusiasmo ainda maior do que o dedicado aos seus casos.

– Aqui, ninguém nos conhece e não conhecemos ninguém – explicou Japp. – Essa é a ideia.

Isso não era bem assim, pois um agente da polícia local tinha sido transferido de outra cidadezinha, a cerca de vinte quilômetros, onde um caso de envenenamento por arsênico o pusera em contato com Japp. Mas ao reconhecer o grande inspetor da Scotland Yard, o policial fora tão caloroso que o encontro acabou por aumentar ainda mais o bem-estar do nosso amigo. Domingo pela manhã, quando tomávamos café, sentados na sala de estar da pousada, com o sol brilhando e as gavinhas das madressilvas entrando pela janela, estávamos num excelente estado de espírito. O bacon e os ovos eram dos melhores, o café não tão bom, mas aceitável e fervendo de quente.

— Isso é que é vida — disse Japp. — Quando me aposentar, quero comprar um sítio num lugar como esse, longe de criminosos!

— *Le crime, il est partout* — observou Poirot, servindo-se de uma bela fatia de pão e franzindo o cenho para o gracioso pardal que pousara no parapeito da janela e espiava para dentro com um olhar atrevido. — Quem conhece o seu coração desconfia dos seus olhos — citou ainda o detetive, bem-humorado.

— Deus meu — disse Japp, espreguiçando-se na cadeira. — Sou capaz de comer mais um ovo e talvez uma ou duas fatias de bacon. E você, capitão?

— Acho que o acompanho — disse eu, entusiasmado. — E você, Poirot?

Poirot sacudiu a cabeça numa negativa.

— De estômago cheio, o cérebro não funciona direito.

— Pois o meu estômago ainda tem um bom espaço sobrando — disse Japp, soltando uma gargalhada. — E você também está mais robusto, Poirot! Senhorita, por favor, mais dois pratos de ovos com bacon.

Naquele momento, entretanto, uma figura imponente bloqueou a soleira da porta de entrada. Era o policial Pollard.

— Com licença, cavalheiros, me desculpem. Gostaria de pedir um conselho ao inspetor.

— Estou de folga — respondeu Japp rapidamente. — Nada de trabalho para mim. Mas qual é o problema?

— Um homem acaba de se suicidar em Leigh House. Com um tiro na cabeça.

— Bem, acontece a todo momento — disse Japp, evitando o drama. — Por causa de dívidas ou de uma mulher. Me desculpe, mas não posso ajudá-lo, Pollard.

– O problema é que ele não poderia ter se matado. Pelo menos isso é o que diz o dr. Giles.

Japp largou a xícara sobre a mesa.

– Como assim não poderia? O que você quer dizer?

– É a opinião do dr. Giles – repetiu Pollard. – Ele acha que é impossível. A porta estava trancada por dentro, as janelas, bem fechadas, mas o dr. Giles insiste que o homem não poderia ter se matado.

O policial não precisou dizer mais nada. Deixamos o bacon e os ovos de lado, e em poucos minutos caminhávamos o mais rápido que podíamos na direção de Leigh House. Japp fazia inúmeras perguntas ao policial.

O nome do morto era Walter Protheroe, um homem de meia-idade, que quase não saía de casa. Ele se mudara para Market Basing há oito anos e alugara Leigh House, uma velha mansão labiríntica e em ruínas. Na companhia de uma governanta que trouxera consigo, conhecida como srta. Clegg, uma mulher muito séria, o sr. Protheroe habitava apenas parte da casa. Não fazia muito que ele recebera dois hóspedes, o sr. e a sra. Parker, de Londres. Naquela manhã, não ouvindo resposta do patrão quando foi chamá-lo no quarto, e encontrando a porta trancada, a srta. Clegg ligou para a polícia e para o médico. Pollard e o dr. Giles chegaram juntos à casa e arrombaram a porta de carvalho do quarto.

O sr. Protheroe estava caído no chão, com um tiro na cabeça. A pistola estava na mão dele, e o caso parecia de suicídio.

Mas, após examinar o corpo, o dr. Giles ficara cada vez mais perplexo. Ele comunicou suas dúvidas a Pollard, que imediatamente se lembrou de Japp. Deixando o médico tomando conta do corpo, o policial fora nos procurar na pensão.

Ao final desse relato, havíamos chegado a Leigh House, uma enorme mansão desolada, cercada por um jardim malcuidado, cheio de ervas daninhas. Entramos pela porta da frente e atravessamos um corredor até chegarmos a uma pequena salinha, onde quatro pessoas estavam conversando. Um homem de aparência desagradável, vestindo uma roupa espalhafatosa, de quem eu não gostei. Uma mulher mais ou menos do mesmo estilo, embora não tão feia. Outra mulher, vestida de preto, que se mantinha afastada, e que concluí ser a governanta. Um homem alto de jaqueta de tweed esportiva. Ele tinha uma expressão inteligente e decidida, e obviamente estava no comando da situação.

– Dr. Giles – disse o policial –, esse é o inspetor Japp, da Scotland Yard, e esses são dois amigos dele.

O médico nos cumprimentou, apresentando-nos, por sua vez, o sr. e a sra. Parker. Subimos com dr. Giles as escadas. Pollard, obedecendo a um sinal de Japp, permaneceu no andar de baixo, como que para vigiar. O médico seguia à nossa frente ao longo de um corredor, ao final do qual um quarto estava aberto. Das dobradiças ainda presas na lateral do vão pendiam lascas de madeira, e a porta estava atirada do lado de dentro do quarto.

Entramos. O corpo continuava no chão. O sr. Protheroe era um homem de meia-idade, de barba e cabelos grisalhos nas têmporas. Japp ajoelhou-se ao lado do corpo.

– Por que não o deixaram exatamente onde estava? – resmungou ele.

O médico deu de ombros.

– Não tínhamos qualquer dúvida de que fosse um caso de suicídio.

– Hum... – disse Japp. – A bala entrou na cabeça por trás da orelha esquerda.

– Exatamente – disse o médico. – É impossível que ele tenha atirado em si mesmo. Ele teria de ter girado muito a mão por trás da cabeça. Anatomicamente não faz sentido.

– Mas mesmo assim a pistola foi encontrada na mão dele. Falando nisso, onde ela está?

O médico sinalizou com a cabeça na direção da mesa.

– Ele não estava agarrando a pistola. A pistola estava na mão dele, mas os dedos a envolviam muito superficialmente.

– É óbvio que a colocaram na mão dele depois – disse Japp.

Ele examinou a arma.

– Só um cartucho foi disparado. Vamos procurar por impressões digitais, mas duvido que encontremos alguma além das suas, dr. Giles. Desde quando ele está morto?

– Desde a noite passada. Não posso estabelecer o horário da morte com precisão, como fazem os médicos em romances policiais. Mas ele morreu mais ou menos por volta da meia-noite.

Até então, Poirot permanecera do meu lado, em silêncio, apenas observando o trabalho de Japp e prestando atenção nas respostas do médico. De vez em quando, ele parecia farejar o ar delicadamente, como se alguma coisa o incomodasse. Também dei uma leve fungada, mas não senti nenhum cheiro diferente.

A atmosfera parecia bem ventilada e fresca. Ainda assim, Poirot continuava farejando desconfiado, como se o seu nariz delicado detectasse algo que não podíamos perceber.

Quando Japp se levantou, foi a vez de Poirot ajoelhar-se ao lado do corpo. Ele não deu importância ao ferimento. Achei que ele fosse examinar os dedos da mão em que fora encontrada a pistola, mas logo vi que o que lhe despertou interesse foi um lenço enfiado na manga do casaco. O sr. Protheroe vestia um terno cinza-escuro.

Poirot finalmente levantou-se, mas seus olhos continuavam voltados para o lenço, e ele parecia confuso.

Japp chamou-o para que ajudasse a levantar a porta. Valendo-me da oportunidade, ajoelhei-me rapidamente, puxei o lenço da manga do morto e examinei-o minuciosamente. Era um lenço branco de cambraia, perfeitamente normal. Não havia marcas ou manchas. Coloquei o lenço de volta na manga, e sacudi a cabeça perplexo.

Os outros haviam levantado a porta. Agora, eles procuravam a chave, sem sucesso.

– A janela também está trancada – disse Japp. – Isso quer dizer que o assassino saiu pela porta, fechou-a e levou a chave consigo. Ele imaginou que dariam o caso por encerrado, considerando que Protheroe tivesse trancado a porta por dentro e se suicidado. Não iriam nem mesmo procurar pela chave. Você concorda comigo, Poirot?

– Sim, eu concordo, mas acho que seria mais razoável atirar a chave de volta para dentro do quarto, por baixo da porta. Ficaria parecendo que ela caíra da fechadura.

– Bem, você não pode exigir que todos tenham as suas ideias brilhantes. Se você fosse um criminoso, estaríamos perdidos. Que mais você pensa sobre o caso?

Poirot parecia confuso. Ele olhou ao redor e falou em voz baixa, como se desculpando:

– Esse cavalheiro fumava bastante.

E era verdade. A lareira estava cheia de pontas de cigarro, assim como o cinzeiro que ficava numa mesinha ao lado da poltrona.

– Só na noite passada, ele deve ter fumado uns vinte cigarros – observou Japp.

Inclinando-se, o inspetor examinou os resíduos da lareira, e depois os do cinzeiro.

– São todos da mesma marca e foram fumados pelo mesmo homem. Não creio que nos levem muito longe.

– Eu não disse que levariam – murmurou o meu amigo.

– Ah! – exclamou Japp. – Mas o que é isso?

Ele juntou do chão algo brilhante que estava próximo do cadáver.

– Uma abotoadura quebrada. Gostaria de saber a quem ela pertence. Dr. Giles, eu agradeceria se o senhor pedisse à governanta que viesse até aqui.

– E quanto aos Parkers? O sr. Parker está ansioso para deixar a casa. Ele diz que tem negócios urgentes a tratar em Londres.

– Pois ele vai ter de esperar. Do jeito como as coisas estão, logo, logo ele vai ter negócios urgentes a tratar aqui também! Peça à governanta que suba, e não deixe nenhum dos Parker passar a perna em você ou em Pollard. Por acaso alguém da casa entrou aqui essa manhã?

O médico refletiu.

– Não. Eles ficaram do lado de fora do corredor, enquanto eu e Pollard entramos.

– Você tem certeza?

– Absoluta.

O dr. Giles saiu para fazer o que Japp lhe havia pedido.

– Sujeito prestativo – disse o inspetor. – É bom poder contar com a ajuda de um médico assim. Bem, me pergunto quem atirou no sr. Protheroe. Parece que um dos três habitantes da casa. Não suspeito da governanta. Há oito anos ela está com ele aqui, e nunca aconteceu nada. E quem seriam esses Parker? A aparência deles não é das melhores.

Nesse momento, a srta. Clegg apareceu, uma mulher muito magra, de cabelos grisalhos repartidos ao meio. Seus gestos eram calmos e controlados, e ela tinha um ar de eficiência que inspirava respeito. Em resposta às perguntas de Japp, ela explicou que trabalhara para o morto por catorze anos. O patrão era razoável e generoso. Até três dias atrás, ela nunca tinha visto o sr. ou a sra. Parker, que chegaram na casa sem qualquer aviso. Na opinião dela, eles não tinham sido convidados pelo patrão, que parecia não gostar deles. Ela estava certa de que as abotoaduras que Japp lhe mostrava não eram do sr. Protheroe. Quando lhe perguntaram sobre a pistola, ela disse que o patrão tinha mesmo uma arma parecida, guardada em algum lugar. Mas há anos que a srta. Clegg não a via, e ela não saberia dizer se era a mesma encontrada com o morto. Ela não ouviu tiro algum na noite passada e nem teria como ouvir, já que o quarto dela e o dos hóspedes ficam do outro lado da mansão. Ela não sabia que horas o sr. Protheroe teria ido dormir. Ele ainda estava acordado, às nove e meia, quando ela se recolheu para o quarto. Ele não tinha o hábito de dormir cedo. Normalmente, ficava lendo e fumando no quarto até de madrugada. Ele fumava muito.

Poirot fez uma pergunta:

– O seu patrão costumava dormir com a janela aberta ou fechada?

A srta. Clegg refletiu.

– Aberta, pelo menos na parte de cima.

– Mas ela está fechada. Por que será?

– Não sei. Ele pode ter sentido alguma corrente de ar.

Japp fez a ela mais algumas perguntas e a dispensou. Depois ele interrogou os Parker, um de cada vez. A sra. Parker se mostrou histérica e não conteve o choro. O sr. Parker foi prepotente e grosseiro. Ele negou que as abotoaduras fossem suas, o que só complicou a situação dele, pois elas já haviam sido reconhecidas pela esposa. Como ele também negou ter estado no quarto do sr. Protheroe, Japp decidiu que seria melhor encaminhar o mandado de prisão.

Pollard se encarregou disso, e Japp retornou à cidade a fim de ligar para a sede da Scotland Yard. Poirot e eu voltamos caminhando à pousada.

– Como você está calado – disse eu. – O caso não lhe interessou?

– *Au contraire*, me interessou muito. Mas também me deixou confuso.

– Não sabemos o motivo – disse eu, refletindo –, mas tenho certeza de que esse Parker não é flor que se cheire. É certo que foi ele quem matou Protheroe, e devemos descobrir o motivo mais tarde.

– Você não percebeu que Japp deixou passar um detalhe importante?

Olhei para ele, surpreso.

– O que você tem na manga, Poirot?

– O que o morto tinha na manga, Hastings?

– Oh! Aquele lenço...

– Exatamente, o lenço.

– Marinheiros costumam guardar o lenço na manga.

– Uma excelente observação, Hastings, mas não é isso que eu tinha em mente.

– O que mais o intriga?

– Não consigo deixar de pensar no cheiro de cigarro...

– Eu não senti nada! – exclamei, perplexo.

– Nem eu, *cher ami*.

Olhei firmemente para ele. Há certos momentos em que é impossível saber se Poirot fala sério. Mas ele franzia o cenho e parecia sincero.

II

O inquérito ocorreu dois dias depois. Nesse meio-tempo, mais evidências foram descobertas. Um vagabundo admitiu ter pulado o muro do jardim de Leigh House, onde ele costumava dormir num barracão que ficava aberto. Ele declarou ter ouvido dois homens discutirem em voz alta num quarto do primeiro andar, por volta da meia-noite. Um exigia uma quantia em dinheiro, que o outro negava, furioso. Escondido atrás de um arbusto, ele vira os dois homens passarem diversas vezes próximo à janela do quarto iluminado. Um deles era o dono da casa, o sr. Protheroe, que ele conhecia bem. O outro, ele identificou como o sr. Parker.

Estava claro que os Parkers tinham ido a Leigh House chantagear Protheroe. Quando mais tarde se descobriu que o verdadeiro nome do morto era Wendover, um tenente envolvido na explosão, em 1910, do *Merrythought*, o cruzador de primeira classe da marinha britânica, o caso parecia explicado. Parker devia conhecer detalhes do envolvimento de Wendover. Ele rastreou o paradeiro do antigo tenente, exigindo, para ficar quieto, uma quantidade de dinheiro que o outro recusou-se a pagar. Em algum momento da briga, Wendover sacou o revólver. Foi então que Parker teria se apropriado da arma, com a qual o matou, arranjando posteriormente a cena para dar a impressão de suicídio.

Parker foi enviado a julgamento e adiou a defesa. Ao final do inquérito, que havíamos assistido, Poirot balançava a cabeça afirmativamente.

– Só pode ser isso – murmurava ele para si mesmo. – Sim, só pode ser isso. Não vou esperar mais.

Poirot entrou numa agência de correio e enviou uma mensagem pelo serviço especial. Não vi quem era o destinatário. Retornamos então à pousada onde tínhamos passado aquele fim de semana memorável.

Poirot estava inquieto. A todo o momento, ele ia até a janela e voltava.

— Estou esperando uma visita – ele explicou. – Será que estou equivocado? Não pode ser... Não, lá vem ela!

Para minha surpresa, no minuto seguinte, a srta. Clegg entrava no nosso quarto. Ela parecia ansiosa e respirava com dificuldade, como se tivesse corrido. Ela olhava para Poirot e pude ver o medo estampado em seu rosto.

— Sente-se, mademoiselle – disse ele, gentilmente. – Meu palpite estava correto, não é verdade?

Como resposta, ela rompeu em lágrimas.

— Por que a senhorita fez isso? Por quê?

— Eu o amava tanto – ela respondeu. – Eu cuidei dele quando ele ainda era criança. Por favor, o senhor tem de compreender!

— Farei o possível. Mas não posso permitir que condenem um inocente, mesmo que ele não passe de um canalha.

Ela endireitou-se e disse em voz baixa:

— No final das contas, como o senhor, acho que eu também não poderia. Faça o que tem de ser feito – disse ela e, levantando-se, saiu correndo do quarto.

— Ela atirou nele? – perguntei, estarrecido.

Poirot sorriu e sacudiu a cabeça numa negativa.

— Ele atirou em si mesmo. Você se lembra de que ele guardava o lenço na manga *direita*? Isso provava que ele era canhoto. Depois da discussão acalorada com o sr. Parker, não podendo suportar a ideia de que o seu envolvimento na explosão do *Merrythought* viesse à tona, ele resolveu se matar. Na manhã seguinte, a srta. Clegg foi chamá-lo no quarto, como de costume, e o encontrou morto. Ela conhecia o sr. Wendover desde criança, como acaba de nos contar, e teve um acesso de fúria contra os Parker, o casal que conduzira o patrão àquela morte vergonhosa. Ela os via como assassinos e vislumbrou uma possibilidade de puni-los pelo ato hediondo que haviam provocado. Só ela sabia que Wendover era canhoto. Ela passou a pistola da mão esquerda para a mão direita, depois fechou e trancou a janela, largou no chão um pedaço de abotoadura que encontrara em um dos quartos do andar de baixo e saiu, trancando a porta e sumindo com a chave.

– Poirot – disse eu –, você é inacreditável. Tudo isso deduzido de um simples lenço branco de cambraia.

– E também do cheiro de cigarro. Com a janela fechada e todos aqueles cigarros, o fedor de tabaco seria insuportável. Mas o quarto estava arejado, e então concluí que a janela devia ter ficado aberta durante a noite, sendo fechada somente de manhã. Isso me deixou intrigado. Eu não podia entender o motivo pelo qual a janela fora fechada. Para o assassino, seria uma vantagem deixá-la aberta, pois poderia sugerir que o culpado tivesse fugido por ali, caso a hipótese do suicídio se revelasse falsa. A história contada pelo vagabundo confirmou minhas suspeitas. Só se a janela estivesse aberta ele ouviria a conversa.

– Esplêndido! – disse eu, emocionado. – Que tal tomarmos um chá?

– Você fala como um bom inglês – disse Poirot, com um suspiro. – Imagino que seja difícil conseguir aqui um cálice de *sirop*.

A casa de marimbondos

John Harrison saiu de dentro de casa e ficou parado um momento no terraço, olhando para o jardim. Ele era um homem alto, com um rosto magro, cadavérico. Normalmente, isso lhe dava um ar carrancudo, mas em momentos como esse, em que suas feições rudes amoleciam num sorriso, ele se tornava extremamente sedutor.

John Harrison adorava o seu jardim, e o seu jardim nunca lhe parecera tão belo quanto nessa tarde de agosto, quente e langorosa. As roseiras ainda estavam floridas, e ervilhas de cheiro perfumavam o ar.

Um rangido conhecido o fez virar a cabeça bruscamente. Quem estava entrando pelo portão do jardim? No minuto seguinte, uma expressão de espanto tomou conta do seu rosto, pois jamais esperaria ver passar por ali um dândi como aquele que então se aproximava.

– Mas que surpresa maravilhosa! – exclamou Harrison. – Monsieur Poirot!

Era de fato o famoso Hercule Poirot, o renomado detetive, cuja fama era conhecida no mundo todo.

– Sim, eu mesmo. Uma vez o senhor me disse: "Se por acaso aparecer por aqui, venha me fazer uma visita". Levei suas palavras a sério.

– É uma honra – disse Harrison, comovido. – Fique à vontade. Gostaria de um drinque? – disse ele, indicando com a mão hospitaleira uma mesa onde estavam acomodadas diversas garrafas.

– Obrigado – disse Poirot, afundando-se numa cadeira de vime. – Deixe-me ver... Tem *sirop*? Não, acho que não. Então um copo de soda, sem uísque.

Quando Harrison colocou o copo ao seu lado, Poirot acrescentou numa voz sofredora:

– Meus bigodes estão chochos... É por causa do calor!

– E o que lhe traz a essas paragens tranquilas? – perguntou Harrison, sentando-se numa outra cadeira. – Veio tirar umas férias?

– Não, *mon ami*, eu vim a trabalho.

– Trabalho? Nesse fim de mundo?

Poirot assentiu gravemente.

– Sim, meu amigo. Nem todos os crimes são cometidos em meio a multidões.

Harrison riu.

– É verdade, que idiotice a minha. Mas que crime o senhor veio investigar, se é que posso fazer essa pergunta?

– É claro que pode – disse o detetive. – Até gostaria que fizesse.

Harrison olhou para ele, desconfiado. As palavras de Poirot soavam estranhas.

– O senhor está investigando um crime? Que tipo de crime? – perguntou ele, hesitante.

– Um crime gravíssimo.

– O senhor quer dizer...

– Assassinato.

Poirot disse aquilo com tal seriedade que Harrison chegou a se assustar. O detetive olhava diretamente para ele, e o seu olhar tinha algo que deixava Harrison constrangido. Finalmente, ele disse:

– Mas não ouvi falar de crime algum.

– Não lhe contariam nada.

– *Quem* foi assassinado?

– Até agora – disse Poirot –, ninguém.

– Como?

– Por isso eu disse que não lhe contariam nada. Estou investigando um crime que ainda não aconteceu.

– Que absurdo!

– De forma alguma. É muito melhor investigar um crime antes de ele acontecer do que depois. Podemos inclusive evitar que ele aconteça.

Harrison arregalou os olhos.

– O senhor não está falando sério.

– Estou sim. O que eu falo é sério.

– Vão realmente assassinar alguém? Isso é absurdo!

– Nós podemos tentar impedir.

– Nós?

– Sim, nós. Vou precisar da sua colaboração.

– Por isso veio aqui?

Poirot olhou para ele, e novamente Harrison se sentiu constrangido.

– Vim aqui, monsieur Harrison, porque... Bem, eu gosto do senhor.

E então acrescentou numa voz inteiramente diferente:

– Monsieur Harrison, vejo que tem uma casa de marimbondos aqui. O senhor não deveria destruí-la.

A súbita mudança de assunto fez Harrison franzir o cenho, confuso. Ele seguiu o olhar de Poirot e disse com uma voz perplexa:

– Na verdade, é o que vou fazer. Ou melhor, Langton. O senhor se lembra de Claude Langton? Ele estava presente no jantar em que nos conhecemos. Essa tarde ele vem aqui retirar a casa de marimbondos. Ele não vê a hora de fazer isso.

– Ah... – disse Poirot. – E que método ele vai empregar?

– Petróleo e uma seringa de jardineiro. A seringa dele, que é de um tamanho mais conveniente do que a minha.

– Há outras maneiras de fazer isso, não? Cianeto de potássio?

Harrison olhou surpreso para ele.

– Sim, mas é perigoso. Pode derramar em algum lugar.

Poirot assentiu gravemente.

– Realmente, é um veneno mortal.

Poirot esperou um momento e em seguida repetiu, num tom ainda mais sério:

– Mortal.

– Muito útil caso você queira se ver livre da sogra – disse Harrison, e soltou uma gargalhada.

Hercule Poirot permaneceu em silêncio.

– O senhor tem certeza de que é com petróleo que o sr. Langton vai destruir a sua casa de marimbondos?

– Absoluta. Por quê?

– Fui à farmácia em Barchester essa tarde. Tive de assinar o registro de substâncias tóxicas por causa de uma das compras que fiz. A última assinatura era de Claude Langton, pela compra de cianeto de potássio.

Harrison arregalou os olhos.

– Que estranho. Langton disse outro dia que jamais se arriscaria a usar cianeto. Ele disse que era contra a venda do produto para esse fim.

Poirot contemplava o jardim, quando perguntou numa voz muito calma:

– O senhor gosta de Langton?

O outro estremeceu. Ele não esperava por aquela pergunta.

– Bem... é claro que gosto dele! Por que não deveria gostar?

– Eu apenas perguntei – respondeu Poirot, com toda a calma.

Como Harrison não disse mais nada, Poirot continuou.

– Também me pergunto se ele gosta do senhor.

– Monsieur Poirot, onde quer chegar? Não estou entendendo as suas perguntas.

– Serei franco. O senhor vai se casar. Eu conheço a srta. Molly Deane. Ela é uma moça encantadora, muito bonita. Antes de ser sua noiva, ela foi noiva de Claude Langton. Ela largou Langton por causa do senhor.

Harrison confirmou com a cabeça.

– Não sei quais foram as razões dela – continuou Poirot. – É possível que tenham sido as mais louváveis. Mas sei de uma coisa e vou lhe dizer. Langton pode não tê-las aceito e nem mesmo as compreendido.

– O senhor está errado. Posso jurar que o senhor está errado. Langton é um homem que tem espírito esportivo, e sabe perder. O comportamento dele comigo tem sido o mais correto, livre de qualquer animosidade.

– E isso lhe parece normal? Espírito esportivo não é o que se espera nesse tipo de situação...

– O que o senhor quer dizer com isso?

– Quero dizer que um homem pode esconder seu ódio até que apareça uma ocasião propícia.

– Ódio? – Harrison sacudiu a cabeça e deu uma gargalhada.

– É uma estupidez pensar que se pode enganar os outros e que ninguém pode nos enganar. Esse é um erro dos ingleses. Acreditam que tudo se resume a ter espírito esportivo, a se comportar decentemente. Pessoas assim são fortes, mas nem sempre são inteligentes, e algumas vezes morrem antes do tempo.

– O senhor está me prevenindo – disse Harrison em voz baixa. – Agora eu entendo, e é isso que estava me deixando confuso. O senhor veio aqui hoje para me prevenir contra Claude Langton...

Poirot confirmou com a cabeça.

Harrison pulou da cadeira.

– Monsieur Poirot, que loucura! As coisas aqui não são resolvidas assim. Estamos na Inglaterra. Pretendentes desiludidos não saem apunhalando rivais pelas costas ou envenenando-os. E o senhor está equivocado quanto a Langton. Ele é incapaz de matar uma mosca.

– A vida das moscas não me preocupa – disse Poirot calmamente. – Mas o senhor se esquece de que Langton está preparado para acabar com milhares de marimbondos.

Harrison não disse nada. O pequeno detetive também se levantou, caminhou até o amigo e pôs-lhe a mão no ombro. Poirot estava tão agitado que quase sacudiu o amigo mais alto, quando sussurrou a ele no ouvido:

– Acorde, meu amigo. Acorde, e olhe na direção que estou lhe mostrando. Ali naquele banco, perto da raiz daquela árvore. O senhor está vendo? Os marimbondos voltam tranquilos para casa no final do dia... Nem imaginam a destruição que está prestes a acontecer dentro de uma hora. E ninguém vai contar-lhes nada. Entre eles parece que não há nenhum Hercule Poirot. Eu disse que vim aqui a trabalho. Me ocupo de assassinatos, antes e depois de eles acontecerem. Que horas o sr. Langton vem dar um jeito nessa casa de marimbondos?

– Langton jamais...

– Que horas?

– Às nove. Mas o senhor está equivocado. Langton jamais...

– Ingleses! – exclamou Poirot, num rompante.

Ele pegou o chapéu e a bengala e saiu pela trilha. Depois acrescentou olhando por cima do ombro:

– Não vou ficar aqui discutindo com o senhor. É uma perda de tempo. Às nove horas eu volto.

Harrison abriu a boca, mas antes que pudesse dizer alguma coisa, Poirot se antecipou:

– Já sei o que vai dizer. Langton jamais... etc. De qualquer forma, eu volto às nove. Quero ver como é que retiram essa casa de marimbondos. Mais um esporte para os ingleses!

Poirot não esperou pela resposta e disparou na direção do portão barulhento. Na rua, desacelerou os passos. A vivacidade dele murchou, sua expressão tornou-se séria e preocupada. Ele tirou o relógio do bolso e consultou as horas. Oito horas e dez minutos.

– Tenho menos de uma hora – murmurou consigo mesmo. – Talvez eu devesse ter permanecido.

Os passos dele ficaram ainda mais espaçados. Poirot estava a ponto de voltar. Parecia tomado por um vago pressentimento. Por fim, ergueu a cabeça resoluto e continuou a caminhar na direção da cidade. A expressão de preocupação, entretanto, não desapareceu do seu rosto, e de vez em quando Poirot sacudia a cabeça como se estivesse insatisfeito.

Pouco antes das nove, Poirot se aproximava novamente do portão do jardim. Era uma noite clara, parada. Nenhuma brisa balançava as folhas das árvores. Aquela calma era sinistra, como a bonança antes da tempestade.

Poirot acelerou um pouco o passo. De repente ele estava apreensivo e inseguro. Alguma coisa estava errada.

Naquele exato momento, o portão do jardim se abriu, e Claude Langton, saindo dele, pisou apressado na calçada. Tomou um susto quando viu Poirot.

– Oh! Hum... Boa noite.

– Boa noite, monsieur Langton. O senhor está adiantado.

Langton arregalou os olhos para ele.

– Como?

– Já retirou a casa de marimbondos?

— Na verdade, não.

— Ah, mas então, o que o senhor fez? — perguntou Poirot, calmamente.

— Sentei para conversar um pouco com o velho Harrison. Mas agora eu preciso ir, sr. Poirot. Estou realmente com pressa. Não imaginava encontrá-lo de novo por essas bandas.

— Estou aqui a trabalho.

— Ah! Bem, o senhor vai encontrar Harrison no terraço. Infelizmente não posso ficar mais.

Ele saiu apressado. Poirot observou-o se afastar. Um jovem ansioso, que estava longe de ser feio, apesar dos lábios muito finos!

— Então eu devo encontrar Harrison no terraço... — murmurou Poirot consigo mesmo. — Talvez.

Poirot abriu o portão e seguiu pela trilha. Harrison estava sentado em uma cadeira ao lado da mesa, imóvel. Ele nem mesmo virou a cabeça quando Poirot se aproximou.

— Ah! *Mon ami*, está tudo bem?

Depois de uma longa pausa, Harrison, aturdido, perguntou com voz estranha:

— O que você disse?

— Perguntei se estava tudo bem.

— Sim, está tudo bem. Por quê?

— Não sente algum efeito colateral? Que bom.

— Efeito colateral?

— Do bicarbonato de sódio.

Harrison voltou a si subitamente.

— Bicarbonato de sódio? Que bicarbonato de sódio?

Poirot esboçou um gesto de arrependimento, depois disse:

— Peço desculpas, mas era necessário. Tive de colocar no seu bolso.

— No meu bolso? O senhor enlouqueceu?

Harrison arregalou os olhos.

Poirot falou com ele num tom de voz gentil e impessoal, como se explicasse algo a uma criança:

– Para o bem ou para o mal, detetives sempre entram em contato com criminosos. E os criminosos podem nos ensinar coisas muito úteis e curiosas. Uma vez, interessei-me por um batedor de carteiras. Ele seria condenado por um crime que não tinha cometido, e eu evitei que isso acontecesse. Ele ficou grato, e a maneira que encontrou de me recompensar foi ensinando-me todos os truques do seu ofício. Por causa disso, se eu julgar necessário, sou capaz de surrupiar objetos dos bolsos de desavisados sem que eles sequer desconfiem. Coloco-lhes a mão no ombro e me agito um pouco. Como num passe de mágica, e sem que o sujeito perceba, dei um jeito de transferir o que havia no bolso dele para o meu, e colocar em seu lugar nada mais que bicarbonato de sódio.

"O senhor está me entendendo?" continuou Poirot, no mesmo tom pedagógico. "Se um homem quer ter a sua disposição um veneno que possa rapidamente despejar num copo, sem que ninguém perceba, ele tem de guardar o veneno no bolso direito do casaco. É o único lugar. Eu sabia que estaria ali."

Poirot enfiou a mão no bolso e tirou ela de volta, exibindo na ponta dos dedos pequenos cristais brancos.

– Devo acrescentar que é extremamente perigoso carregá-los soltos dessa forma.

Com calma, sem se apressar, ele pegou do outro bolso um frasco de boca larga. Depois, derrubou os cristais no frasco, foi até a mesa, e despejou água pura dentro. Fechando-o cuidadosamente, Poirot sacudiu o frasco até os cristais se dissolverem. Harrison acompanhava o procedimento fascinado.

Com a solução pronta, Poirot se dirigiu até a casa de marimbondos. Ele abriu o frasco, virou o rosto para o outro lado, e verteu o produto sobre o ninho. Depois, recuou dois ou três passos e ficou observando.

Alguns marimbondos que retornavam voando, estremeciam e caiam inertes. Outros rastejavam para fora do buraco só para morrer à luz da lua. Poirot ficou ali observando por um ou dois minutos, depois balançou a cabeça afirmativamente e retornou para a varanda.

– Uma morte rápida. Muito rápida.

Harrison recuperou a voz e disse:

– O que o senhor sabe?

Poirot olhava reto para frente, na direção do horizonte.

– Como eu lhe disse, li o nome de Claude Langton no registro de substâncias tóxicas. O que não lhe contei foi que em seguida eu esbarrei com ele na rua. Ele me contou que comprara cianeto de potássio a pedido do senhor, para destruir a casa de marimbondos. Aquilo me soou estranho. Lembrei-me de algo comentado naquele primeiro jantar em que nos conhecemos. O senhor defendera o uso de petróleo, condenando a venda de cianeto de potássio como perigosa e desnecessária.

– Continue.

– Havia outra coisa que eu sabia. Eu surpreendera Claude Langton e Molly Deane juntos, num momento em que acreditavam estar sozinhos. Não sei nada sobre a briga que os fez se separarem e acabou aproximando a garota do senhor. Mas eu sabia que essa situação não estava inteiramente resolvida e que a srta. Deane fraquejava e poderia voltar para os braços do antigo amor.

– Continue.

– E eu sabia também do seguinte. Outro dia, vi o senhor sair do consultório de um médico na Harley Street. Nunca ouvi falar desse médico e nem conheço a especialidade dele, mas o senhor saiu daquele consultório com uma expressão inconfundível no rosto. Uma expressão muito rara, e que por isso mesmo imediatamente se revela para quem já a tenha visto alguma outra vez. A expressão de quem sabe que tem os dias contados. Estou certo?

– Está. Tenho dois meses de vida.

– Ao passar por mim na rua, o senhor nem me reconheceu, porque pensava em coisas muito mais sérias. E não apenas no que o médico havia lhe dito. No seu rosto, eu também vi o que a maioria dos homens costuma esconder, conforme eu lhe disse hoje à tarde. Eu vi ódio no seu rosto. O senhor nem se deu ao trabalho de escondê-lo, porque não suspeitava de que alguém estivesse lhe observando.

– Continue – disse Harrison.

– Não há muito mais a dizer. A história é essa. Foi inteiramente por acaso que eu li o nome de Langton no registro de substâncias tóxicas e esbarrei com ele na rua. Quando vim aqui, eu tinha em mente algumas armadilhas. O senhor negou ter pedido a Langton para usar cianeto, e fingiu estar surpreso com o fato de ele ter comprado o veneno. No início, minhas perguntas incomodaram o senhor, mas depois a conversa tomou um rumo que lhe pareceu conveniente. Langton já tinha me dito que viria aqui às oito e meia. O senhor me disse nove horas, esperando que, quando eu chegasse, já fosse tarde demais. A sua atitude corroborou todas as minhas suspeitas.

– E por que o senhor se deu ao trabalho de vir aqui? – gritou Harrison. – Por que tinha de interferir?

Poirot empertigou-se.

– Mas eu lhe disse! É meu trabalho investigar assassinatos, antes ou depois que eles ocorram.

– Assassinato? Suicídio o senhor quer dizer.

– Não – a voz de Poirot soou clara e determinada –, quero dizer assassinato. A morte do senhor seria rápida e fácil, mas a morte que o senhor planejou para Langton seria a pior possível. Ele compra o veneno. Ele vem até a sua casa, e estão os dois sozinhos. O senhor morre subitamente, encontram cianeto no seu copo, Claude Langton é enforcado. Esse era o seu plano.

Harrison voltou a gemer.

– Mas o que o senhor tinha a ver com isso? Por que veio até aqui?

– Já lhe disse, mas há ainda uma outra razão. Eu gosto do senhor. Escute, *mon ami*. O senhor tem os dias contados, o senhor perdeu a mulher amada, mas nem por isso deu o passo mais baixo. O senhor não se tornou um assassino. Diga-me: o senhor não está feliz por eu ter vindo aqui?

Depois de um momento de silêncio, Harrison ajeitou-se na cadeira. Ao lado da sombra que havia em seu rosto, apareceu uma dignidade serena. Ele tinha vencido o que havia nele de pior. Harrison estendeu os braços ao longo da mesa.

– Ainda bem que o senhor veio – disse ele. – Ainda bem que o senhor veio!

A dama em apuros

I

Já fazia algum tempo, Poirot andava cada vez mais irritado e insatisfeito. Nenhum caso interessante aparecia, nada em que meu amigo pudesse exercitar o seu espírito perspicaz, a sua extraordinária capacidade dedutiva. Naquela manhã, ele deixou cair o jornal com um sonoro "*tchah*!" – uma exclamação típica dele, que soava como o espirro de um gato.

– É o medo, Hastings. É o medo que os criminosos da Inglaterra têm de mim! Quando o gato está por perto, os ratinhos deixam o queijo de lado e se escondem!

– Pois eu acho que a maioria deles nem sabe da sua existência – disse eu, rindo.

Poirot lançou-me um olhar de reprovação. Na cabeça dele, o mundo todo está pensando e falando de Hercule Poirot. Ele se tornara muito conhecido em Londres, é verdade, mas eu não achava plausível que criminosos de outras regiões fossem ficar aterrorizados por causa da existência do meu amigo.

– E o roubo à joalheria da Bond Street? – perguntei.

– Uma ação rápida e bem executada – reconheceu Poirot –, mas não chega a ser algo do meu estilo. *Pas de finesse, seulement de l'audace*! Um homem arrebenta com uma bengalada a vitrine de uma joalheria e depois apanha um bocado de pedras preciosas. Cidadãos corajosos imediatamente o agarram, e a polícia chega. Ele é preso em flagrante. Na delegacia, descobre-se, entretanto, que as joias que se têm em mãos são falsas. As verdadeiras tinham sido passadas pelo ladrão a um cúmplice, um dos cidadãos corajosos que eu havia mencionado. O ladrão vai preso, é verdade. Mas quando sair da prisão vai ser dono de uma pequena fortuna. O plano é bem pensado, mas seria possível fazer melhor. Algumas vezes, Hastings, acho uma pena eu ter princípios morais tão bem estabelecidos. Se eu pudesse trabalhar contra a lei, pelo menos me veria livre desse tédio.

– Acalme-se, Poirot. Você sabe que é imbatível no que faz.

– Mas por isso mesmo talvez eu esteja há tanto tempo sem fazer nada!

Juntei o jornal.

– Aqui. Inglês é misteriosamente assassinado na Holanda – eu disse.

– Ah! Eles sempre vêm com essa e depois descobrem que o sujeito morreu de morte natural por causa de peixe enlatado.

– Bem, se você prefere ficar aí parado resmungando!

– *Tiens*! – disse Poirot, que caminhara até a janela. – Ali embaixo na calçada, escondida atrás do véu, há o que se poderia chamar de uma verdadeira "heroína misteriosa", dessas que encontramos em romances policiais. Digamos que ela suba, toque a campainha e venha pedir a nossa ajuda. Eis a possibilidade de algo interessante. Uma mulher tão jovem e tão bela não esconderia o rosto por nada.

No minuto seguinte, recebíamos a visita da jovem. Como Poirot dissera, seu rosto estava escondido num véu. Não tínhamos como distinguir as suas feições, até que ela levantasse o véu de renda negra espanhola. Constatei então que Poirot intuíra corretamente. Tratava-se de uma bela jovem, de cabelos loiros e olhos azuis. Pela sua roupa, concluí de imediato que ela devia pertencer à mais alta classe social.

– Monsieur Poirot – disse a jovem numa voz macia e melodiosa –, estou numa enrascada terrível. Acho difícil que o senhor possa me ajudar, mas falam maravilhas do seu trabalho. Vim aqui implorar-lhe que faça o impossível, e essa é realmente minha última esperança.

– O impossível é justamente o que me atrai – disse Poirot. – Continue, por favor, mademoiselle.

Nossa bela visitante hesitou.

– Mas meu trabalho depende da sua franqueza – acrescentou Poirot. – A senhorita não pode me ocultar coisa alguma.

– Vou confiar no senhor – disse a moça subitamente. – O senhor já ouviu falar de lady Millicent Castle Vaughan?

Olhei para ela com grande interesse. A notícia do noivado de lady Millicent com o jovem duque de Southshire fora publicada há poucos dias nos jornais. Ela era uma das cinco filhas de um nobre irlandês arruinado, e o duque de Southshire, um dos melhores partidos da Inglaterra.

– Sou lady Millicent – continuou ela. – O senhor talvez tenha ouvido falar do meu noivado. Eu deveria estar muito feliz, mas... oh, sr. Poirot! Estou numa enrascada terrível. Um sujeito, um homem horroroso, o nome dele é Lavington... Não sei como vou contar isso ao senhor! Escrevi uma carta, eu tinha apenas dezesseis anos. Ele...

– A senhorita escreveu uma carta para o sr. Lavington?

– Oh, não! Não para ele. Para um jovem soldado, por quem eu estava apaixonada e que foi morto durante a guerra.

– Entendo – disse Poirot, gentilmente.

— Uma carta idiota, indiscreta, nada além disso, sr. Poirot. Mas há coisas que escrevi nessa carta que... podem ser mal interpretadas.

— Entendo – disse Poirot. – E o sr. Lavington está de posse dessa carta?

— Sim, e ele está ameaçando enviá-la ao duque. A menos que eu pague a ele uma enorme quantia em dinheiro, uma quantia que não tenho como obter.

— Porco miserável! – deixei escapar. – Perdão, lady Millicent.

— E por que a senhorita não se abre com o seu futuro marido?

— Ah, não, sr. Poirot! O duque é muito temperamental, ciumento, desconfiado e sempre pronto a acreditar no pior. Seria o fim do noivado.

Poirot esboçou um sorriso amarelo e então perguntou:

— E como eu poderia ajudá-la?

— Eu pensei em... pedir ao sr. Lavington que procurasse pelo senhor. Quero dizer, o senhor conversaria com Lavington em meu nome... É possível que consiga diminuir as exigências dele.

— Quanto ele quer?

— Vinte mil libras. Uma quantia impossível. Não creio que eu possa conseguir nem mil.

— A senhorita poderia pedir um empréstimo tendo em vista o seu futuro casamento, mas duvido que conseguisse metade do valor. Além disso... *eh bien*, acho repugnante que tenha de se curvar a uma exigência como essa! Não. A inteligência de Hercule Poirot vai derrotar os seus inimigos! Mande aqui esse sr. Lavington. Será que ele traria a carta?

A moça sacudiu negativamente a cabeça.

— Acho que não. Ele é muito cauteloso.

— Tem certeza de que ele a possui?

– Ele me mostrou quando fui à casa dele.

– A senhorita foi a casa dele? Mas que imprudência!

– O senhor acha? Mas eu estava desesperada! Achei que ele fosse ouvir minhas súplicas.

– *Oh, là là*! Homens como esse não se comovem com súplicas! Pelo contrário, o desespero da senhorita apenas provaria para ele a importância do documento. Onde mora esse cavalheiro?

– Em Buona Vista, Wimbledon. Fui lá uma noite. Poirot rosnou.

– Eu disse que procuraria a polícia, e ele soltou uma gargalhada grotesca, debochando da minha cara e dizendo que eu podia ir se quisesse.

– Sim... esse não é bem um caso de polícia – murmurou Poirot.

– Ele então exibiu a carta para mim, tirando-a de uma caixinha chinesa. "Pense bem se quer mesmo ir à polícia", ele disse. Tentei agarrar a carta, mas em vão. Com um sorriso nojento, ele dobrou a carta e guardou-a de volta na caixinha. "Vai estar bem segura aqui dentro, acredite. E a caixinha fica guardada num local seguro." Meus olhos deram com o pequeno cofre de parede, mas o sr. Lavington sacudiu a cabeça e soltou outra gargalhada. "Tenho um esconderijo ainda mais engenhoso do que esse." Ah, que sujeito odioso. Preciso de sua ajuda, sr. Poirot.

– Tenha fé em Hercule Poirot, minha filha. Ele vai dar um jeito – disse meu amigo, acompanhando a bela moça até as escadas.

Aquelas palavras de conforto me pareceram apropriadas, mas fiquei pensando que tínhamos nas mãos um osso duro de roer. Foi o que eu disse a Poirot quando ele retornou. Ele concordou tristemente comigo.

– Sim, não será fácil achar uma solução. O sr. Lavington está com a faca e o queijo na mão. No momento, não vejo como poderemos agir contra ele.

II

O sr. Lavington nos procurou naquela mesma tarde. Lady Millicent não exagerava quando o caracterizou como um sujeito odioso. Cheguei a ficar com coceira na ponta dos dedos, tal era a minha vontade de arremessá-lo porta afora. Ele foi agressivo e prepotente, debochou de todas as sugestões de Poirot, e parecia se sentir senhor da situação. Fui obrigado a concluir que Poirot fazia um papel ridículo. Ele parecia desencorajado e abatido.

Por fim, Lavington apanhou o chapéu.

– Bem, cavalheiros, acho que não progredimos. Minha decisão é a seguinte. Vou dar uma colher de chá a lady Millicent, essa jovem encantadora. Deixo tudo por dezoito mil libras – disse ele, com um brilho perverso no olho. – Estou indo a Paris hoje mesmo, para tratar de um pequeno negócio que tenho por lá. Volto na terça-feira. Se o dinheiro não for pago até terça à noite, a carta será entregue ao duque. E não me venham com essa de que lady Millicent não tem como conseguir o dinheiro. Basta saber pedir que muitos dos cavalheiros amigos dela ficarão felizes em poder obsequiá-la com um empréstimo.

O sangue me subiu à cabeça e dei um passo na direção do cretino, mas ele já tinha dado as costas e descia as escadas.

– Meu Deus! – gritei. – Temos de fazer alguma coisa. Parece que você entregou o jogo, Poirot.

– Você tem um grande coração, meu amigo, mas sua massa cinzenta está num estado deplorável. Não tenho intenção de impressionar o sr. Lavington. Quanto mais pusilânime ele me achar, melhor.

– Por quê?

– É curioso – refletiu Poirot –, que eu tenha manifestado o desejo de trabalhar contra a lei logo antes da visita de lady Millicent!

– Você pretende invadir a casa dele enquanto ele estiver viajando?

– Algumas vezes, Hastings, é admirável o quão rápido você pensa.

– E se ele tiver levado a carta consigo?

Poirot balançou a cabeça negativamente.

– Isso é pouco provável. Ele tem um esconderijo na casa que imagina ser inexpugnável.

– E quando vamos... agir?

– Amanhã à noite. Sairemos daqui por voltas das onze horas.

III

No horário combinado, eu estava pronto. Eu vestia um terno preto e uma boina escura. Poirot abriu um sorriso.

– Vejo que se vestiu a caráter – disse ele. – Vamos lá. Temos de pegar o metrô até Wimbledon.

– Vamos assim, sem levar nada? Não precisamos de ferramentas?

– Meu caro Hastings, uso métodos mais sutis.

Engoli em seco, mas minha curiosidade, em vez de diminuir, aumentou.

Era meia-noite quando entramos naquele pequeno jardim suburbano em Buona Vista. As luzes da casa estavam apagadas e não havia qualquer barulho. Poirot foi até uma janela nos fundos da casa, levantou silenciosamente a vidraça e pediu-me que entrasse.

– Como você sabia que a janela estava aberta? – sussurrei, pois aquilo me pareceu estranho.

– Porque eu mesmo serrei o trinco hoje de manhã.

– O quê?

– Foi muito simples. Vim aqui com uma identidade falsa e um cartão oficial da Scotland Yard, daqueles que Japp me deu. Disse que iria fazer uma inspeção preventiva nas janelas, solicitada pelo próprio sr. Lavington, ao sair de viagem. A governanta recebeu-me entusiasmada. Já tinham tentado roubá-los duas vezes. Evidentemente, alguma ideia semelhante à nossa deve ter passado pela cabeça dos outros *clientes* do sr. Lavington. Examinei todas as janelas, mexi aqui e ali, depois proibi os empregados de tocarem nelas até o dia seguinte, quando eu deveria voltar.

– Que golpe de mestre, Poirot!

– *Mon ami*, foi tudo muito simples. Agora, ao trabalho! Os empregados dormem no andar de cima, então o risco que corremos de acordá-los é mínimo.

– O cofre está numa dessas paredes aqui embaixo, imagino?

– Cofre? Mas que cofre! Não há cofre algum. O sr. Lavington é um homem inteligente. O que ele bolou é bem mais engenhoso, você vai ver. Um cofre é a primeira coisa que iriam procurar.

Fizemos uma busca no lugar, mas depois de horas examinando a casa, não descobrimos coisa alguma. Percebi que Poirot começava a ficar irritado.

– *Ah, sapristi*, Hercule Poirot não pode ser tão facilmente derrotado! É preciso refletir com calma. Usar a cabeça. A nossa massa cinzenta...

Ele refletiu por alguns momentos, franzindo as sobrancelhas, até que subitamente uma luz brilhou em seus olhos.

– Mas que imbecil! Esqueci-me da cozinha!

– A cozinha! – exclamei. – Mas não podemos ir lá. Vamos acordar os empregados.

– Exatamente. É o que todo mundo diria. E por isso mesmo a cozinha é o lugar ideal para investigarmos. E está cheia de objetos. *En avant*, até a cozinha!

Segui Poirot, apesar de cético. Ele fuçou em cestas de pães, panelas, colocou a cabeça dentro do forno do fogão a gás. Cansado de observá-lo, voltei ao escritório. Eu estava convencido de que era lá que estava o que procurávamos. Examinei tudo minuciosamente, observei que já eram quatro e quinze e logo começaria a clarear. Voltei então para a cozinha.

Para minha completa surpresa e ruína do seu terno claro, Poirot estava agora enfiado dentro do depósito de carvão. Ele esboçou um sorriso amarelo.

– Admito. Vai contra todos os meus instintos espoliar a minha aparência dessa maneira. Mas o que eu posso fazer?

– Lavington não teria enterrado a carta no meio do carvão.

– Se você prestasse atenção, veria que não é o carvão que eu estou examinando.

Numa prateleira atrás do depósito, algumas toras de madeira estavam empilhadas. Poirot estava retirando-as uma por uma. De repente, ele exclamou algo em voz baixa.

– Hastings, me empreste seu canivete.

Alcancei-o a ele. Ele o enfiou no meio de uma das madeiras, que se abriu em duas. Ela havia sido cuidadosamente cerrada e escavada no centro. Da cavidade, Poirot retirou uma pequena caixa de madeira com motivos orientais.

– Parabéns! – disse eu.

– Obrigado, Hastings, mas não levante a voz, por favor. Vamos embora, daqui a pouco é dia.

Com a caixinha no bolso, Poirot pulou agilmente para fora do depósito, depois limpou o terno com as mãos o melhor que pôde. Saímos da casa pela mesma janela e fomos rapidamente na direção de Londres.

– Mas que lugar para esconder a carta! E se alguém usasse a lenha?

– Não em pleno verão, Hastings. Estava debaixo de toda a pilha. Um esconderijo muito engenhoso. Ah, aí vem um táxi! Agora para casa. Preciso de um banho e de um pouco de descanso.

IV

Depois de toda a correria da noite, dormi até tarde. Quando finalmente consegui sair do quarto, um pouco antes da uma, encontrei Poirot na sala, recostado na poltrona. A caixinha chinesa estava aberta ao seu lado e ele lia a carta calmamente.

Ele sorriu emocionado, tamborilando na folha de papel.

– Lady Millicent estava certa. O duque jamais perdoaria essa carta! As expressões de afeto que ela contém são das mais extravagantes.

– É mesmo? – disse eu, indignado. – E por que você a leu? Isso não se faz.

– Mas eu sou Hercule Poirot – respondeu meu amigo, imperturbável.

– Falando nisso, acho que você se excedeu ao usar um cartão oficial de Japp para entrar na casa.

– Por que, Hastings? Isso não é brincadeira.

Dei de ombros. Achei que não valia a pena discutir.

– Estão subindo as escadas – disse Poirot. – É lady Millicent.

A ansiedade que a nossa bela cliente trazia no rosto se transformou em deleite quando ela viu a caixa e a carta nas mãos de Poirot.

– Ah, sr. Poirot, que maravilha! Como conseguiu?

– Valendo-me de métodos pouco recomendáveis, milady. Mas o sr. Lavington não vai me processar. Essa é sua carta, não?

Ela olhou a carta rapidamente.

– Sim. Como posso agradecê-lo? O senhor é mesmo maravilhoso. Onde ela estava escondida?

Poirot contou a ela.

– Que perspicaz! – disse ela, olhando para a caixinha em cima da mesa. – Vou guardá-la de recordação.

– É o que eu esperava fazer, com a permissão da senhorita. Guardá-la comigo, de recordação.

– Mas vou lhe mandar uma lembrança de casamento muito melhor do que essa. O senhor vai ver que não sou ingrata.

– Não. Envolvi-me no caso apenas pelo prazer de ajudá-la. Como pagamento, não quero nada além da caixa.

– Ah, não, sr. Poirot! Não posso fazer isso – gritou ela em meio a uma risada.

Ela esticou o braço, mas Poirot foi mais rápido.

– É melhor deixá-la comigo – disse ele, mudando o tom de voz.

– O que o senhor quer dizer? – a voz dela parecia mais estridente.

– De qualquer forma, deixe-me retirar o restante do conteúdo. A cavidade dessa caixa foi reduzida à metade. Na parte de cima, estava a carta comprometedora, mas na de baixo...

Num gesto ágil, Poirot removeu o fundo falso da caixa, exibindo na palma da mão quatro brilhantes e duas pérolas, todos de tamanho considerável.

– Imagino que sejam as joias roubadas na Bond Street outro dia – murmurou Poirot. – Japp pode nos confirmar.

Para minha completa surpresa, saindo do quarto de Poirot, Japp apareceu na sala.

– Um velho conhecido da senhorita, eu acredito – disse Poirot para lady Millicent.

– Deus meu, me pegaram! – gritou ela, que parecia outra mulher. – O senhor é mesmo o diabo! – acrescentou em voz baixa, lançando a Poirot um olhar quase apaixonado de admiração.

– Bem, Gertie, minha cara – disse Japp –, o jogo acabou. Não imaginava que fosse vê-la de novo em tão pouco tempo! O seu companheiro já está preso, esse que veio até aqui dizendo se chamar Lavington. Quanto ao Lavington de verdade, conhecido também como Croker, ou Reed, gostaria de saber quem da gangue o esfaqueou outro dia na Holanda... Vocês achavam que iriam encontrar as joias com ele, não é mesmo? Mas erraram feio. Aí vocês resolveram procurar por elas na casa, duas vezes, sem sucesso, e então tiveram de pedir ajuda a Poirot... E não é que ele as encontrou mesmo?

– Que prazer você tem em falar, não? – disse a antiga lady Millicent. – Mas se acalme. Eu me rendo. Vocês não vão poder dizer que não me comportei como uma verdadeira lady...

– Mas os sapatos eram ordinários – divagou Poirot, depois que ela e Japp haviam se retirado, e enquanto eu ainda estava pasmo demais para dizer algo. – Tenho observado vocês ingleses, e uma lady, uma verdadeira lady, tem um cuidado todo especial com os sapatos. Ela pode estar malvestida, mas os sapatos vão ser sempre de qualidade. Essa lady Millicent, ao contrário, usava roupas caras e sapatos baratos... De fato, não era provável que eu ou você pudéssemos conhecer a verdadeira lady Millicent. Ela esteve em Londres poucas vezes. A semelhança superficial que existia entre as duas seria o suficiente para nos enganar. Mas os sapatos, como eu disse, despertaram minhas suspeitas. Além disso, a história era melodramática demais, sem falar no véu. A gangue toda devia saber da caixa secreta chinesa, mas a tora de madeira foi ideia do falecido sr. Lavington. *Eh bien*, Hastings... espero que você não volte a ferir meus sentimentos como ontem, dizendo que sou desconhecido das classes criminosas. *Ma foi*, eles agora vêm até pedir o meu auxílio quando estão em dificuldade!

Problema a bordo

I

— *Coronel* Clapperton... — debochou o general Forbes.

Em seguida o general produziu um ruído debochado que ficava entre uma fungada e um espirro.

A srta. Ellie Henderson se inclinou para frente. Uma mecha do seu cabelo grisalho e macio balançava diante do seu rosto. Os olhos dela, escuros e vivos, brilharam com um prazer matreiro.

— Um legítimo soldado! — insinuou ela com uma voz maliciosa, ajeitando o cabelo para esperar pelo resultado da provocação.

— Legítimo soldado? — explodiu o general Forbes. Ele puxou a ponta do seu bigode militar, e seu rosto ficou muito vermelho.

— Ele pertenceu à Guarda Real, não pertenceu? — murmurou a srta. Henderson, a fim de completar o trabalho.

— Guarda Real? Absurdo! Ele trabalhava num teatro de variedades, isso sim. Alistou-se e foi mandado à França para contar maçãs e latas de tomate. Por engano, os boches bombardearam a cozinha do acampamento, e ele voltou para casa com um ferimento no braço. Ele foi parar no hospital de lady Carrington.

— Então foi assim que eles se conheceram?

— Isso é fato! Mas ele deu uma de herói. E lady Carrington não tinha qualquer bom senso, apenas rios de dinheiro. O velho Carrington lidava com armamentos. Ela estava viúva só há seis meses. Esse sujeito passou a conversa nela em dois toques. Ela conseguiu um emprego para ele no Ministério da Defesa. *Coronel* Clapperton! Ah! – bufou ele.

– E antes da guerra ele trabalhava no teatro de variedades... – divagou a srta. Henderson, tentando reconciliar a imagem do distinto Coronel Clapperton de cabelos grisalhos com aquela de um comediante de nariz vermelho cantando músicas engraçadas.

– Isso é fato! – disse o general Forbes. – Foi o velho Bassington quem me contou. E ele ouviu a história do velho Badger Cotteril, que conhecia Snooks Parker.

A srta. Henderson assentiu com a cabeça, admirada.

– Parece mesmo indubitável.

Um sorriso passou pelos lábios do homenzinho sentado ao lado deles. A srta. Henderson observou o sorriso. Ela era uma mulher observadora. O sorriso demonstrava admiração pela ironia do comentário dela. Ironia que passara completamente desapercebida ao general.

O general não notou o sorriso. Ele deu uma olhada no relógio, levantou e disse:

– Hora do meu exercício. Preciso me manter em forma nesse navio – e saiu na direção do convés.

A srta. Henderson olhou para o homem que tinha sorrido. Foi um olhar bem explícito, indicando que ela estava pronta para iniciar uma conversa.

– Ele é um homem bem enérgico, não? – comentou o homenzinho.

– Ele dá exatas 48 voltas ao redor do convés – disse a srta. Henderson. – Que velho fofoqueiro! E ainda dizem que somos nós mulheres que gostamos de escândalos...

— Dizem mesmo? Mas que falta de polidez!

— Franceses são sempre polidos — disse a srta. Henderson. Sua afirmação escondia também uma pergunta.

O homenzinho respondeu prontamente:

— Belga, mademoiselle.

— Oh, belga!

— Hercule Poirot, às suas ordens.

O nome não lhe era estranho. Onde ela o tinha ouvido?

— O senhor está gostando da viagem?

— Francamente, não. Não sei onde eu estava com a cabeça quando permiti que me convencessem a vir. Odeio *la mer*. Está sempre agitado.

— Bem, agora me parece que está calmo.

— *A ce moment*, sim — admitiu Poirot de má vontade. — É por isso que voltei a me animar e a me interessar pelo que acontece ao meu redor. A maestria com que a senhorita conduzia a conversa com o general Forbes, por exemplo.

— O senhor quer dizer... — a srta. Henderson hesitou.

Hercule Poirot moveu a cabeça afirmativamente.

— Me refiro à maneira sutil com que a senhorita obteve do general Forbes os detalhes do escândalo. Foi admirável.

Desinibida, a srta. Henderson soltou uma risadinha.

— A referência à Guarda Real? Eu sabia que ela faria o bom homem se engasgar e dar com a língua nos dentes.

Ela se inclinou e falou em voz baixa:

— Admito que gosto de escândalos. Quanto mais estranhos, melhor!

Poirot olhou para ela pensativo. Uma mulher magra e bem conservada, de olhos escuros e cabelo grisalho. Uma mulher de 45 anos que devia estar feliz com a própria idade.

Ellie disse abruptamente:

– Já sei! Não é o senhor o grande detetive?

Poirot inclinou a cabeça ligeiramente.

– Gentileza sua, mademoiselle – respondeu ele, sem negar.

– Mas que emocionante! O senhor está "no rastro de algum bandido", como dizem nos romances policiais? Há algum criminoso entre nós? Talvez eu esteja sendo indiscreta...

– De forma alguma. É uma pena eu ter de desapontá-la, mas estou aqui para me divertir, como todo mundo.

Ele declarou aquilo com tal melancolia que a srta. Henderson não pôde conter o riso.

– Ah, não se preocupe. Amanhã o senhor desembarca em Alexandria. O senhor já esteve no Egito?

– Nunca, mademoiselle.

A srta. Henderson levantou-se um pouco abruptamente.

– Acho que vou me juntar ao general Forbes na sua caminhada terapêutica – anunciou ela.

Poirot ergueu-se, galante. Depois de cumprimentá-lo rapidamente com a cabeça, ela se dirigiu ao convés.

Poirot parecia intrigado. Um leve sorriso passou pelos seus lábios, ele passou pela porta e deu uma espiada para baixo. A srta. Henderson estava inclinada sobre o corrimão da escada e conversava com um homem alto, de aparência marcial.

O sorriso de Poirot tornou-se mais nítido. Ele voltou para a sala de fumantes com o mesmo cuidado com que uma tartaruga se recolhe no casco. Só ele estava na sala, mas logo chegariam outras pessoas.

A sra. Clapperton, com a cabeleira grisalha muito bem penteada, protegida por uma redinha, vestindo um traje esportivo que acentuava as curvas do seu belo corpo, resultado de dietas e massagens, entrou decidida pela porta da sala de fumantes. Era uma mulher acostumada a pagar pelo que queria.

Ela disse:

– John? Ah, bom dia, sr. Poirot. O senhor viu John?

– Ele está no convés de estibordo, madame. Quer que eu...

Ela deteve-o com um gesto.

– Vou esperar aqui um minuto – disse ela, sentando-se na cadeira diante da dele, com a pompa de uma rainha.

De longe, poderiam dar a ela 28 anos. De perto, apesar da maquiagem bem feita e das sobrancelhas impecáveis, era provável que lhe dessem 55 anos em vez dos 49 que na verdade tinha. Seus olhos eram de um azul muito claro, com minúsculas pupilas.

– Lamentei a falta do senhor no jantar da noite passada – disse ela. – É verdade que o mar estava um pouco agitado...

– *Précisément* – respondeu Poirot com um suspiro.

– Tenho sorte de não ser tão sensível. Sorte mesmo, porque, com meus problemas cardíacos, se ficasse enjoada durante a viagem, é possível que nem chegasse viva.

– A senhora sofre do coração, madame?

– Meu coração é muito fraco. Não posso me cansar. Todos os especialistas dizem isso! – a sra. Clapperton tinha mergulhado no tema fascinante (sobretudo para ela) das suas idiossincrasias fisiológicas. – Pobre John, faz de tudo para evitar que eu me desgaste e acaba exausto. É que vivo de forma tão intensa! Não sei se o senhor me entende...

– Sim, sim.

– Ele sempre me diz: "Procure se aquietar mais, Adeline". Mas não consigo. A vida é para ser vivida, eu sinto isso. O que acabou comigo foi a guerra. O senhor já ouviu falar do meu hospital? É claro que eu tinha enfermeiras e outros ajudantes, mas tudo dependia de mim!

Ela suspirou.

— A senhora tem uma vitalidade impressionante, minha cara — respondeu Poirot, de forma mecânica.

A sra. Clapperton riu como uma menininha.

— As pessoas se admiram da minha jovialidade! É um absurdo. Nunca neguei a idade. Tenho 43 anos — disse ela, com falsa candura —, mas ninguém acredita. "Você é tão jovial, Adeline", todo mundo se espanta. Mas diga-me, sr. Poirot, o que é uma mulher sem viço, sem vida?

— Uma mulher morta — disse Poirot.

A sra. Clapperton franziu o cenho. A resposta lhe pareceu ligeiramente atravessada. Aquele homem estava tentando ser engraçado, concluiu. Ela levantou e disse num tom frio:

— Preciso encontrar John.

Ao passar pela porta, ela derrubou a bolsa, que se abriu ao cair, espalhando o conteúdo. Poirot acorreu para ajudá-la. Demorou um pouco para que ele conseguisse juntar os batons e os estojos de maquiagem, a cigarreira e o isqueiro, e outras bugigangas. A sra. Clapperton agradeceu educadamente e saiu na direção do convés. Em seguida ela chamou:

— John...

O coronel Clapperton continuava conversando animadamente com a srta. Henderson. Ele virou-se e foi correndo ao encontro da esposa.

— Essa espreguiçadeira está bem aqui? Você não prefere... — disse ele, inclinando-se sobre ela numa atitude protetora.

Seu comportamento era solícito e cortês. Um exemplo de marido dedicado aos caprichos da mulher.

A srta. Ellie Henderson olhava fixo na direção do horizonte, como se acompanhasse a formação paulatina e silenciosa de uma grande tempestade.

Poirot observava tudo da sala de fumantes.

Uma voz rouca comentou atrás dele:

— Se eu fosse o marido daquela mulher, já tinha acabado com ela.

O dono da voz era conhecido pela turma mais jovem do navio como "o vovô das plantações de chá".

— Traga-me uma dose de uísque — pediu ele ao garçom que passava.

Poirot se inclinou para juntar um pedaço de papel que caíra da bolsa da sra. Clapperton e fora esquecido no chão. Ele guardou-o no bolso, a fim de devolvê-lo mais tarde.

— Mas é verdade — continuou o ancião. — Essa mulher é uma cobra. Conheci uma parecida em Poona, em 1887.

— E conseguiram acabar com ela? — perguntou Poirot.

O ancião sacudiu a cabeça com tristeza.

— Em menos de um ano, foi ela quem acabou com o marido. Clapperton tem de se impor. Ele obedece à mulher em tudo.

— É ela quem tem a chave do cofre.

— Aha! — disse o velho, e deu uma risada descontraída. — O senhor disse tudo.

Duas jovens entraram correndo na sala. Uma delas tinha o rosto redondo, pipocado de sardas, e o cabelo escuro revolto pelo vento. A outra, sardas, e o cabelo castanho encaracolado.

— Socorro! Socorro! — exclamou Kitty Mooney. — Pam e eu vamos salvar o coronel Clapperton.

— Da mulher dele... — sussurrou Pamela Cregan.

— Ela o trata como um cachorrinho.

— E sempre preso na coleira!

— E quando não é ela, é a srta. Henderson.

— Que também é velha, mas pelo menos simpática.

As duas saíram correndo, sussurrando entre risinhos:

– Socorro! Socorro!

II

O salvamento do coronel Clapperton havia sido planejado pelas duas com toda a seriedade. Pamela Cregan aproximou-se de Poirot e sussurrou-lhe ao ouvido, com a petulância típica dos seus dezoito anos:

– Preste atenção, sr. Poirot. Bem debaixo do nariz dela, vamos soltar ele da coleira e levá-lo para uma volta sob o luar no convés.

Naquele mesmo momento, o coronel Clapperton dizia:

– É o preço de um Rolls-Royce, mas dura a vida toda. Agora, o meu carro...

– Você quer dizer o *meu* carro, John – corrigiu a sra. Clapperton, num tom de voz estridente.

O coronel Clapperton deu uma risadinha e concordou com a esposa:

– Certamente, querida, o *seu* carro... – depois prosseguiu o que estava dizendo, sem se deixar perturbar.

Poirot murmurou consigo mesmo:

– *Voilà ce qu'on appelle le pukka sahib.** Entretanto, na opinião do general Forbes, Clapperton está longe de ser um cavalheiro...

Alguém sugeriu uma partida de bridge. A sra. Clapperton, o general Forbes e um casal com olhos de águia sentaram-se à mesa para jogar. A srta. Henderson pediu licença e foi até o convés.

---

* Termo de origem indiana, utilizado pelos ingleses para referir àqueles que consideram legítimos cavalheiros, de comportamento impecável. (N.T.)

– E o seu marido? – perguntou o general Forbes hesitante.

– John não joga – disse a sra. Clapperton. – Já estou acostumada...

Ela começou a distribuir as cartas para os quatro jogadores.

Pam e Kitty aproximaram-se do coronel Clapperton. Cada uma delas pegou em um braço.

– O senhor vem conosco. Para o convés. Vamos ver a lua!

– Não seja bobo, John – interferiu a sra. Clapperton. – Você vai pegar uma gripe!

– Não conosco! – disse Kitty.

– Nós somos quentinhas! – acrescentou Pam.

Rindo, o sr. Clapperton deixou-se levar pelas duas.

Poirot observou que a sra. Clapperton disse "passo", para o lance inicial dela de dois de paus.

Ele foi até o convés. A srta. Henderson estava encostada à amurada. Poirot caminhou até ela, que olhou para trás surpresa, mas em seguida pareceu perder o interesse.

Os dois trocaram algumas palavras. Depois de um momento de silêncio, ela perguntou:

– O que o preocupa?

Poirot respondeu:

– Tenho uma dúvida linguística. Quando estavam formando as duplas de bridge, a sra. Clapperton afirmou categórica "John não joga". Não seria mais correto dizer "John não sabe jogar"?

– Ela toma o desinteresse dele como uma afronta pessoal, eu imagino. Ele nunca deveria ter casado com ela.

Poirot sorriu consigo mesmo.

– Não lhe ocorre que talvez eles sejam felizes? – arriscou Poirot.

– Feliz com uma megera daquelas?

Poirot deu de ombros.

– Muitas mulheres rabugentas têm maridos dedicados. É um enigma da natureza. A senhora tem de admitir que ele não parece se ofender com nada que ela diga.

A srta. Henderson estava pensando numa resposta, quando a voz da sra. Clapperton ecoou pelo convés saindo da janela da sala de fumantes.

– Não, não creio que eu jogue outra rodada. Está tão abafado aqui dentro. Acho que vou subir para respirar um pouco de ar fresco no convés superior.

– Boa noite. Vou me deitar – disse a srta. Henderson, e desapareceu.

Poirot caminhou até o salão, onde estavam apenas o coronel Clapperton e as duas jovens. Ele fazia truques com um baralho de cartas, e sua habilidade fez Poirot se lembrar da história do general sobre o teatro de variedades.

– Vejo que o senhor gosta de cartas, mesmo não jogando bridge – comentou Poirot.

– Tenho minhas razões para não jogar bridge – disse Clapperton, com seu sorriso sedutor. – Vou lhe mostrar. Vamos jogar uma rodada.

Ele deu rapidamente as cartas.

– E então, que tal? – perguntou ele, e deu uma risada diante da expressão espantada de Kitty.

Ele revelou suas cartas colocando-as na mesa. Os outros fizeram o mesmo. Kitty tinha todo o naipe de paus, Poirot o de copas, Pam o de ouros e o coronel o de espadas.

– Estão vendo? Um homem que pode dar ao parceiro e aos adversários as cartas que bem entender deve ficar afastado de um jogo entre amigos! Quando se tem muita sorte no jogo, as más línguas começam a falar.

– Oh! – exclamou Kitty. – Como você fez isso? Eu não entendi!

– A agilidade da mão ultrapassa a da vista – sentenciou Poirot, percebendo a mudança súbita que suas palavras causavam no rosto do coronel.

Era como se o sr. Clapperton fosse surpreendido num dos raros momentos em que baixava a guarda.

Poirot sorriu. O prestidigitador tinha se revelado por trás da máscara do *pukka sahib*.

III

O navio chegou a Alexandria ao amanhecer do dia seguinte.

Quando Poirot deixou o restaurante depois do café da manhã, ele encontrou as duas jovens já prontas para desembarcar. Elas conversavam com o coronel Clapperton.

– Temos de desembarcar agora – insistia Kitty. – Já estão conferindo os passaportes. O senhor vem conosco, não? Não vai nos deixar desembarcar sozinhas. Coisas terríveis podem nos acontecer.

– Também não acho que devam desembarcar sozinhas – disse Clapperton, sorrindo. – Mas acho que minha esposa prefere permanecer no navio.

– Que pena! Deixe ela ficar descansando.

O coronel Clapperton parecia indeciso. A vontade que ele tinha de escapar com as duas era evidentemente grande. Ele percebeu a presença de Poirot.

– Olá, sr. Poirot. Vai desembarcar?

– Não, acho que não – respondeu o detetive.

– Eu vou... eu vou... Bem, deixem-me falar com Adeline – decidiu o coronel.

– Vamos com você – disse Pam, piscando o olho para Poirot. – Quem sabe nós não convencemos ela a vir junto? – acrescentou, muito séria.

O coronel Clapperton pareceu gostar da ideia. Ele parecia aliviado.

– Venham então, as duas – disse ele, bem-humorado.

Os três saíram pela passagem do convés B.

Poirot, cuja cabine ficava em frente a dos Clapperton, seguiu-os, curioso.

O coronel Clapperton bateu à porta, um tanto nervoso.

– Adeline, querida, você está acordada?

A voz sonolenta da sra. Clapperton respondeu de dentro:

– Quem é, o que foi?

– Sou eu, John. Você gostaria de desembarcar?

– Claro que não – respondeu ela numa voz estridente e decidida. – Dormi muito mal. Devo ficar na cama o resto do dia.

Pam interveio rapidamente:

– Mas que pena, sra. Clapperton. Queríamos tanto que viesse junto. Tem certeza de que não quer vir?

– Absoluta – a voz da sra. Clapperton soou ainda mais estridente.

O coronel estava girando a maçaneta, mas sem resultado.

– Mas o que é, John? A porta está trancada. Não quero ser incomodada.

– Desculpe, querida, desculpe. Quero apenas o meu guia de viagem.

– Pois esqueça – cortou a sra. Clapperton. – Não vou me levantar. Deixe-me descansar, por favor.

– Está bem, querida, está bem.

O coronel afastou-se da porta da cabine. Pam e Kitty grudaram-se nele.

– Vamos de uma vez. Ainda bem que saiu com o seu chapéu. Nossa! E o passaporte?

– Está no meu bolso.

Kitty apertou-lhe o braço.

– Ainda bem! Então vamos! – exclamou ela.

Da amurada, Poirot observou-os desembarcar. Ele ouviu um leve suspirar atrás de si, virou-se e deu de cara com a srta. Henderson. Ela tinha os olhos apertados e fixos na direção das três figuras que acabavam de deixar o navio.

– Então eles desembarcaram... – disse ela cruamente.

– Sim. A senhorita também vai descer?

Poirot observou que ela usava um chapéu de abas largas, calçava sapatos de passeio e carregava uma bolsa. Parecia pronta para desembarcar. Ainda assim, depois de uma brevíssima pausa, a srta. Henderson sacudiu a cabeça numa negativa.

– Não. Acho que vou permanecer no navio. Tenho de escrever umas cartas. Ela se virou e deixou-o sozinho.

Quem tomou o lugar dela foi o general Forbes, ofegante, depois de completar as suas 48 voltas matinais no convés.

– Aha! – exclamou ele, quando viu ao longe as figuras do coronel e das duas jovens. – Então é esse o jogo? E onde está a madame?

Poirot explicou que a sra. Clapperton preferira passar o dia na cama.

– Não se fie nisso! – disse o velho guerreiro piscando um dos olhos. – Ela vai levantar para um lanchinho, e quando descobrir que o marido saiu assim mesmo, vai ter bronca.

Mas as previsões do general não se confirmaram. A sra. Clapperton não apareceu para o almoço e ainda não havia saído do quarto quando o coronel e suas duas jovens acompanhantes retornaram ao navio, às quatro horas.

Poirot estava na sua cabine e ouviu quando o marido, levemente culpado, bateu na porta da cabine dele e da esposa. Poirot ouviu-o bater diversas vezes, forçar a porta e por fim chamar um camareiro.

– Achei que minha mulher estivesse aqui dentro, mas ela não responde. Você tem a chave?

Poirot levantou-se apressado do beliche e apareceu no corredor.

IV

A notícia imediatamente se espalhou pelo navio.

Horrorizadas e incrédulas, as pessoas ficavam sabendo que a sra. Clapperton fora encontrada morta, deitada na cama, com uma adaga egípcia cravada no coração. O assassino deixara cair um colar de contas de âmbar no chão da cabine.

Os boatos se multiplicavam: todos os vendedores locais admitidos no navio estavam sendo detidos e interrogados! Uma grande quantia em dinheiro desaparecera de uma gaveta na cabine! As notas tinham sido encontradas! Elas não tinham sido encontradas! Joias de um valor incalculável tinham desaparecido! Um camareiro fora preso e confessara o crime!

– O que disso tudo é verdade? – queria saber a srta. Ellie Henderson, encurralando Poirot. Ela estava perplexa, com o rosto muito pálido.

– Minha cara, como vou saber?

– Mas é claro que o senhor sabe – disse a srta. Henderson.

Era tarde da noite. A maioria dos passageiros já tinha voltado às cabines. A srta. Henderson conduziu Poirot até duas cadeiras na parte coberta do navio.

– Agora, diga-me – ordenou ela.

Poirot olhou pensativo para os olhos da srta. Henderson.

– É um caso interessante – ele disse.

– Joias valiosas foram mesmo roubadas?

Poirot sacudiu a cabeça numa negativa.

– Não. Não roubaram joias. Só um pouco de dinheiro que havia numa das gavetas.

– Nunca mais vou me sentir segura dentro de um navio – disse a srta. Henderson, arrepiada. – Alguma pista sobre qual desses brutos pardacentos é o assassino?

– Não – disse Poirot. – A história toda é muito estranha.

– O que o senhor quer dizer? – perguntou Ellie, incisiva.

Poirot espalmou as mãos, esticando bem os dedos.

– *Eh bien...* esses são os fatos. Quando foi encontrada, a sra. Clapperton já estava morta havia cinco horas. Um pouco de dinheiro desapareceu do quarto. Um colar de contas foi encontrado no chão, perto da cama. A porta estava trancada, mas sem a chave. A janela que dava para o convés estava aberta. Digo janela mesmo, não claraboia!

– Mas e então? – perguntou a mulher, impaciente.

– A senhorita não acha estranho que tenham cometido um assassinato em tais circunstâncias? Lembre que os vendedores de cartões-postais e outras bugigangas, bem como os cambistas admitidos a bordo, são bem conhecidos da polícia.

– Mesmo assim a recomendação é a de que se feche bem as cabines.

– Sim, para reduzir as chances de um pequeno furto. Mas estamos falando de assassinato.

— E o que mais o senhor acha estranho? — a voz dela estava ofegante.

— O fato de a porta estar trancada.

— Não vejo nada de estranho nisso. O homem saiu pela porta, trancou-a e levou a chave consigo, a fim de evitar que o assassinato fosse logo descoberto. Uma atitude realmente bem pensada, visto que o corpo só foi encontrado depois das quatro da tarde.

— Não, não, mademoiselle. O que quero dizer não é isso. Não me refiro a como o assassino saiu, mas a como ele entrou!

— Ora, pela janela!

— *C'est possible.* Mas é um espaço apertado e há sempre gente circulando pelo convés.

— Mas então pela própria porta! — disse a srta. Henderson, impaciente.

— Mas a senhorita se esquece de uma coisa. *A sra. Clapperton tinha fechado a porta pelo lado de dentro.* Ela fez isso antes de o coronel Clapperton deixar o navio essa manhã. Ele tentou abrir a porta sem sucesso, sabemos disso.

— Absurdo. A porta devia estar presa, ou vai ver ele não girou a maçaneta direito.

— Mas ouvimos *a própria sra. Clapperton dizer de dentro do quarto que a porta estava trancada.*

— Ouvimos?

— A srta. Mooney, a srta. Cregan, o coronel Clapperton e eu.

Ellie Hendersou bateu de leve no chão com a ponta de seu belo sapato. Ela ficou calada por um momento ou dois. Depois disse, com uma voz ligeiramente irritada:

— Bem... e o que o senhor deduz disso? Se a sra. Clapperton podia trancar a porta, ela também podia destrancá-la.

– Precisamente – concordou Poirot, abrindo um sorriso para ela. – E a senhorita percebe a que isso nos conduz? *A sra. Clapperton destrancou a porta e deixou o assassino entrar.* Faz algum sentido que ela tenha feito isso para um vendedor de contas?

Ellie não se deu por vencida:

– Mas ela podia não saber quem era. Ele pode ter batido, ela levantou e abriu a porta. Ele invadiu a cabine e a matou.

Poirot discordou com a cabeça.

– *Au contraire.* Ela estava placidamente deitada na cama quando foi esfaqueada.

A srta. Henderson olhou desconfiada para Poirot.

– E qual é a sua hipótese? – perguntou ela abruptamente.

Poirot sorriu.

– Bem, parece que ela conhecia a pessoa a quem deixou entrar...

– O senhor quer dizer... – a voz da srta. Henderson tornou-se mais dura – *que o assassino é um passageiro do navio?*

Poirot concordou com a cabeça.

– É o que parece.

– E o colar de contas deixado ao lado da cama era uma pista falsa?

– Precisamente.

– E também o roubo do dinheiro?

– Também.

Depois de uma pausa, a srta. Henderson disse lentamente:

– Eu achava a sra. Clapperton realmente desagradável e não acho que algum dos outros passageiros gostasse dela. Mas ninguém tinha motivo para matá-la.

– Exceto, talvez, o marido – disse Poirot.

– O senhor não imagina que... – ela se interrompeu.

– A opinião de todos nesse navio era a de que o coronel Clapperton estaria determinado a acabar com ela. Diziam isso explicitamente.

Ellie Henderson olhou para ele, esperando que continuasse.

– Mas tenho de admitir – prosseguiu Poirot – que nunca notei no próprio coronel qualquer sinal de irritação. Além disso, ele tem um álibi. Ele passou o dia todo com aquelas duas jovens e só retornou ao navio às quatro horas, quando já fazia muito tempo que a sra. Clapperton estava morta.

Depois de outro minuto de silêncio, Ellie Henderson disse com voz macia:

– Mas o senhor mesmo assim acredita... que foi um passageiro do navio?

Poirot concordou com a cabeça.

Ellie Henderson soltou uma risadinha insolente.

– Não vai ser fácil provar a sua teoria. Há muita gente nesse navio.

Poirot concordou novamente, depois disse:

– Para responder à senhorita, vou roubar uma frase de um dos mais famosos romances policiais ingleses: "Tenho meus métodos, meu caro Watson!".

V

Na noite seguinte, na hora do jantar, cada passageiro recebeu um bilhete datilografado pedindo que comparecesse ao salão principal do navio às 20h30. Quando estavam todos reunidos, o capitão foi até o palco onde a orquestra costumava tocar e se dirigiu a eles:

– Senhoras e senhores, todos vocês estão a par da tragédia de ontem. Estou certo de que é o desejo de todos colaborar para que o perpetrador desse crime hediondo seja levado à Justiça.

O capitão fez uma pausa e limpou a garganta.

– Temos a bordo o sr. Hercule Poirot, que é provavelmente conhecido por vocês como um homem de larga experiência em... assuntos dessa natureza. Peço que escutem atentamente o que ele tem a dizer.

Foi nesse momento que o coronel Clapperton, que não aparecera durante o jantar, entrou no salão, sentando-se ao lado do general Forbes. Ele parecia muito abalado pela tragédia, e de forma alguma aliviado. Ou ele era um excelente ator, ou a afeição que nutria pela desagradável esposa devia ser mesmo genuína.

– Sr. Hercule Poirot – chamou o capitão, descendo do palco, enquanto o detetive tomava o seu lugar.

Ao cumprimentar a plateia com um sorriso, Poirot parecia sem jeito.

– *Messieurs, mesdames* – começou ele. – Agradeço pela bondade de se disporem a ouvir o que tenho a dizer. *Monsieur le capitaine* contou-lhes que tenho certa experiência em assuntos como este. Eu tenho, é verdade, uma ideia de como podemos chegar ao fundo dessa história.

Poirot fez um sinal, e um camareiro empurrou para a frente do palco, ao seu lado, um objeto volumoso enrolado num lençol.

– O que estou prestes a fazer vai surpreendê-los um pouco – advertiu Poirot. – Talvez achem que sou meio excêntrico, ou até mesmo que tenho um parafuso a menos. Mas asseguro-lhes que em minha loucura, como dizem vocês ingleses, há método.

Seus olhos cruzaram com os da srta. Henderson por um momento. Poirot começou a desembrulhar o objeto.

– Tenho aqui, *messieurs* e *mesdames*, uma testemunha importante para descobrirmos a verdade sobre quem matou a sra. Clapperton.

Num gesto ágil, Poirot removeu o último pano, revelando o objeto escondido: um boneco de madeira, mais ou menos do tamanho de um homem, vestido num terno de veludo com gola de renda.

– Agora, Arthur – disse Poirot, e seu sotaque estrangeiro deu lugar ao inglês seguro de um falante nativo, com uma leve inflexão *cockney* –, será que você pode me dizer algo sobre a morte da sra. Clapperton?

A cabeça do boneco girou um pouco, a mandíbula de madeira caiu e vacilou, até que se ouviu, numa voz estridente de mulher:

– *Mas o que é, John? A porta está trancada. Não quero ser incomodada...*

Ouviu-se um grito, uma cadeira foi derrubada, um vulto se levantou vacilante, com a mão na garganta, tentando, tentando falar... De repente, a figura se contorceu, e caiu de ponta-cabeça.

Era o coronel Clapperton.

VI

Poirot e o médico do navio ergueram-se ao lado do homem caído.

– Temo que esteja tudo terminado. Foi o coração – concluiu o médico.

Poirot assentiu gravemente.

– O choque de ver o truque revelado – ele disse.

Poirot virou-se para o general Forbes.

– Ao revelar a história do teatro de variedades, general, o senhor me deu a indicação mais importante para resolver o caso. A ideia me voltou à cabeça quando eu estava matutando sobre as dificuldades do crime. O sr. Clapperton poderia ter sido um ventríloquo antes da guerra. Isso explicava perfeitamente como três pessoas poderiam ouvir a sra. Clapperton falar de dentro da cabine *quando na verdade ela já estava morta...*

Ellie Henderson aproximou-se de Poirot. Seus olhos estavam cheios de dor.

– O senhor sabia quão fraco era o coração dele? – ela perguntou.

– Eu adivinhei... A sra. Clapperton comentou-me sobre os seus próprios problemas cardíacos, mas me pareceu que ela exagerava. Mais tarde, juntei do chão uma receita que ela deixara cair da bolsa, e vi que continha uma dose muito forte de digitalina. Eu sabia que esse era um remédio para o coração. Mas não podia ser a sra. Clapperton quem o estava tomando. A digitalina dilata as pupilas, e nunca observei essa reação nos olhos dela. Mas quando olhei para os olhos do marido, reconheci imediatamente o efeito do remédio.

Ellie murmurou:

– Mas então o senhor sabia como poderia terminar sua encenação.

– Da melhor maneira possível, a senhora não acha, mademoiselle?

Poirot viu os olhos dela se encherem de lágrimas. Ela disse:

– O tempo todo o senhor sabia... Sabia o quanto eu me importava... Mas não foi por minha causa que ele a matou... Foi por causa daquelas duas... A juventude delas expôs para ele a escravidão em que ele vivia. O coronel Clapperton quis se libertar antes que fosse tarde demais... Sim, tenho certeza... Quando o senhor descobriu que era ele?

– Seu autocontrole era perfeito demais – disse Poirot. – Não importava o quão irritante fosse a conduta da mulher, ele jamais se deixava afetar. Ou ele estava tão habituado àquilo que nem percebia as grosserias, ou... *eh bien*, decidi pela segunda hipótese. E eu estava certo.

– Na noite antes do crime, ele exibiu suas habilidades como prestidigitador – lembrou ainda Poirot. – E havia uma razão para isso. Enquanto as pessoas pensassem nele como um mágico, elas dificilmente o veriam como um ventríloquo.

– E a voz que ouvimos? A voz da sra. Clapperton?

– Uma das camareiras tem uma voz parecida com a dela. Pedi a ela que se escondesse atrás das cortinas e combinei com ela o que deveria dizer.

– Que truque cruel! – gritou Ellie.

– Não brinco em serviço, mademoiselle.

Que lindo é o seu jardim!

I

Da pilha de correspondência que Poirot acabara de organizar, ele pegou a carta de cima, verificou o endereço por um momento e então abriu o envelope com o auxílio de um cortador de papéis que ele mantinha na mesa do café exatamente para aquele fim. Dentro havia outro envelope, cuidadosamente fechado com cera vermelha e sobre o qual estava escrito "privado e confidencial".

Inclinando ligeiramente a sua cabeça de ovo e erguendo as sobrancelhas, Poirot murmurou:

– *Patience*! *Nous allons arriver*! – e pôs para funcionar mais uma vez o cortador de papéis.

Dessa vez, do envelope saiu uma carta, escrita numa caligrafia trêmula e angulosa. Várias palavras estavam sublinhadas.

Hercule Poirot desdobrou o papel e leu. A carta trazia mais uma vez o título "privado e confidencial". Do lado direito estava o endereço: Rosebank, Charman's Green, Bucks. A data era de 21 de março.

Caro monsieur Poirot,
Uma velha e boa amiga minha, sabendo das aflições e angústias pelas quais tenho passado, sugeriu-me que procurasse o senhor. Ela não tem conhecimento do que me levou a esse sofrimento. Trata-se de um assunto estritamente privado, que guardo exclusivamente para mim. Minha amiga me assegurou de que

o senhor é a discrição em pessoa e que não há risco de a polícia ser envolvida. Eu não gostaria desse tipo de envolvimento, especialmente se minhas suspeitas se revelarem justificadas. Mas é claro que posso estar inteiramente enganada. Por causa da minha insônia e de uma grave doença que contraí no inverno passado, não me sinto em condições de investigar o caso. Faltam-me tanto os meios quanto a capacidade. Por outro lado, sou obrigada a reiterar que esse é um assunto delicado de família e que por vários motivos eu posso querer que o caso seja abafado. Quando os fatos forem estabelecidos, posso cuidar do caso eu mesma, e prefiro que seja assim. Espero ter sido clara o suficiente. Se o senhor puder se encarregar da investigação, peço-lhe a gentileza de me contatar pelo endereço acima.

*Cordialmente,
Amelia Barrowby*

Poirot leu a carta duas vezes. Suas sobrancelhas ergueram-se de novo. Ele colocou a carta de lado e continuou o exame da correspondência.

Às dez horas, precisamente, ele entrou na sala em que a srta. Lemon, sua secretária particular, estava esperando pelas instruções do dia. A srta. Lemon tinha 48 anos e uma aparência nada agradável, como a de uma porção de ossos reunidos ao acaso. Ela era quase tão organizada e metódica quanto o próprio Poirot e, apesar de ser capaz de ter ideias próprias, nunca as produzia senão quando solicitada.

Poirot entregou a ela a correspondência da manhã.

– Tenha a bondade, mademoiselle, de responder negativamente, em termos adequados, a todas essas aqui.

A srta. Lemon examinou superficialmente as cartas, escrevendo sobre cada uma delas um hieróglifo. Essas inscrições eram legíveis apenas para ela, com significados que só ela conhecia: "enrolar", "mandar pastar", "agradecer", "ignorar", e assim por diante. Feito isso, ela assentiu com a cabeça e ficou esperando pelas próximas instruções.

Poirot entregou a ela os envelopes com a carta de Amelia Barrowby. Ela a extraiu de dentro dos dois envelopes, leu e lançou a Poirot um olhar interrogativo.

– Pois não, monsieur Poirot? – o lápis dela pairava indeciso sobre o seu bloquinho de notas.

– O que a senhorita acha dessa carta?

Franzindo o cenho, a srta. Lemon largou o lápis e leu a carta mais uma vez.

A única preocupação da srta. Lemon era escrever respostas em termos adequados. Afora isso, os conteúdos das cartas pouco lhe interessavam. Raramente o patrão dela apelava para as suas qualidades humanas, no que elas podiam ter de diferente das suas capacidades profissionais. A srta. Lemon ficava ligeiramente constrangida nessas ocasiões. Ela era uma máquina quase perfeita, gloriosamente indiferente aos problemas humanos. A sua verdadeira paixão era o desenvolvimento de um sistema de arquivamento supremo. Ela chegava a sonhar à noite com o tal sistema, que superaria todos os outros. Ainda assim, a srta. Lemon era perfeitamente capaz de raciocinar em termos humanos, e Hercule Poirot sabia muito bem disso.

– E então? – perguntou ele.

– A coitada está mesmo encrencada...

– Ah! A senhorita acha que ela enguiçou em algum lugar?

A srta. Lemon ignorou a piada, mas ao mesmo tempo ficou desconfiada da proficiência vocabular de Hercule Poirot. Ela olhou rapidamente para os dois envelopes.

– Supersecreto e confidencial...

— Isso eu também notei.

Esperançosa, a mão da srta. Lemon voltou a pairar com o lápis sobre o seu bloquinho de notas.

— Diga a ela para indicar uma data e terei muito prazer em visitá-la, a menos que ela prefira vir até aqui. Escreva a carta à mão, não à máquina.

— Está bem, sr. Poirot.

Poirot entregou-lhe mais correspondências.

— Essas são contas.

As mãos eficientes da srta. Lemon classificaram-nas rapidamente.

— Vou pagar todas elas, menos essas duas.

— Menos essas duas? Por quê? O que há de errado com elas?

— São de serviços que acabamos de contratar. Pagar tão prontamente quando se acaba de contratar um serviço não pega bem. Podem achar que agi assim na tentativa de obter descontos futuros.

— Ah! — murmurou Poirot. — De acordo. A senhorita conhece muito melhor do que eu as manias dos comerciantes ingleses.

— E como! — respondeu a srta. Lemon com um sorriso amarelo.

II

A carta para a srta. Amelia Barrowby fora devidamente escrita e enviada, mas Poirot não recebia resposta. Talvez a própria senhora tivesse solucionado o mistério. Ainda assim era de se esperar o envio de uma resposta, ao menos para dizer que os serviços dele não eram mais necessários.

Cinco dias mais tarde, a srta. Lemon revelou o seguinte, depois de Poirot passar a ela as instruções da manhã:

– Não é de admirar que não tenhamos recebido resposta da srta. Barrowby. Ela está morta.

Hercule Poirot disse, com toda calma, mais como uma afirmação do que como uma pergunta:

– Hum... Morta?

A srta. Lemon tirou da bolsa um recorte de jornal:

– Li quando vinha no metrô e guardei.

Registrando com satisfação na memória que a srta. Lemon tinha cortado cuidadosamente o pedaço de jornal com uma tesoura em vez de simplesmente rasgá-lo, Poirot leu o anúncio da seção de óbitos do *Morning Post*: "Amelia Jan Barrowby. Falecida subitamente aos 73 anos de idade, em Rosebank, Charman's Green. A família pede para que flores não sejam enviadas".

Poirot leu mais uma vez o anúncio. Ele refletiu consigo mesmo "subitamente...", e então virou-se para a srta. Lemon e disse:

– Preciso enviar uma carta. Tome nota, por favor.

Com o lápis erguido e a mente mergulhada na complexidade do seu sistema de estenografia, a srta. Lemon anotou rapidamente e com absoluta precisão a seguinte mensagem:

Cara srta. Barrowby,
Vou estar em Charman's Green na sexta-feira e, apesar de ainda não ter recebido uma resposta sua, gostaria de aproveitar para tratar do assunto referido em sua última carta.

Cordialmente...

– Bata a carta à máquina, por favor, e envie imediatamente. Deve chegar em Charman's Green à noite.

Na manhã seguinte, Poirot recebeu a seguinte resposta, num envelope com uma tarja preta:

Caro senhor,
Em resposta a sua carta: a srta. Barrowby, minha tia, faleceu dia 26, de forma que o assunto que o senhor menciona não tem mais importância.

Sinceramente,
Mary Delafontaine

Poirot sorriu e murmurou consigo mesmo:

— Não tem mais importância... Ah, isso é o que vamos ver. *En avant*! A Charman's Greens.

Rosebank condizia bem com o nome. O jardim era mais exuberante e bem cuidado do que se costuma encontrar em habitações daquele tipo.

Antes de se dirigir à porta de entrada da casa, Hercule Poirot parou para admirar os belos canteiros de ambos os lados do caminhozinho de entrada: roseiras que prometiam uma belíssima floração para os próximos meses, narcisos, tulipas e jacintos azuis.

Poirot murmurou consigo mesmo:

— Como é mesmo o versinho que as crianças inglesas cantam?

Dona Maria, quem diria...
Como é lindo o seu jardim!
Feito de conchas e flores,
E moças dos meus amores*

— Não sei se é dos meus amores — considerou Poirot —, mas aí vem uma delas...

A porta da frente se abriu e uma mocinha de touca e avental, olhos muito azuis e bochechas rosadas, examinou curiosa o cavalheiro bigodudo, que ela nunca tinha visto, e que falava sozinho na frente do jardim.

---

* *Mistress Mary, quite contrary/ How does your garden grow?/ With cockle-shells, and silver bells/ And pretty maids all in a row.* (N.T.)

Poirot tirou o chapéu num gesto galante e disse:

– Por favor, senhorita, sabe me informar se é aqui que mora a srta. Amelia Barrowby?

A mocinha prendeu a respiração, e seus olhos tornaram-se ainda maiores e mais azuis:

– Mas o senhor não sabe? Ela faleceu. Foi muito de repente... Terça à noite.

A criada hesitou, sem saber que instinto seguir: a sua natural desconfiança em relação a estranhos ou a exaltação que lhe causava falar sobre casos de doença e morte.

– Não acredito! – mentiu Poirot, um pouco exagerado. – Eu tinha um encontro com ela hoje. Mas talvez eu possa falar com a outra senhora que mora na casa.

A criada pareceu um pouco confusa.

– A patroa? Bem, é possível, mas não sei se ela está recebendo pessoas hoje...

– Tenho certeza de que a mim ela vai receber – disse Poirot, e entregou à moça o seu cartão.

O tom decidido com que falou surtiu efeito. A mocinha de bochechas rosadas recuou e depois conduziu Poirot até a sala de estar, à direita do vestíbulo. Depois, com o cartão do detetive na mão, foi à procura da patroa.

Poirot olhou ao redor. Era uma sala de estar convencional. Papel de parede creme, frisos de gesso, móveis com motivos florais variados, almofadas e cortinas rosa e uma infinidade de enfeites de porcelana barata. Nada havia naquela sala que se destacasse, nada que fosse realmente original.

De repente Poirot se sentiu observado. Ele imediatamente se virou, surpreendendo uma jovem parada junto à porta envidraçada do jardim. Ela era baixa e pálida, de cabelos muito escuros e olhos desconfiados.

Poirot cumprimentou-a com uma leve mesura, a jovem entrou e perguntou, abruptamente:

– Por que o senhor veio?

Em vez de responder, Poirot ergueu as sobrancelhas.

– O senhor é advogado, certo?

O inglês dela era correto, mas ela estava longe de ter a fluência de um falante nativo.

– Advogado? Por que pergunta isso, mademoiselle?

A jovem olhou para ele de mau humor.

– Imaginei que fosse. Imaginei que viesse para preveni-la, para dizer que ela não sabia o que estava fazendo, que eu a influenciara etc. É assim que advogados falam, não? Mas isso não é verdade. Foi ela quem quis que eu ficasse com o dinheiro, e é isso o que eu vou fazer. Contrato eu mesma um advogado se for preciso. Conforme ela deixou por escrito, o dinheiro é meu.

Ao dizer aquilo, seu aspecto era terrível. Ela tinha o queixo retorcido e os olhos embaciados.

A porta do lado de dentro se abriu e uma mulher alta entrou.

– Katrina! – disse ela.

A jovem recuou, ficou muito vermelha, murmurou alguma coisa ininteligível e voltou ao jardim pela porta envidraçada.

Poirot virou-se para a recém-chegada, que com uma única palavra resolvera a situação. A voz dela revelava autoridade e também um desprezo misturado com fina ironia. Não havia dúvida de que ela era a dona da casa, Mary Delafontaine.

– Sr. Poirot? Escrevi-lhe uma carta, o senhor não deve ter recebido.

– Ah! Estive fora de Londres nos últimos dias.

– Entendo. Sou a sra. Delafontaine. Esse é o meu marido. A srta. Barrowby era minha tia.

O sr. Delafontaine fizera uma entrada tão silenciosa que quase passara despercebido. Ele era um homem alto, de cabelos grisalhos e gestos vagos. Coçava o queixo como se estivesse nervoso e consultava a mulher com o olhar, na expectativa de que ela conduzisse a conversa.

– Peço desculpas por incomodá-los numa hora dessas – disse Poirot.

– Não é culpa sua – disse a sra. Delafontaine. – Minha tia morreu na terça-feira à noite. Foi uma morte inesperada.

– Completamente inesperada – disse o sr. Delafontaine. – Um choque... – ele olhava para a porta por onde a jovem estrangeira tinha desaparecido.

– Peço desculpas. Devo me retirar – disse Poirot, dirigindo-se para a porta.

– Espere um momento – disse o sr. Delafontaine. – O sr. tinha um assunto para tratar com tia Amelia, correto?

– *Parfaitement.*

– E o que seria? – perguntou a mulher dele. – Podemos ajudá-lo em alguma coisa?

– Era um assunto confidencial. Sou um detetive particular – revelou Poirot.

O sr. Delafontaine deixou cair um bibelô que estava segurando. A mulher pareceu embaraçada.

– Um detetive? E o senhor vinha ver minha tia? Mas que estranho! – disse ela, arregalando os olhos. – Não pode nos contar mais nada, sr. Poirot? Parece uma história tão absurda.

Poirot ficou em silêncio por um momento. Ele escolhia com cuidado as palavras antes de falar.

– Estou numa situação difícil, madame. Não sei muito bem como proceder.

– Bem... – disse o sr. Delafontaine, tentando ajudar –, ela não mencionou os russos, mencionou?

– Russos?

– Sim, bolchevistas, comunistas, essas coisas!

– Não seja ridículo, Henry – cortou a esposa.

O sr. Delafontaine ficou vermelho como um pimentão e se apressou a corrigir, engasgado:

– Oh... me desculpe! Por favor, me desculpe! Eu apenas imaginei...

Mary Delafontaine olhou de frente para Poirot. Seus olhos eram muito azuis, da cor de miosótis.

– Sr. Poirot, eu agradeceria se pudesse nos dizer algo. Confesso que tenho um motivo para fazer-lhe esse pedido.

O sr. Delafontaine pareceu ficar em pânico.

– Cuidado, querida! Isso pode não ser nada!

A mulher lançou a ele um olhar fulminante, depois voltou-se para Poirot:

– E então?

Lentamente, e com uma expressão pesarosa, Poirot sacudiu a cabeça numa negativa.

– Temo não poder dizer nada, madame.

Ele fez uma leve mesura, apanhou o chapéu e caminhou até a porta. Mary Delafontaine acompanhou-o pelo corredor. Antes de sair, Poirot deteve-se e olhou na direção dela.

– A senhora tem orgulho do seu jardim, madame?

– Eu? Sim. Dedico boa parte do meu tempo a ele.

– *Je vous fais mes compliments.*

Poirot despediu-se com uma última mesura e desceu pelo caminhozinho. Ao sair pelo portão e virar à direita, duas coisas chamaram a sua atenção. Um rosto pálido que o observava de uma janela do primeiro andar da casa. Um homem alto, de aparência marcial, que marchava de um lado para o outro na calçada em frente.

Poirot balançou a cabeça e disse consigo mesmo:
– *Définitivement*! Nessa toca tem coelho! O que faço agora?

Poirot foi até a agência de correio. As ligações que ele fez foram satisfatórias, e Poirot caminhou até a delegacia de Charman's Green, onde pediu para falar com o inspetor Sims.

O inspetor Sims era um homem alto e robusto.

– Sr. Poirot? – perguntou ele, cordial. – Imaginei que fosse. Acabo de receber um telefonema do inspetor-chefe a seu respeito. Ele disse que o senhor apareceria. Venha ao meu escritório.

O inspetor Sims fechou a porta, indicou a Poirot uma cadeira, sentou-se em outra e virou para o seu visitante com olhos interrogativos.

– O senhor é mesmo rápido. Veio nos procurar a respeito desse caso em Rosebank quando estávamos começando a suspeitar do crime. O que o senhor sabe?

Poirot tirou do bolso a carta que havia recebido, entregando-a ao inspetor, que a leu interessado.

– Interessante – disse ele. – O problema é que pode significar inúmeras coisas. É uma pena que ela não tenha sido mais explícita. Isso nos ajudaria agora.

– E talvez nem precisássemos desse tipo de ajuda.

– O que o senhor quer dizer?

– Que ela poderia estar viva.

– Então o senhor pensa que... É possível mesmo.

– Inspetor, preciso que o senhor me conte mais a respeito dos fatos. Não sei nada sobre o caso.

– Sem problemas, isso é fácil. Essa senhora passou mal, depois do jantar, na terça-feira à noite. Mal mesmo. Convulsões, desmaios e sabe-se lá o que mais. Eles chamaram um médico. Quando ele chegou, ela estava morta. O caso não era claro. Parecia algum tipo de ataque, mas o médico enrolou, desconversou e veio com a história de que não podia assinar o atestado de óbito. Para a família, aparentemente tudo bem. Ainda estão esperando pelo resultado oficial da autópsia. Mas nós sabemos de mais coisas. A conclusão do legista confirmou o que o médico suspeitara desde o início, mas só confessara a nós: essa senhora morreu em consequência de uma dose colossal de estricnina.

– Ah! – sussurou Poirot.

– É verdade. Foi algo grosseiro. A questão é... quem a envenenou? O veneno foi administrado logo antes da morte. Pensou-se que fora dado a ela no jantar, mas não é uma hipótese que se sustente. O jantar foi sopa de alcachofra, servida na mesa de uma sopeira, pastelão de peixe e torta de maçã. Estavam presentes a srta. Barrowby, o sr. e a sra. Delafontaine. A srta. Barrowby tinha uma espécie de dama de companhia, uma moça de origem russa, que não comeu com a família. Ela jantou depois. Aquela era a noite de folga da empregada que, antes de sair, deixara a sopa no fogão, o pastelão no forno e a torta esfriando em cima da mesa da cozinha. Os três comeram a mesma coisa. Além disso, é difícil estricnina ser administrada dessa forma. É um veneno muito amargo. O médico informou que, diluída numa solução de um para mil, ainda se sente o gosto.

– E no café?

– No café é mais provável, mas ela não bebia café.

– Entendo. É mesmo um enigma. O que ela bebeu durante o jantar?

– Água.

– Nossa! Está cada vez mais difícil achar uma resposta.

– É mesmo um desafio, não?

– Ela era rica?

– Acho que sim. Ainda não temos detalhes. Já os Delafontaine, até onde sei, estão falidos. A srta. Barrowby ajudava na manutenção da casa.

Poirot sorriu. Ele disse:

– De qual dos Delafontaines o sr. suspeita?

– Não digo que suspeite exatamente de um ou de outro. A questão é que eles são os únicos parentes próximos e, com a morte dela, vão receber um dinheiro considerável. Sabemos bem como é a natureza humana.

– Muitas vezes, inumana! Sim, é verdade. E ela não bebeu ou comeu mais nada?

– Bem, para falar a verdade...

– Ah, *voilà*! Sabia que o senhor escondia uma carta na manga. A sopa, o pastelão e a torta eram... *bêtise*! Agora é que vem o prato principal.

– Não sei se é mesmo isso. Para falar a verdade, a srta. Barrowby tomava um preparado antes das refeições. Você sabe. Não falo de uma pílula ou comprimido. Refiro-me a uma dessas cápsulas preparadas em farmácia com um pozinho dentro. Ingere-se sem nem perceber.

– Perfeito. Nada mais fácil do que encher uma cápsula com estricnina e colocá-la no meio das outras. Com um pouco d'água vai descer a garganta sem ser sentida.

– O problema é que era a garota quem dava a cápsula para ela.

– A russa?

– Sim. Katrina Rieger. Era uma espécie de enfermeira, dama de companhia da srta. Barrowby. Era mandada aqui e ali. Faça isso, faça aquilo, esfregue as minhas costas, traga meu remédio, vá até a farmácia. Todo o tipo de coisa. Você sabe como são essas velhas. Querem parecer boazinhas, mas tiranizam os outros como se fossem seus escravos.

Poirot sorriu.

– A questão é que não parece plausível que a moça fosse envenená-la. Para quê? Com a morte da srta.

Barrowby, ela perde o emprego, mais nada. E não vai ser fácil para ela encontrar outro. Ela não tem nenhum tipo de educação, nada.

– Mas se o frasco com as cápsulas fosse deixado em algum lugar acessível, qualquer um teria a oportunidade.

– É claro, e estamos investigando isso. Quando aviaram a receita, onde guardavam o remédio... Precisamos de paciência. É um trabalho difícil. Há também o advogado da srta. Barrowby. Vou interrogá-lo amanhã, e também o gerente de banco. Temos muito o que fazer.

Poirot se levantou.

– Gostaria de pedir-lhe um favor. Que me mantivessem informado sobre o desenrolar do caso. Este é o meu telefone.

– Certamente, sr. Poirot. Duas cabeças pensam melhor do que uma. Além disso, tendo recebido aquela carta, é justo que o senhor participe da investigação.

– Obrigado, inspetor.

Eles trocaram um aperto de mão, e Poirot deixou a delegacia.

III

Na tarde seguinte, ele recebeu uma ligação.

– Sr. Poirot? Aqui é o inspetor Sims. Com relação àquele nosso caso, as coisas estão começando a se encaixar.

– É mesmo? Conte-me, por favor.

– Bem, a primeira novidade é que a srta. Barrowby deixou uma pequena soma para a sobrinha e quase todo o resto para Katrina. Em consideração pelo cuidado e pela atenção que a moça lhe dedicava. É isso que diz o testamento. As coisas agora mudam de figura.

Uma imagem surgiu rapidamente na mente de Poirot. Um rosto muito pálido, e uma voz apaixonada. "Conforme ela deixou por escrito, o dinheiro é meu." A herança não seria uma surpresa para Katrina. Ela já sabia a respeito.

– Descobrimos também que apenas Katrina tinha acesso ao remédio.

– O senhor tem certeza?

– É o que a própria moça diz.

– Muito interessante.

– Só precisamos de uma última evidência. Como ela conseguiu estricnina? Mas isso não deve ser difícil descobrir.

– Mas até agora não descobriram?

– Estamos começando a investigar. O inquérito foi hoje de manhã.

– E como ele decorreu?

– Adiamos por uma semana.

– E a moça?

– Vou detê-la sob suspeita. Não quero correr riscos. Ela pode conhecer algum engraçadinho que a ajude a sair da Inglaterra.

– Acho que não – disse Poirot.

– É mesmo? E por quê?

– É o que penso. Não acho que ela tenha amigos por aqui. O senhor descobriu mais alguma coisa?

– Nada que seja realmente importante. A srta. Barrowby andou fazendo transações imprudentes com seus títulos nos últimos tempos. Parece que perdeu uma boa quantia. É um fato estranho, mas não penso que seja relevante para a investigação.

– Sim, talvez o senhor esteja correto. Agradeço-lhe imensamente por me manter informado. É muita gentileza sua.

– De forma alguma. Sou um homem de palavra. Vi que o senhor estava interessado. E pode ser que ainda nos ajude no final.

– Seria um grande prazer. Encontrar um amigo da srta. Katrina pode nos ser muito útil.

– Mas o senhor acaba de dizer que ela não tem amigos!

– Eu estava errado. Ela tem um.

Antes que o inspetor pudesse pedir algum esclarecimento, Poirot desligou.

Com uma expressão consternada, ele foi até a sala onde a srta. Lemon batia à máquina. À aproximação do patrão, ela ergueu os dedos das teclas e lançou a ele um olhar interrogativo.

– Quero que me ajude a terminar uma história.

Resignada, a srta. Lemon colocou as mãos no colo. Ela gostava de datilografar, pagar contas, arquivar papéis e agendar entrevistas. Ter de imaginar-se numa situação hipotética era algo que lhe aborrecia, e ela se submetia a isso apenas como um dever desagradável de trabalho.

– A senhorita é uma moça russa – começou Poirot.

– Sim – concordou a srta. Lemon, que nunca parecera tão britânica.

– A senhorita está sozinha nesse país, sem nenhum amigo. A senhorita tem razões pelas quais não quer retornar à Rússia. Está empregada como dama de companhia de uma velha senhora que a tiraniza, mas a senhorita é dócil e submissa.

– Certo – respondeu devidamente a srta. Lemon, mas incapaz de se imaginar submissa a qualquer velha senhora que fosse.

– A velha senhora acaba se afeiçoando à senhorita, resolve deixar-lhe uma herança e lhe comunica isso.

A srta. Lemon respondeu com outro "certo".

– Mas então a velha senhora faz uma descoberta. Talvez algo relacionado a dinheiro. Ela descobre que a senhorita não tem sido honesta com ela. Ou algo ainda mais grave... um remédio com gosto estranho, uma comida que lhe faz mal. Seja lá o que for, ela começa a suspeitar da senhorita e decide escrever a um famoso detetive, *enfin*, ao detetive mais famoso de todos: eu! E Hercule Poirot revolve atender ao chamado da velha senhora e vai encontrá-la. Ou seja, como se diz, a senhorita está com a corda no pescoço. É preciso agir depressa. E então, antes da chegada do grande detetive, a velha senhora morre. E a senhorita herda o dinheiro... Agora, diga-me, srta. Lemon... Essa história lhe parece plausível?

– Muito plausível – disse a srta. Lemon. – Para uma russa, quero dizer. Não creio que eu mesma viesse algum dia a trabalhar como dama de companhia. Gosto de ter tarefas bem definidas. E é claro que jamais pensaria em matar alguém.

Poirot suspirou.

– Sinto falta do meu amigo Hastings. Ele era tão imaginativo. Tão romântico! Nunca acertava os palpites, mas até por isso me servia de guia.

A srta. Lemon ficou em silêncio. Contemplou a folha de papel datilografada a sua frente.

– Mas então, a história lhe parece razoável?

– Ao senhor não?

– Temo que também – suspirou Poirot.

O telefone tocou e a srta. Lemon saiu da sala para atendê-lo. Ela retornou para avisar que era o inspetor Sims. Poirot correu até o aparelho.

– Alô? Como?

Sims repetiu a frase.

– Encontramos estricnina no quarto da garota, escondida debaixo do colchão. O sargento acaba de me informar. Acho que isso encerra o caso.

– Sim – disse Poirot. – Concordo.

Quando disse a última palavra, a voz de Poirot já não era a mesma. Agora ela soava confiante.

Depois de desligar o telefone, ele sentou na escrivaninha e arrumou os objetos de forma mecânica, murmurando para si mesmo:

– Uma coisa estava errada. Eu senti. Senti não, eu vi. *En avant*, massa cinzenta! Pense, reflita... O que estava fora de ordem? A moça... a ansiedade dela com relação ao dinheiro. Madame Delafontaine. O marido dela. O comentário dele sobre os russos. Um comentário imbecil, mas o homem é um imbecil. A sala, o jardim... Ah! Sim, o jardim.

Poirot empertigou-se na cadeira. Uma luzinha verde brilhou em seus olhos. De súbito ele se levantou e foi até a sala ao lado.

– Srta. Lemon, interrompa o que está fazendo. Preciso que me faça um grande favor. Preciso que investigue um assunto para mim.

– O senhor disse investigar? Temo que essa não seja uma das minhas especialidades...

– Outro dia a senhorita comentou que sabia tudo sobre as manias dos comerciantes ingleses.

– Certamente que sim – disse a srta. Lemon, ganhando confiança.

– Então é simples. A senhorita deve ir até Charman's Green para falar com um vendedor de peixes.

– Vendedor de peixes?

– Precisamente. Aquele que fornecia peixes para a casa da srta. Barrowby. Quando encontrá-lo, vai fazer a ele uma pergunta.

Poirot entregou a ela um pedaço de papel. A srta. Lemon leu o que estava escrito, assentiu com a cabeça e fechou a máquina de escrever.

– Vamos juntos até Charman's Green – disse Poirot. – A senhora vai até a peixaria e eu vou procurar o delegado. Saindo de Baker Street, chegamos lá em meia hora.

Ao cumprimentar Poirot, que chegava na delegacia, o inspetor Sims pareceu surpreso.

– Ora, ora! Nem bem acabamos de falar ao telefone...

– Quero lhe fazer um pedido. Eu gostaria de falar com essa moça, Katrina... como é mesmo todo o nome dela?

– Katrina Rieger. Bem, não faço objeção.

A moça parecia mais pálida e mais sombria do que nunca.

Poirot falou com ela gentilmente:

– Mademoiselle, não estou contra a senhorita. Não sou seu inimigo, mas preciso que me diga a verdade.

Os olhos dela pestanejaram desconfiados.

– Mas já contei a verdade para o senhor. Contei a verdade para todo mundo. Eu não envenenei a srta. Barrowby. O que querem é impedir que eu fique com o dinheiro.

A voz dela era dura. Ela parecia um ratinho acuado.

– Só a senhorita tinha acesso às cápsulas?

– Foi o que eu disse, não? Fui buscá-las na farmácia naquela mesma tarde. Coloquei-as na minha bolsa. Isso foi logo antes do jantar. Abri o frasco e dei uma das cápsulas para a srta. Barrowby, com um copo d'água.

– Ninguém mais tocou nessas cápsulas?

– Não.

Um ratinho acuado, mas corajoso!

– E a srta. Barrowby comeu apenas o que nos foi informado? A sopa, o pastelão de peixe e a torta de maçã?

– Sim.

Era um "sim" sem esperança. Os olhinhos dela queimavam de aflição, mas sem enxergarem luz.

Poirot deu uma batidinha no ombro dela.

– Seja corajosa, mademoiselle. A liberdade ainda é possível. Sim, e também o dinheiro e uma vida confortável.

Ela olhou para ele, desconfiada.

Mais tarde, Sims disse a Poirot:

– Não entendi muito bem o que você quis dizer ao telefone. Sobre um amigo da moça.

– Mas ela tem um amigo. Eu!

Poirot deixou a delegacia antes que o inspetor se recobrasse do susto.

IV

No salão de chá do Green Cat, a srta. Lemon foi direto ao assunto, sem delongas.

– O nome do homem é Rudge. A peixaria fica na High Street. O senhor tinha razão. Foi uma dúzia e meia exatamente. Anotei o que ele disse.

Ela arrancou uma folhinha do seu bloco de notas e entregou a Poirot.

Poirot ronronou como um gato.

V

Hercule Poirot foi até Rosebank. Enquanto ele observava o jardim, com o sol se pondo às suas costas, Mary Delafontaine apareceu.

– Sr. Poirot? – perguntou ela, surpresa. – O senhor voltou?

– Sim, voltei.

Poirot fez uma pausa e depois continuou:

– Na primeira vez que estive aqui, lembrei-me do versinho:

Dona Maria, quem diria...
Como é lindo o seu jardim!
Feito de conchas e flores,
E moças dos meus amores

– As conchas são de ostras, não é verdade, madame? – disse ele, apontando para o canteiro.

Poirot ouviu-a prender a respiração e paralisar. Só os olhos cintilavam interrogativos.

Poirot assentiu com a cabeça.

– *Mais, oui*, é claro que sei de tudo! A empregada deixou o jantar pronto. Ela e Katrina juram que só comeram o que ela preparou. Só a senhora e o seu marido sabem que trouxeram para casa uma dúzia e meia de ostras. Um agradinho *pour la bonne tante*. É facílimo administrar estricnina através de uma ostra. Ela é engolida... *comme ça*! Mas sobram as conchas, que não podem ser colocadas no lixo, pois a empregada as veria. Por que não arranjá-las no jardim? Mas não há conchas o suficiente, o canteiro fica mal demarcado. O efeito é ruim, madame. Arruína com a simetria de um jardim que, de resto, é perfeito. Essas conchas de ostra me incomodaram, saltaram-me aos olhos assim que as vi.

Mary Delafontaine disse:

– Acho que o senhor também obteve informações por carta, não? Eu sabia que ela tinha escrito, só não sabia o quanto.

Poirot respondeu de forma mais ou menos vaga:

– A carta falava de um problema de família. Se o assunto dissesse respeito a Katrina, não haveria tantos motivos para escondê-lo. Sei que a senhora e o seu marido se apropriaram de títulos da srta. Barrowby e que ela descobriu...

Mary Delafontaine concordou com a cabeça.

– Há anos fazíamos isso, de forma mais ou menos comedida. Nunca imaginei que ela pudesse descobrir. Mas aí fiquei sabendo que ela escrevera a um detetive e que estava deixando todo o dinheiro para Katrina, aquela criaturinha horrorosa!

– Por isso esconderam a estricnina na cama de Katrina? Entendo. A senhora e o seu marido se salvam, e a inocente tem o destino tragicamente selado. Não tem piedade, madame?

Mary Delafontaine deu de ombros. Encarou Poirot com seus olhos de miosótis. Ele lembrou-se da perfeição do comportamento dela e das imprudências desastradas do marido. Uma mulher acima da média, mas desumana.

Ela disse:

– Piedade? Daquele ratinho enxerido?

O desprezo dela não podia ser maior.

Hercule Poirot disse, lentamente:

– Eu acho, madame, que em toda a sua vida só duas coisas realmente lhe importaram. Uma delas foi o seu marido.

Ele observou que os lábios dela tremiam.

– A outra é o seu jardim.

Poirot olhou ao redor. Era como se pedisse desculpa às flores pelo que tinha feito e iria fazer.

Livros de Agatha Christie publicados pela **L&PM** EDITORES

O homem do terno marrom
O segredo de Chimneys
O mistério dos sete relógios
O misterioso sr. Quin
O mistério Sittaford
O cão da morte
Por que não pediram a Evans?
O detetive Parker Pyne
É fácil matar
Hora Zero
E no final a morte
Um brinde de cianureto
Testemunha de acusação e outras histórias
A Casa Torta
Aventura em Bagdá
Um destino ignorado
A teia da aranha (com Charles Osborne)
Punição para a inocência
O Cavalo Amarelo
Noite sem fim
Passageiro para Frankfurt
A mina de ouro e outras histórias

MEMÓRIAS
Autobiografia

MISTÉRIOS DE HERCULE POIROT

Os Quatro Grandes
O mistério do Trem Azul
A Casa do Penhasco
Treze à mesa
Assassinato no Expresso Oriente
Tragédia em três atos
Morte nas nuvens
Os crimes ABC
Morte na Mesopotâmia
Cartas na mesa
Assassinato no beco
Poirot perde uma cliente
Morte no Nilo
Encontro com a morte
O Natal de Poirot
Cipreste triste
Uma dose mortal
Morte na praia
A Mansão Hollow
Os trabalhos de Hércules
Seguindo a correnteza
A morte da sra. McGinty
Depois do funeral
Morte na rua Hickory
A extravagância do morto
Um gato entre os pombos
A aventura do pudim de Natal
A terceira moça
A noite das bruxas
Os elefantes não esquecem
Os primeiros casos de Poirot
Cai o pano: o último caso de Poirot
Poirot e o mistério da arca espanhola e outras histórias
Poirot sempre espera e outras histórias

MISTÉRIOS DE MISS MARPLE

Assassinato na casa do pastor
Os treze problemas

Um corpo na biblioteca
A mão misteriosa
Convite para um homicídio
Um passe de mágica
Um punhado de centeio
Testemunha ocular do crime
A maldição do espelho
Mistério no Caribe
O caso do Hotel Bertram
Nêmesis
Um crime adormecido
Os últimos casos de Miss Marple

MISTÉRIOS DE
TOMMY & TUPPENCE

O adversário secreto
Sócios no crime
M ou N?

Um pressentimento funesto
Portal do destino

ROMANCES DE MARY
WESTMACOTT

Entre dois amores
Retrato inacabado
Ausência na primavera
O conflito
Filha é filha
O fardo

TEATRO

Akhenaton
Testemunha de acusação e outras peças
E não sobrou nenhum e outras peças

ANTOLOGIAS DE ROMANCES E CONTOS

Mistérios dos anos 20
Mistérios dos anos 30
Mistérios dos anos 40
Mistérios dos anos 50
Mistérios dos anos 60

Miss Marple: todos os romances v. 1
Poirot: Os crimes perfeitos
Poirot: Quatro casos clássicos

GRAPHIC NOVEL

O adversário secreto
Assassinato no Expresso Oriente

Um corpo na biblioteca
Morte no Nilo

AS AVENTURAS COMPLETAS DA DUPLA
Tommy & Tuppence

Agatha Christie

- O Adversário Secreto
- Sócios no Crime
- M ou N?
- Um Pressentimento Funesto
- Portal do Destino

L&PM POCKET

© 2019 Agatha Christie Limited. All rights reserved.

Agatha Christie

SOB O PSEUDÔNIMO DE MARY WESTMACOTT

- ENTRE DOIS AMORES
- RETRATO INACABADO
- AUSÊNCIA PRIMAVERA
- O CONFLITO
- FILHA É FILHA
- O FARDO

L&PM POCKET

Miss Marple

Agatha Christie

- A MALDIÇÃO DO ESPELHO
- CONVITE PARA UM HOMICÍDIO
- NÊMESIS
- UM CRIME ADORMECIDO — O ÚLTIMO CASO DE MISS MARPLE
- TESTEMUNHA OCULAR DO CRIME
- O CASO DO HOTEL BERTRAM

L&PMPOCKET

© 2016 Agatha Christie Limited. All rights reserved.